Né en 1937 à Istanbul, Petros Markaris a étudié l'économie avant de commencer à écrire. Auteur de théâtre, créateur d'une série très populaire pour la télévision grecque, il a collaboré comme scénariste avec le réalisateur Theo Angelopoulos (*L'Apiculteur, Ulysse*…) et a traduit en grec des œuvres littéraires de Brecht et de Goethe, notamment le *Faust I* et *Faust II* en vers. Les enquêtes du commissaire Charitos sont largement traduites et sont des best-sellers en Grèce et en Allemagne.

Petros Markaris

OFFSHORE

ROMAN

*Traduit du grec
par Michel Volkovitch*

Éditions du Seuil

TEXTE INTÉGRAL

TITRE ORIGINAL
Offshore
© original : 2016, Petros Markaris et ΕΚΔΟΣΕΙΣ ΓΑΒΡΙΗΛΙΔΗΣ
Éditions Gabrièlides, Athènes
langue grecque

© original : 2017, Diogenes Verlag AG, Zürich,
sauf pour le grec

ISBN 978-2-7578-7515-5
(ISBN 978-2-02-136327-2, 1re publication)

© Éditions du Seuil, 2018, pour la traduction française

Le Code de la propriété intellectuelle interdit les copies ou reproductions destinées à une utilisation collective. Toute représentation ou reproduction intégrale ou partielle faite par quelque procédé que ce soit, sans le consentement de l'auteur ou de ses ayants cause, est illicite et constitue une contrefaçon sanctionnée par les articles L. 335-2 et suivants du Code de la propriété intellectuelle.

à Vasso
à Samis
et à Phivos

Et Dieu dit : Que la lumière soit !
Et la lumière fut.

Genèse, 1,3

1

« Toi qui es Vie, tu es mis au tombeau... »

Le cortège s'arrête à la hauteur du Parlement, peu avant le tournant de la rue Othonos. La trentaine de prêtres est suivie de quatre fidèles portant le cercueil du Christ. Sur les deux trottoirs de la place Syntagma, du côté du Soldat inconnu et de l'autre, la foule forme deux murailles. Tous, tenant un cierge allumé, suivent avec recueillement le passage de la procession, et certains chantent à mi-voix les chants funèbres.

Du bas de la place et de la rue Philellinon monte un concert de klaxons assourdissant.

– Ils se sentent bien, ceux-là ? proteste Adriani. Ce n'est pas la fête aujourd'hui, on est en deuil. À quoi ça rime de klaxonner ?

Je réponds :

– Le klaxon, c'est comme les vêtements unisexes. C'est bon pour tout le monde.

Elle me gifle du regard.

Nous sommes restés en rade elle et moi, Katérina ayant accompagné Phanis à Volos pour fêter Pâques avec ses beaux-parents.

La solitude du couple nous a poussés à sortir en quête d'une église où suivre le service du Vendredi saint. J'ai proposé l'une de celles du quartier, Analipsi ou Ayos

Lazaros, mais Adriani a insisté : c'était l'occasion de revoir, après tant d'années, la procession sur Syntagma. Et nous sommes donc tombés sur la première procession qui se dirige vers Ayia Ekaterini dans Plaka.

Nous sommes début mai, il fait doux ce soir et les fidèles, rassemblés devant l'église, écoutent en bavardant le service retransmis par haut-parleurs. Le recueillement se limite à l'intérieur de l'église. Dehors, les chuchotements s'imposent.

Seule Adriani est absorbée par la liturgie et psalmodie. Je me penche pour lui dire que c'est l'heure d'aller manger, puisqu'en Grèce la liturgie s'achève dans les tavernes et les restaurants et que nous devons respecter les traditions, mais elle pose un doigt sur ses lèvres et m'interrompt d'un « Chut ! » avant que j'aie pu ouvrir la bouche.

Je ravale ma phrase en même temps que ma faim. Adriani m'a épuisé pendant tout le carême avec ses plats maigres. D'habitude, le jeûne sévère se limitait à la Semaine sainte, mais cette année elle m'a annoncé que nous allions jeûner pendant les quarante jours. Quand je lui ai demandé pourquoi, elle a répondu qu'elle avait fait un vœu, sans autre explication. Elle m'a permis un seul écart : ajouter de l'huile, tandis qu'elle ne mangeait que des mets cuits à l'eau les mercredis et vendredis.

Juste avant la fin du service elle fait une petite concession :

– Allons manger. Plus tard ce sera la ruée, toutes les tables seront prises.

Là aussi, elle a tout organisé. Nous allons manger au Platanos, car selon elle, tous ceux qui suivent le Vendredi saint à Plaka vont y manger ensuite, c'est la tradition.

Sa prévision se vérifie : nous sommes à peine assis près de la porte de la cour que les fidèles déboulent et prennent d'assaut les tables avec des cris de joie et de grands gestes.

Je laisse à Adriani le choix du menu. Elle commande des haricots, de la seiche aux épinards, du poulpe au vinaigre et des calamars. Elle insiste pour que nous buvions de la retsina, comme l'impose la tradition ce jour-là, ce qui me ramène aux années soixante.

— Tu vas être obligée de manger gras, dis-je pour la taquiner.

Je dois reconnaître, même sans le dire, que je suis content de cette sortie en tête à tête. Ces dernières années, nos dîners ont été familiaux : avec Katérina et Phanis toujours, sa collaboratrice Mania et son compagnon Uli souvent, et les beaux-parents de Volos plus d'une fois.

La crise nous a rapprochés en tant que famille, mais nous a privés de notre vie conjugale – nos soirées devant la télévision, les commentaires indignés d'Adriani, ou bien elle collée devant l'écran et moi plongé dans le dictionnaire de Dimitrakos. Nous ne parlons pas beaucoup sans doute, mais le brouhaha chaque soir me faisait regretter nos silences à deux. La sortie de ce soir m'a remis de bonne humeur.

— Après la liturgie de ce jour on mange toujours gras, répond Adriani. Je ne brise pas mon jeûne.

— C'était quoi, ton vœu ?

J'accompagne ma question d'un sourire, pour éviter un éclat.

Je la vois qui se rétracte, mais finalement sa langue se délie.

— J'ai promis à Notre Dame de jeûner quarante jours si elle nous délivrait de la crise.

Elle attend un éventuel commentaire, mais je comprends qu'elle veut poursuivre et je me tais.

— La dernière année surtout j'étais à bout, Costas, avoue-t-elle avec un soupir de soulagement. Je ne m'en sortais plus. Chaque matin les courses étaient un calvaire. Je ne voyais plus comment joindre les deux bouts. Si vous saviez combien de fois vous avez mangé des restes préparés autrement…

— En tout cas, nous n'y avons vu que du feu.

— Peut-être, mais moi j'ai vécu un cauchemar. Si je m'étais trahie, les enfants ne seraient jamais revenus dîner. Un jour que je cuisinais des restes, j'ai parlé à Marie pleine de grâce et fait mon vœu.

— Toi, d'accord. Mais pourquoi m'as-tu associé ?

Elle sourit malicieusement.

— Je me suis dit qu'Elle me serait reconnaissante d'avoir entraîné mon mari dans la voie de la vertu.

Nous rions ensemble. Je regarde autour de moi. Toutes les tables sont occupées par des groupes. Deux garçons en sueur courent en tous sens.

On se retrouve comme avant, me dis-je.

Garées dans la ruelle qui mène à la place, une Mercedes, une jeep Cherokee et une jeep Honda. Pour gagner la place, on doit se glisser entre les voitures et le mur.

Nous sommes au milieu du repas lorsque je vois entrer sur la place Koula et Papadakis, mes adjoints, qui se tiennent par la main. Ce qui n'a pas échappé non plus à Adriani, qui m'interroge du regard.

Je leur crie :

— Joyeuses Pâques !

Nous voyant, ils restent figés. Leur gêne est évidente, et tout de suite ils se lâchent la main.

– Venez vous asseoir avec nous, dis-je cordialement, bien que je sache le coût de cette cordialité qui va briser notre intimité conjugale.

Ils s'efforcent de communiquer par le regard. Enfin Koula fait le premier pas et Papadakis la suit.

– On ne veut pas vous déranger, dit Koula en arrivant à notre table.

– Comment ça, nous déranger, un jour pareil, répond Adriani à ma place.

Pour finir, faisant contre mauvaise fortune bon cœur, repérés de toute façon, ils s'assoient. Suivent les présentations. Adriani ne connaît pas encore Papadakis.

Nous complétons le menu avec de la purée de fèves et des artichauts, mais le jeune couple ne peut pas surmonter sa gêne. Papadakis a les yeux dans son assiette, et Koula discute avec Adriani, cherchant à oublier ma présence.

– Écoutez, dis-je, vous n'êtes pas les premiers à tomber amoureux dans le cadre du service. Et tout comme les précédents, vous n'avez pas déclaré officiellement vos sentiments amoureux. C'est très bien ainsi, votre vie personnelle ne concerne que vous, du moment qu'elle ne trouble pas le service. Et si je n'ai rien remarqué jusqu'ici, c'est qu'elle n'intervient pas.

– Il ne manquerait plus que ça, que le service empêche l'amour, commente Adriani avec philosophie.

Papadakis se détend et se met à rire.

– Personne n'a rien pu remarquer dans le service, monsieur le commissaire. Koula a coupé court dès le début. Elle ne m'a pas laissé l'approcher, même pour raisons de service.

Koula se justifie :

– Vous savez ce qu'on aurait dit : « Futée la petite, elle a embobiné Papadakis. » Or moi je ne veux pas qu'on chuchote derrière mon dos dans ce corps tenu par des hommes.

— Oui, mais nous ne pourrons pas nous cacher très longtemps. Nous avons décidé de nous marier, annonce-t-il. Tant qu'on avait la crise, on n'osait pas se mettre en ménage. Maintenant qu'on respire, nous n'avons plus de raisons d'attendre.

— Si vous vous mariez, dis-je en riant, l'un de vous deux devra être muté dans un autre service et je vais me trouver devant un dilemme.

— Il n'y aura pas de dilemme. Je vais demander ma mutation. Koula va rester avec vous. D'abord elle est arrivée avant moi, et ensuite elle ne sait pas ce qui attend une femme ailleurs.

— J'aurai encore un problème : toi non plus je ne veux pas te perdre.

Papadakis se tourne vers Adriani avec un sourire satisfait.

— Au début il m'a pris en grippe, explique-t-il. Mais on a fini par s'entendre.

— C'est toujours pareil avec lui, répond Adriani. La glace fond vite.

Nous rions tous. Koula spontanément se penche vers Adriani et lui fait une bise.

— Quand il nous fera des misères, je vous téléphonerai, lui dit-elle.

— À bientôt pour la noce, dit Adriani, et nous nous jetons sur nos assiettes.

2

Quand est-il arrivé, notre Père Noël, saint Basile, avec ses cadeaux ? Et d'où venait-il ? En tout cas, pas de Césarée. Les Turcs ont beau être en pleine expansion, cela ne suffirait pas à combler le gouffre de dettes creusé pendant les années de la crise. Donc le pactole est venu d'ailleurs. D'où, personne ne le sait, et tout le monde s'en fiche. L'essentiel, c'est qu'on est revenu en arrière, qu'on roule en BMW, en Mercedes, qu'on sort tous les soirs et qu'on transhume le week-end.

Tout est sorti de nulle part, littéralement, du jour au lendemain. Alors que le pays se préparait pour un retour à la drachme, déjà entériné par un prophète autoproclamé, et tandis qu'Adriani se demandait s'il ne fallait pas faire des réserves à tout hasard, un matin au réveil nous avons vu Athènes couverte d'affiches portant les initiales ETSI, suivies de la question « et si... ? ».

Puis ce furent les pubs à la télévision, à la radio, avec les mêmes initiales et la même question, sans autre précision. Nous nous demandions ce que cela signifiait et qui organisait cette campagne. Chacun y allait de son avis, imaginait des canulars ou même des complots. Personne n'a deviné qu'il s'agissait d'un parti politique. Adriani, persuadée que c'était une publicité, attendait la présentation du produit. Les médias juraient qu'ils ne savaient rien. Les spots leur venaient d'une agence de publicité, laquelle demeurait muette.

Nous sommes restés bouche bée en apprenant ce que voulait dire ETSI : Ensemble Transformons Société et Institutions ! Et au-dessous apparaissait pour la première fois la question complète : Et si nous y parvenions ? Donnez-nous trois mois. Nous réussirons ou nous partirons.

On ne les a pas pris au sérieux. Seule réaction, l'euphorie que provoquent les bonnes blagues. Depuis l'homme de la rue jusqu'à la télé-poubelle, le pays s'est transformé en une grande revue satirique. L'ennui, évidemment, c'était l'absence de cible, car nul ne savait qui étaient les personnages cachés, lesquels persistaient à ne pas se montrer.

Le mystère a duré près d'un mois, jusqu'à la première conférence de presse. On a vu alors sur l'écran un groupe de politiciens quadragénaires nous annonçant la fondation d'un nouveau parti. ETSI n'était cependant pas issu de la scission d'un parti existant, comme il arrive en général. Ces quadras avaient quitté tous les partis pour fonder le leur. Ils déclaraient n'être séparés par aucun désaccord idéologique, ceux-ci ayant d'ailleurs perdu toute signification, mais qu'ils étaient unis par un seul but : sauver le pays. L'autre point commun : aucun d'eux n'était député. On avait là des cadres de divers partis, tous écœurés par les intrigues partisanes.

ETSI ne proposait aucun programme, ne s'engageait à rien de précis, ne promettait rien. Tous ses cadres, sans exception, répétaient la même question : « Et si… ? » sans entrer dans les détails. À toute question ils donnaient la même réponse : Nous demandons trois mois. Si nous échouons, nous partons.

Naturellement, les autres partis ont débiné ETSI et ses cadres. Mais les médias leur offraient tous les jours la place d'honneur, sans pour autant les prendre au sérieux : ils voyaient là une proie facile.

C'est du moins ce qu'ils pensaient au début, mais les quadras d'ETSI se sont révélés bien plus malins et plus expérimentés que prévu.

Lorsqu'un journaliste à la télévision leur demandait d'un ton supérieur : « Mais enfin, comment vous présenterez-vous aux élections sans programme ? Le citoyen ne doit-il pas savoir pour quoi il vote ? », ils lui clouaient le bec avec cet argument immuable : « Jusqu'à présent le citoyen votait pour quelque chose et il arrivait autre chose. Ne vaut-il pas mieux ne pas promettre ce qui ne se réalisera pas ? N'est-il pas préférable que les électeurs fassent confiance à une équipe de jeunes politiciens, issus de tous les partis et affranchis de toute pesanteur idéologique ? Ce que nous proposons au citoyen grec, c'est en fait un gouvernement d'unité nationale, formé dès avant les élections. »

Le coup du gouvernement d'unité nationale a convaincu les électeurs, d'autant que ses bases, jetées dès avant les élections, ne dépendaient pas de discussions post-électorales, qui d'habitude s'achèvent aux calendes grecques.

Si bien que la question d'ETSI : « Et si nous réussissons ? » a trouvé sa réponse : « Nous réussirons avec le gouvernement d'union nationale. » Dans un pays où tout le monde s'étripe, la victoire est allée aux Bisounours. ETSI a emporté la majorité absolue. Les autres partis s'arrachaient les cheveux, mais trop tard.

Comme c'était à prévoir, on attendait les vainqueurs au tournant. Les partis, les électeurs, y compris ceux d'ETSI, étaient tous persuadés que les nouveaux venus avaient dit une chose et en feraient une autre. Après tout, telle est la profession de foi de tous les partis grecs : J'ai dit ceci, je ferai autrement.

ETSI, cependant, a trahi la tradition. Soudain, l'argent s'est mis à affluer. Une grande partie de cet argent venait des privatisations que le gouvernement lançait à toute allure, à coups de procédures sommaires.

Les autres partis, retranchés dans leur coin, hurlaient : « Ils vendent l'argenterie du pays ! », « Ils bradent la fortune nationale ! » La réponse d'ETSI était la voix de la froide raison : « Quand tu as des dettes et pas d'argent, tu vends ton bien pour te désendetter. C'est ce que font tous les gens sérieux, même si cela fait mal. »

Mais ils n'en sont pas restés là. Ils ont ouvert une caisse pour subventionner les entreprises qui donnaient du travail aux jeunes. En même temps ils ont lancé une réforme de la couverture sociale, en collaboration avec les compagnies d'assurances privées.

Il est arrivé ce que personne n'attendait. L'argent s'est mis à inonder le marché, le chômage a reculé, pas à pas il est vrai, et les gens étaient contents, non de gagner plus mais de ne pas perdre le peu qu'ils avaient. En quelques semaines les Grecs ont relevé la tête. Les embouteillages ont réapparu, accompagnés des coups de klaxon et des vilains gestes, tandis que les marchands de voitures exhibaient leurs nouveaux modèles.

Ce renversement se fit en trois mois, comme ETSI l'avait promis. Chez nous, d'habitude, les trois mois sont associés aux commémorations mortuaires, mais cette fois on s'offrait des dragées pour notre mariage avec ETSI.

Tout cela défile dans ma tête alors que j'attends Adriani pour aller au service de Pâques. Nous avons décidé de le suivre dans l'une des églises de notre quartier, Ayos Lazaros, au lieu de courir dans le centre : le trajet serait un martyre, or nous ne sommes plus le Vendredi saint.

Adriani prend les cierges et nous partons à pied. Nous sommes attendus devant l'église par Mania et Uli, rentrés mercredi d'Allemagne où ils ont fêté Pâques chez ses parents à lui. Ils ont eux aussi leurs cierges et nous sourient.

– Vous avez fait la soupe de Pâques, madame Adriani ? demande Uli.

Il parle grec avec aisance désormais, juste un petit dérapage ici ou là.

– Elle est prête, mon petit Uli, ne t'inquiète pas, le rassure Adriani. J'ai préparé la soupe et peint les œufs.

– Nous allumerons quand la bougie ?

– Uli ! le reprend Mania. D'abord ce n'est pas une bougie, mais un cierge. Et puis tu es devenu pire que les Grecs. Si tu pouvais, tu mangerais la soupe avant d'aller à l'église.

Et elle se tourne vers Adriani.

– Vous savez que nous jeûnons depuis mercredi ? C'est Uli qui l'exige.

– Bravo, mon garçon, s'extasie Adriani. Ton estomac supporte les légumes secs ?

– Parfaitement.

– Je les ai bien supportés, moi qui ai jeûné quarante jours, dis-je mi-figue, mi-raisin.

– Vous avez jeûné pendant tout le carême ? s'étonne Mania.

– J'avais fait un vœu, explique Adriani, dispensée d'entrer dans le détail par la voix du prêtre qui lance « Recevez la lumière ».

Uli s'enfonce dans la foule et parvient à allumer son cierge en quelques secondes.

– Bravo, ma petite Mania, dit Adriani admirative. Tu l'as complètement hellénisé.

– Vous connaissez le proverbe, madame Adriani ? « Chaussures de ton pays ? Mets-les, même ressemelées. » Uli n'est pas de mon pays, mais je lui ai changé les semelles.

Le « Christ est ressuscité », nous l'entendons sur le chemin du retour.

Adriani se précipite à la cuisine, suivie de Mania. Uli et moi restons dans le séjour. C'est alors que le téléphone sonne. Katérina, Phanis et ses parents nous souhaitent de joyeuses Pâques. L'écouteur passe de main en main pour les échanges de vœux.

Puis Adriani nous apporte la soupe, suivie de Mania portant les œufs et la salade. Nous cassons les œufs : Adriani le mien, Uli celui de Mania.

– Normal ! dit Mania hilare. Les Allemands gagnent toujours !

– Vous connaissez la différence entre vous et nous les Allemands, concernant la religion ? me demande Uli.

– Je ne vois pas. Sinon que nous sommes orthodoxes et vous catholiques ou protestants.

– Vous êtes orthodoxes, donc orientaux. Nous, les Occidentaux, nous prenons tout très au sérieux. À l'église il faut être très sérieux, baisser la tête, ne pas se parler. Vous, au contraire, vous vous éclatez même quand Jésus est mis au tombeau. Ça me plaît beaucoup. Parce que baisser la tête et ne pas parler à un anniversaire après tant d'années, c'est de l'hypocrisie. Alors que vous vous réjouissez de ce jour de fête sans vous cacher.

Adriani a raison, il est complètement hellénisé, me dis-je en le voyant se jeter sur sa soupe aux abats d'agneau.

3

Nous revivons nos anciens jours de gloire. Le retour sur Athènes, après le week-end de Pâques, a viré au chaos total. Des kilomètres d'embouteillages venant du Péloponnèse, autant depuis Lamia, des engueulades tout au long des routes nationales, et les protestations habituelles contre l'absence de l'État. Bilan : des accidents, deux morts et huit blessés hospitalisés.

« Gare au flemmard qui travaille tout à coup, gare au Grec dès qu'il a des sous, a commenté Adriani. Dès qu'il a quelques euros en poche, il se précipite à la mer ou à la campagne. La résidence secondaire est en vue. »

Vissée devant la télévision pendant des heures, elle a suivi le retour des vacanciers en temps réel, dans l'angoisse qu'il arrive malheur à Katérina et Phanis qui rentraient de Volos. Elle les appelait à tout bout de champ pour s'assurer que tout allait bien. Et comme de coutume, les nerfs de Katérina ont lâché.

– Maman, si papa peut envoyer un hélicoptère de la police pour nous tirer de là, d'accord. Sinon, ne m'énerve pas, je travaille demain matin et je ne sais pas à quelle heure nous serons rentrés.

Les cris de Katérina détournant Adriani de l'état du trafic, elle est allée se coucher.

– Souviens-toi de ce que je dis. Vu ce qu'on a dans le cerveau, on va bientôt regretter la crise.

Tel a été son ultime commentaire, avant qu'elle se retire dans ses appartements.

Je suis resté seul à attendre jusqu'à trois heures du matin l'appel de Katérina m'annonçant qu'ils étaient bien rentrés. C'est cela la différence entre Adriani et moi. Quand elle est angoissée, elle téléphone, elle crie pour se défouler, elle énerve tout le monde. Moi, au contraire, je me ronge en silence.

Il est neuf heures du matin, en ce mardi d'après Pâques, et je prends la Seat pour aller travailler. Adriani insistait pour que j'y aille en bus, puisque nous ne sommes pas encore augmentés, mais n'en faisant qu'à ma tête j'ai sorti la Seat du garage de l'avenue Alexandras.

Je passe d'abord par la cafétéria prendre mon café et mon croissant, puis je fais un arrêt au bureau de mes adjoints, pour les vœux. Je tombe sur une joyeuse compagnie, qui échange des récits de vacances.

– Enfin, toi le Crétois, qu'est-ce que tu avais à faire à Kavala ? demande Papadakis à Dermitzakis.

– Ma mère est de Kavala. Mon père l'a connue quand il était sous-lieutenant là-haut. Ma mère l'a suivi en Crète, bien sûr, mais toute la famille fête Pâques à Kavala.

Puis Dermitzakis se tourne vers moi.

– Et vous, monsieur le commissaire, où étiez-vous ?

– Rue Aristokléous, chez moi. Ma fille et mon gendre nous proposaient de les accompagner à Volos, mais nous avons choisi la tranquillité.

– Moi aussi, je n'ai pas bougé d'Athènes, dit Koula. Je ne comprends pas cette folie qui pousse tout le monde à partir. Athènes est si belle à Pâques.

— Moi, j'étais à La Canée, dit Papadakis, un regard de conspiratrice braqué sur lui.

Je ne commente pas, pour éviter vérités ou mensonges, et me tourne vers Vlassopoulos.

— Et toi ?

— J'ai emmené mes enfants en Eubée. On a fait le tour de l'île, on a marché dans la nature, on est allés dans des églises le Vendredi saint et on a mangé dans des tavernes.

— Tu as pleuré sur ton sort pendant tant d'années, le taquine Dermitzakis. Où as-tu trouvé l'argent ? On attend toujours l'augmentation.

— On a touché le fond, on remonte, ça va venir, répond Vlassopoulos sûr de lui.

— Les poissons ne sont pas pris, et on discute du prix, commente Koula.

— Koula, ne nous casse pas le moral dès la rentrée. Ça va bien et ça ira mieux encore. Tu vas nous porter la poisse.

Avant qu'elle ait pu répondre, le téléphone sonne.

— Le directeur veut vous voir, m'annonce-t-elle.

J'allais monter de toute façon lui souhaiter Joyeuses Pâques. Telle est la loi non écrite. Le subordonné va présenter ses vœux à son supérieur. Je suis le seul à faire l'inverse et cela ne me rapporte rien.

Je monte au cinquième et mes vœux s'adressent d'abord à Stella, la secrétaire de Guikas. Je trouve celui-ci assis à son bureau, mais il se lève pour recevoir mon « Christ est ressuscité » et m'envoyer son « En vérité il est ressuscité ».

— Garde des vœux en réserve, dit-il. Pour le nouveau sous-chef.

— Un nouveau ? Depuis quand ?

— On m'a communiqué ce matin le décret du ministre. Apparemment il l'a rédigé hier chez lui.

Il me tend le papier. Jetant un bref coup d'œil, j'apprends que le nouveau promu s'appelle Kanellos Dimitriadis et qu'il sera responsable de tous les services de la Sûreté dans tout le pays.

— Prépare-toi à faire sa connaissance, dit-il dès que je relève les yeux. Le ministre nous attend dans son bureau à onze heures.

Nous prenons la voiture de Guikas dans une Athènes guère plus encombrée que la veille. Depuis l'avenue Alexandras jusqu'à l'avenue Katehaki nous mettons dix minutes à peine.

À l'entrée on nous annonce que la réunion se tiendra dans la grande salle. Sont rassemblés les directeurs et les inspecteurs généraux de toute la Grèce, plus quelques commissaires de mon grade, spécialisés dans les homicides. J'en connais certains personnellement, d'autres par leur nom et d'autres pas du tout.

Nous cherchons tous à réunir des informations pour constituer le dossier du nouveau sous-chef. Chacun apporte ses miettes. Certains l'ont connu à l'époque où il était en liaison avec Interpol puis Europol. Puis on a perdu sa trace. Un autre précise qu'il a été muté en Italie, représentant notre police pour tout ce qui concernait Schengen.

La conversation s'interrompt brutalement lorsque apparaissent le chef et Dimitriadis. Nous attendons en silence le discours du ministre.

— Je vous ai convoqués pour vous présenter le nouveau sous-chef de la police nationale, commence-t-il. Kanellos Dimitriadis est un cadre ultra-compétent, il a une grande expérience dans le domaine des relations internationales. Il a été notre lien avec Interpol et

Europol. Il nous vient de Rome où il était chargé des réfugiés et de l'application des accords de Schengen. Son expérience internationale nous sera extrêmement précieuse à une époque où le crime s'internationalise. C'est pourquoi je considère qu'il est la bonne personne au bon endroit. J'espère que vous saurez tous collaborer avec lui de façon fructueuse et agréable dans les temps difficiles que nous vivons.

Puis il fait signe à Dimitriadis, qui prend le relais.

– Chers collègues, je me réjouis profondément d'être avec vous à partir d'aujourd'hui, commence-t-il de façon classique. Notre but, c'est de faire en sorte que le citoyen se sente en sûreté. C'est notre but à tous, depuis l'agent de quartier jusqu'au chef de la police. Je sais que notre mission n'est pas du tout facile dans un environnement où s'accroît la criminalité, tant locale qu'importée. Mais je vous le garantis : je travaillerai à vos côtés. Votre supérieur sera votre collaborateur avant tout. Vous trouverez toujours ma porte ouverte.

Le coup de la porte ouverte, ils nous l'ont tous fait, sans exception. Ils laissent tous la porte ouverte, mais ils placent devant un mur de secrétaires et d'auxiliaires divers impossible à percer.

Suit un défilé de vœux et de serrements de mains, ministre d'abord, sous-chef ensuite, puis nous prenons congé.

– Qu'en pensez-vous ? dis-je à Guikas dans la voiture qui nous ramène.

– Un bureaucrate, répond-il sèchement. Notre lien avec Interpol, Europol et compagnie. En d'autres termes, il recevait les demandes et les transmettait à qui de droit. Si grande que soit sa connaissance des services, elle est théorique, ce qui veut dire qu'on va devoir se tuer à tout lui expliquer avant qu'il prenne les décisions.

Ajoute à ça la peur des responsabilités du novice et le tableau sera complet.

Me voyant sans réaction, il me jette un regard en biais.

— Maintenant tu peux croire que je dis tout cela par dépit, puisque je n'ai pas été nommé à sa place.

— Pas du tout ! Je prends simplement bonne note, dis-je, alors qu'en fait je pense exactement ce qu'il vient de me dire.

— Je m'attendais à être nommé chef un jour, poursuit-il. Finalement, je vais bientôt partir à la retraite et je ne serai même pas sous-chef… Je t'avoue que je ne partirai pas sans amertume. Nous voulons tous grimper dans la hiérarchie. Ne juge pas d'après toi-même. Toi, tu es un saint ermite.

— Ermite, peut-être. En tout cas, je partirai sans amertume, dis-je froidement.

— Tu as raison, mais reconnais que tu as eu de la chance. Si je n'avais pas été là pour te couvrir, tu étais mal barré.

— Je le sais et je vous en ai toujours été reconnaissant, malgré nos différends.

— Les différends font partie de la vie commune, au travail comme à la maison. Sauf que désormais il va falloir que tu sois très prudent. Les bureaucrates ne s'écartent jamais d'un pouce des lois et des règlements. Moi par exemple, qui me les suis coltinés toute ma vie, à la fin ils me tournent le dos. Alors protège-toi, car cette fois je ne pourrai plus t'aider.

J'y avais déjà pensé en prenant connaissance du CV de Dimitriadis, mais la confirmation de Guikas fait fleurir en moi l'enthousiasme.

Et comme les fleurs ont besoin qu'on les arrose, au même instant mon portable sonne. La voix de Dermitzakis.

– Monsieur le commissaire, on a du neuf au menu : meurtre avec vol.
– Où ?
– À Halandri, rue Salaminos. Un certain Lalopoulos. Il vivait dans une maison avec jardin.
– Bon, préparez une voiture de patrouille, prévenez la Médecine légale et l'Identité judiciaire. J'arrive.
– Qu'est-ce que c'est ? demande Guikas.
– Un meurtre avec vol.
– Un vol, c'est rassurant. Si tu ne trouves pas de revendication, c'est qu'il n'y a pas de groupe constitué dans le coup, et nous n'aurons donc pas affaire au nouveau sous-chef.

Très bien, me dis-je, espérons qu'il n'y aura pas de revendication et que les objets de valeur auront disparu, pour qu'on ne puisse pas contester le vol.

4

Nous traversons l'avenue Kifissias vide, la camionnette de l'Identité judiciaire sur nos talons.

– On peut compter les bagnoles sur nos dix doigts, s'étonne Papadakis.

– Tu parles d'un scoop ! répond Vlassopoulos. Une bonne moitié de ceux qui s'en vont à Pâques reviennent le mardi soir. Tous les moyens sont bons pour se la couler douce. Et ils ont raison. Ça fait du bien de souffler un peu, après toutes ces années passées dans la merde.

Nous tournons à l'église Ayia Varvara, prenons l'avenue Ethnikis Antistasseos puis la rue Salaminos à droite. Nous reconnaissons la maison de Lalopoulos à la voiture de police garée devant.

C'est une maison à deux étages, coincée entre des immeubles, de celles que construisaient les paysans à l'époque où il y avait là des champs de tomates et de laitues.

– La victime est au rez-de-chaussée, monsieur le commissaire, me dit l'un des policiers de la patrouille. La pièce à gauche en entrant.

– Qui l'a trouvé ?

– Nous. Il ne s'était pas pointé au boulot depuis le Jeudi saint. Il ne répondait ni sur son fixe ni sur son portable. Quand ses collègues ne l'ont pas vu ce matin, ils se sont inquiétés puisqu'il avait dit qu'il restait à Athènes. Les voisins et le marchand de journaux nous ont dit qu'ils ne le voyaient pas depuis plusieurs jours. Pour finir, on a ouvert la porte avec un mandat du procureur et on l'a trouvé.

– La porte avait été forcée ? demande Papadakis.

– Non, un serrurier nous l'a ouverte.

Donc, soit la victime connaissait l'assassin et lui (ou leur) a ouvert, soit il s'agissait d'un Grec : il n'aurait sans doute pas ouvert à un étranger.

Nous montons quelques marches. À l'approche de la pièce nous commençons à sentir l'odeur.

La victime est assise sur un fauteuil de bureau pivotant, au milieu de la pièce, face à la télévision, les mains liées dans le dos. L'homme doit avoir dans les cinquante ans. Ses yeux sont ouverts, son regard terrifié. On l'a tué d'une balle dans le front.

– L'assassin ne pouvait pas être seul, dit Dermitzakis. Il n'aurait pas pu le ligoter tout seul. L'autre aurait résisté. Ils devaient être au moins deux.

Nous ne commentons pas, tout le monde étant d'accord.

Dimitriou de l'Identité judiciaire ouvre sa trousse et en sort des masques de chirurgien.

– Il vaut mieux se protéger, nous dit-il.

Nous mettons les masques et jetons un coup d'œil au décor. C'est un séjour exigu, comme tous ceux de ces vieilles maisons paysannes. Au mur, une bibliothèque avec une foule de bibelots et peu de livres. La télévision est au milieu de la bibliothèque, éteinte. La télécommande est tombée aux pieds de Lalopoulos.

À cela s'ajoutent deux fauteuils, des deux côtés de la fenêtre qui donne sur la rue, et une petite table basse entre eux. Les lames du store sont baissées.

— Ils sont venus la nuit, conclut Vlassopoulos.
— Normal, répond Dermitzakis. De jour ils ne seraient pas passés inaperçus.

Voilà qui conforte l'hypothèse selon laquelle Lalopoulos connaissait les assassins. La nuit il n'aurait pas ouvert la porte à des inconnus, même grecs. Il regardait sûrement la télévision, et l'a éteinte à l'arrivée des visiteurs. À moins qu'ils ne l'aient éteinte eux-mêmes, pour faire leur affaire tranquillement, mais je n'y crois pas trop. Lalopoulos a dû l'éteindre pour discuter avec eux.

Les deux placards de la bibliothèque sont ouverts et leur contenu est éparpillé sur le sol.

— Cela nous donne une idée quant au reste de la maison.

La cuisine se trouve en face du séjour. En plus du frigo et de la cuisinière, il reste assez de place pour une table carrée et deux chaises. Les tiroirs et les placards sont ouverts, mais on n'en a rien sorti. Ils ont dû jeter un coup d'œil, voir qu'il n'y avait rien, même pas de quoi manger, et repartir.

Nous montons au premier étage par l'escalier entre le séjour et la cuisine.

La disposition à l'étage est aussi simple : deux chambres séparées par une salle de bains. Dans celle de gauche, où dormait sans doute la victime, tout est sens dessus dessous. L'armoire est grande ouverte et tous les vêtements jetés par terre. Ils ont sûrement fouillé les poches. Les tiroirs, même chose. On a défait le lit double, et le matelas se trouve à l'autre bout de la pièce avec les draps et la couverture.

La seconde chambre, celle d'un enfant, est pratiquement intacte. On a seulement fouillé la petite armoire, mais là aussi de façon superficielle.

— Et sa famille ? s'interroge Vlassopoulos. Où sont sa femme et son enfant ?

— Partis pour Pâques, peut-être, et pas encore rentrés, suppose Dermitzakis.

Papadakis fouille l'armoire d'enfant, puis quitte la pièce. Il veut vérifier quelque chose et nous l'attendons.

— Ils ne sont pas partis pour quelques jours, dit-il en revenant. Il n'y a aucun vêtement de femme ou d'enfant dans les armoires. Quand on part en vacances, on n'emporte pas toutes ses fringues. Le plus probable, c'est qu'ils sont séparés. Et si vous voulez mon avis, sa femme l'a quitté. Sinon, ils auraient transféré la chambre d'enfant dans le nouveau logement de la mère.

En l'écoutant, je me dis qu'une fois muté pour cause de mariage il va beaucoup me manquer.

Nous laissons travailler l'équipe de l'Identité judiciaire et redescendons. La Médecine légale est arrivée, je m'attends à tomber sur ce pisse-froid de Stavropoulos, mais à ma grande joie je trouve son adjoint, Ananiadis.

Je lui demande où est son supérieur.

— En congé pour Pâques. Il revient dans une semaine. Il a pris des jours pour aller voir son fils qui étudie en Amérique.

— Tu as terminé ?

— Les préparatifs. Pour le reste, je verrai après l'autopsie. C'est quoi le plus urgent ?

— La façon dont on l'a tué n'a rien de mystérieux. L'important, c'est de connaître l'heure du crime.

— À en juger par l'état de décomposition, il a dû être tué il y a cinq jours, soit le soir du Jeudi saint, soit le matin du vendredi.

— Cela s'est probablement passé le soir, nous avons trouvé les stores baissés.

— Je serai plus précis après l'autopsie.

— Il faut qu'on le fouille avant que tu l'emportes.

Et je fais signe aux hommes de l'Identité judiciaire.

Lalopoulos porte une chemise, un pantalon et un gilet. On a vite fait de le fouiller.

— Rien de rien, conclut Papadakis. Ni portefeuille ni clés de voiture.

— Rien de tout ça dans la chambre non plus, ajoute Dimitriou.

— L'explication la plus simple, dis-je, c'est qu'ils sont partis avec le portefeuille et ont pris sa voiture.

— Vous avez trouvé un ordinateur ? demande Vlassopoulos à Dimitriou.

— Ni téléphone portable, ni ordinateur, ni tablette. Nous cherchons encore, bien sûr, mais tous ces objets sont voyants, on ne les trouvera pas planqués dans un coin.

Nous le laissons travailler avec son équipe et partons explorer le quartier. Les questions sont très précises. Quel genre d'homme était-ce et où travaillait-il ? Qu'est devenue sa famille ? Avait-il une voiture ?

Nous formons deux groupes de deux, Vlassopoulos et moi nous occupant du tabac du coin. La patronne est une sexagénaire à cheveux blancs.

— Pauvre M. Costas ! s'écrie-t-elle en apprenant le but de notre visite. Où allons-nous ? Entrer chez vous en pleine Semaine sainte pour vous voler et vous tuer ! La Passion du Christ infligée aux gens simples et honnêtes !

Elle reprend son souffle et se tourne vers nous.

— Mais voilà, vous nous avez laissés à la merci des djihadistes. Notre âme tremble depuis le matin quand nous ouvrons nos boutiques jusqu'au soir à l'heure de dormir. Mais que voulez-vous ? On aurait dû organiser des groupes d'autodéfense, avec la police qu'on a.

Plutôt que d'engager la conversation là-dessus, je lui demande :

– Vous connaissiez Costas Lalopoulos ?

– Qui ne connaissait pas M. Costas ? Un enfant du pays, un vrai. Son père avait ici un jardin où il cultivait des oignons et des salades. Il a vendu son terrain, où on a construit un immeuble, pour payer les études de son fils en Angleterre. M. Costas est rentré de là-bas avec une Anglaise qui l'a fait tourner en bourrique. Au lieu de la renvoyer chez elle, il lui a fait un enfant. Pour finir, elle est repartie dans son pays en emmenant le petit.

Les témoins bavards sont souvent une bénédiction. Pas besoin de poser des questions, elle nous a tout dit.

– Il avait encore ses parents ? interroge Vlassopoulos.

– Non. Ils sont morts tous les deux. Il avait un frère plus jeune, Haris, qui s'est brouillé avec le père et a émigré au Canada. Il n'avait plus aucun contact avec la famille depuis.

– Quel était son métier ? demande Vlassopoulos.

– Directeur d'un service de l'Office du tourisme.

– Vous savez s'il avait une voiture ?

– Évidemment. Manquerait plus que ça. Une jeep, mais je ne sais pas de quelle marque.

C'est une jeep et cela nous suffit. En sortant de la boutique, nous appelons Dimitriou pour lui demander de chercher la jeep.

– J'allais vous appeler, répond-il. Venez, je veux vous montrer un truc.

Nous retournons chez Lalopoulos tout en croisant nos informations avec celles de l'autre duo. Tout concorde. Et ils n'ont rien découvert d'autre.

Dimitriou nous attend dans le séjour. Le corps est parti à la morgue. Nous montons dans la chambre d'enfant où le petit lit a été défait. Dimitriou va droit sur lui, retourne le matelas, nous montre une fente couverte de papier collant, le décolle et enfonce la main dans le matelas. Il la ressort, avec une liasse de billets de cinquante euros tenus par un élastique.

— Pas besoin de les compter, dit-il en souriant. C'est fait. Cinquante fois cinquante.

— De l'argent sale, ajoute Dermitzakis, exprimant l'évidence.

— Pot-de-vin, répond Papadakis. La question, c'est de savoir d'où ça vient.

Je n'interviens pas, préoccupé par d'autres questions. Comment les voleurs ont-ils pu passer la maison au peigne fin sans fouiller la chambre d'enfant ? S'ils sont entrés le soir du Jeudi saint, alors ils n'ont pu être surpris par personne, tout le monde était à l'église. Pourquoi ont-ils pris seulement le portefeuille, le portable et l'ordinateur, sans vouloir chercher plus loin ?

Autre chose me pose problème. Les voleurs tuent au couteau ou tirent au jugé, pressés qu'ils sont de se débarrasser de leur victime et de voler. La balle dans le front correspond plutôt à une exécution. Et l'argent retrouvé intact confirme l'hypothèse.

Tout cela mène, hélas, à la conclusion que Guikas a dit vrai et que je vais finir par me coltiner le nouveau sous-chef.

Mais du moment que le mobile du meurtre, au moins en apparence, est le vol, je décide de suivre cette ligne et de considérer l'hypothèse de l'exécution comme secondaire.

5

Jugeant sage le proverbe « Sur tes habits tu dois veiller, tu en garderas la moitié », j'informe Guikas, non seulement du meurtre mais de ma perplexité : les assassins étaient-ils vraiment des voleurs, le vol n'est-il pas de la poudre aux yeux pour dissimuler une exécution ?
– Quels sont les éléments qui corroborent la seconde hypothèse ? demande-t-il.
– Avant tout, la balle dans le front. Mais les billets trouvés en disent davantage.
– Pourquoi ?
– D'abord, les voleurs commencent toujours par les matelas, c'est la cachette habituelle. Ensuite et surtout, cet argent montre que la victime avait touché de l'argent sale. Maintenant, pot-de-vin ou non, je l'ignore, mais on finira par trouver, soit nous, soit la direction du Blanchiment.
– D'accord, répond-il après réflexion. Je suis d'accord aussi pour que tu n'exclues pas l'hypothèse du vol, en attendant des éléments qui prouvent l'exécution.

Je quitte le bureau de Guikas gonflé à bloc et vais chez mes adjoints chercher des informations sur le passé et le métier de Lalopoulos.

Du côté de la famille, rien de nouveau. On ne sait rien de sa femme et de son fils, à part leurs noms. Allez donc chercher une Jane Ogden et son fils Aristidis en Angleterre, sans demande de divorce qui plus est, du moins auprès des tribunaux grecs.

L'intérêt se concentre sur ses activités professionnelles. Costas Lalopoulos dirigeait à l'Office de tourisme le service qui gérait les marinas. L'argent pourrait être le pot-de-vin d'une compagnie maritime louant des bateaux de plaisance, ou le produit de trafics illicites.

Je regagne mon bureau et m'efforce de mettre mes idées en ordre pour dégager des priorités. Je peux commencer par le service que dirigeait Lalopoulos. Mais ils comprendront d'après mes questions que je cherche du côté de l'argent sale. Dans les cinq minutes je verrai plantées devant mon bureau la télévision et la presse écrite, car quelqu'un leur aura soufflé l'info, et après va donc t'en dépêtrer.

Je me casse la tête à chercher par quel bout commencer, lorsque soudain s'impose l'évidence. Si Lalopoulos était bel et bien impliqué dans une affaire d'argent sale, alors qui peut mieux m'éclairer que la direction du Blanchiment ? Il a peut-être été suivi, on a peut-être collecté des informations sur lui. De plus, ces gens-là restent muets jusqu'à la fin des enquêtes et le risque de fuites auprès des médias est quasi nul.

Je demande à Koula le numéro du Blanchiment et appelle son président. La secrétaire m'annonce qu'il est à l'étranger et me renvoie à son adjoint. Je lui résume la situation en deux mots et il me dit de venir en discuter de vive voix.

Mon premier mouvement est d'emmener Papadakis, dont le cerveau est plus rapide que celui des autres. Mais je change bientôt d'avis. Si j'y vais accompagné, l'autre pourrait se méfier et ne pas ouvrir ses dossiers. Je pars à pied, deux cents mètres me séparant des bureaux du Blanchiment, situés dans le bâtiment de la Cour de cassation.

L'adjoint, nommé Harikakis, est un juriste de cinquante ans. Je lui explique le but de ma visite et lui donne les informations réunies jusque-là.

Il m'écoute sans m'interrompre.

– Tout ce que nous allons nous dire, monsieur le commissaire, doit rester absolument secret. Si le meurtre de Lalopoulos est lié à notre enquête, nous continuerons à chercher pour identifier ses contacts et la source de l'argent sale. Si nous avons besoin du concours de la police, alors la demande doit être formulée par nous.

– Nous aussi nous voulons éviter toute fuite. Nous préférons laisser l'impression qu'il s'agit d'un vol. Notre enquête à nous aussi est donc placée sous le signe du secret. C'est pourquoi je suis d'abord venu vous voir, avant d'aller sur son lieu de travail. Je peux aussi vous garantir que si nous apprenons quelque chose qui vous sera utile, nous vous informerons aussitôt.

Harikakis téléphone pour demander le dossier de Lalopoulos. Le temps qu'on le lui apporte, il complète ses précisions.

– Nous travaillons exclusivement avec le Renseignement. Nous n'avons recours à la police que dans la dernière ligne droite, pour éviter toute fuite.

Il prend le dossier que la secrétaire lui tend.

– Comme d'habitude, l'affaire a commencé par une dénonciation. Nous avons reçu un jour le propriétaire d'un bateau qui voulait le mettre à l'ancre dans la marina de Zéa. Il s'est adressé à l'Office du tourisme qui l'a dirigé sur Lalopoulos, vu que c'était lui qui gérait la question. Lalopoulos a dit que ce serait difficile de trouver une place, que cela coûterait un peu plus cher. Le propriétaire a précisé qu'il voulait bien garer son bateau ailleurs, à Alimos ou Vouliagmeni. Lalopoulos a répondu que là-bas ce serait encore plus dur. Je vais réfléchir, a dit le propriétaire. Il a réfléchi, en effet, et deux jours plus tard il était chez nous. Nous nous sommes organisés, mais quand le propriétaire a appelé Lalopoulos pour donner son accord, l'autre a répondu que la place était prise. C'était peut-être vrai, à moins qu'il n'ait flairé quelque chose et pris ses précautions. Nous, cependant, nous nous sommes mis à le surveiller discrètement avec l'aide du Renseignement et de l'Autorité portuaire.

Il s'interrompt pour feuilleter le dossier, puis reprend.

– Je peux vous dire que les pots-de-vin pour lui, c'était des miettes. Il avait mis sur pied une véritable entreprise de contrebande. Depuis les cigarettes et les carburants jusqu'à la drogue. Nous avons plusieurs éléments, mais le tableau n'est pas encore complet et nous ne voulons pas précipiter les choses, au risque de tout faire capoter.

Harikakis referme le dossier et me regarde.

– Voilà en résumé ce que nous savons, monsieur le commissaire. S'il y a du nouveau, je vous informerai, mais toujours de façon officieuse et à titre personnel.

Je le remercie et lui donne mon numéro de portable.

Il n'y a plus aucun doute : le meurtre de Lalopoulos a été une froide exécution. Mais nous devons le garder pour nous comme un secret de famille. Je me félicite d'être venu seul. Je suis prêt à parier qu'accompagné, je n'aurais rien appris.

Je regagne mon bureau et appelle mes adjoints. Ils me regardent, l'air intrigué.

– Qu'est-ce qu'il vous a raconté, le directeur, pendant tout ce temps ? demande Koula.

– Je n'étais pas chez le directeur. Je suis sorti pour une affaire personnelle.

Changeant aussitôt de sujet, je leur expose ma théorie sur l'exécution de Lalopoulos et les indices qui m'y ont amené. Ils tombent tous d'accord.

Nous sommes interrompus par un appel de Dimitriou.

– On a trouvé la jeep, annonce-t-il.

– Où ça ?

– Rue Laskaratou, une petite rue qui donne dans l'avenue Kifissias, parallèle à l'avenue Panormou. On l'a envoyée à l'atelier pour l'examiner.

L'étape suivante est une visite au lieu où travaillait Lalopoulos. Je prends Papadakis avec moi et nous gagnons à pied les bureaux de l'Office du tourisme dans la rue Tsoha, derrière le stade du Panathinaïkos. Le bon côté de cette enquête, c'est que jusqu'à présent tout se fait à pied.

En apprenant le but de notre visite, l'employé à l'entrée hoche la tête en répétant : « Une tragédie… une tragédie… » Puis il nous indique le bureau du héros de la tragédie.

Il n'y a pas foule. Nous ne trouvons là-bas que deux employés, un homme et une femme. Les autres bureaux sont vides.

– Nous voudrions d'abord savoir qui a prévenu la police, dis-je.

– Moi, répond la femme, une quinquagénaire nommée Effie Kleomenous. Nous avions décidé avec M. Lalopoulos de régler quelques affaires concernant les marinas le Jeudi saint. C'est le dernier jour ouvré et nous sommes tranquilles, la plupart des collègues sont partis. Mais M. Lalopoulos n'est pas venu. Je ne me suis pas inquiétée, mais le mardi d'après Pâques, ne le voyant pas, je l'ai appelé sur son portable et son fixe, et n'ayant pas de réponse j'ai eu peur et j'ai prévenu la police.

Et elle pousse un profond soupir.

— Malheureusement, dis-je, votre supérieur a été victime d'un vol qui lui a coûté la vie. Cela arrive de plus en plus souvent. Mais nous sommes obligés de faire une enquête, pour la forme, puisqu'il y a eu meurtre. Lalopoulos a-t-il jamais évoqué une tentative d'intrusion chez lui ?

— Jamais, répond Mme Kleomenous. Au contraire, il nous disait que le Bas Halandri reste sûr, comme au bon vieux temps.

— Combien de fois on lui a dit de mettre au moins une porte blindée, ajoute l'homme, nommé Kosmidis. Rien à faire. Il nous disait à chaque fois : « Je ne vais pas bousiller la maison que mon père a construite. Elle restera telle quelle. »

— Il vous a parlé de menaces qu'il aurait reçues ?

— Que voulez-vous dire ? s'étonne Mme Kleomenous.

— Écoutez, nous savons que les marinas sont toujours sous pression, intervient Papadakis. L'été surtout, il n'y a pas de place pour tout le monde et souvent les propriétaires de bateaux entrent en conflit avec les responsables. Lalopoulos aurait fort bien pu être menacé.

— C'est là notre pain quotidien, répond Kosmidis. La moitié de ceux à qui nous refusons une place nous menacent d'en appeler au ministre, au président de la République. Ils nous accusent de recevoir des pots-de-vin, de servir les copains et Dieu sait quoi encore. Voyez-vous, ceux qui ont des bateaux de plaisance ont tous de l'argent et des connaissances. Les menaces ne prennent pas, bien sûr, à l'exception d'une ou deux interventions d'en haut que nous avons dû satisfaire. Mais c'est la même chose partout.

Le service public grec dans sa gloire, me dis-je, tandis que passent devant mes yeux les billets de cinquante allongés dans la plume. Je préfère m'en tenir là pour les questions, de peur d'éveiller les soupçons. Nous prenons congé.

— Tout est nickel, me dit Papadakis à la sortie du bâtiment.

— Tu t'attendais à quoi ? D'abord, ils ne savaient peut-être pas que leur chef était ripou. Ensuite, s'ils le savaient ils ne le diraient pas, les soupçons les atteindraient eux aussi.

— Qu'est-ce qu'on fait ?

— On va à l'Autorité portuaire. Je ne vois rien d'autre à faire et n'en attends pas grand-chose, mais pour la bonne forme, il faut les rencontrer, eux aussi.

Nous rentrons à la Sûreté pour prendre contact avec le responsable, mais je suis attendu par un message de Guikas.

— En avant la musique, m'annonce-t-il au téléphone. Le nouveau sous-chef veut être informé sur l'affaire Lalopoulos. Ils sont comme ça, les bureaucrates. Ils veulent tout savoir à tout moment, pour être tranquilles.

Je laisse mes adjoints s'enquérir du responsable de l'Autorité portuaire et je monte au bureau de Guikas, pour aller voir ensemble le sous-chef.

Tandis que pour les autres Pâques se termine, nous entamons notre semaine de la Passion.

6

Cinq heures du soir et je suis crevé. J'aurais dû me faire porter absent pour cause de Pâques, retour le mardi soir avec la foule. Je me vois membre de la petite confrérie des couillons et l'amertume déborde. Puis je vois Guikas à côté de moi et cela me console : lui aussi est resté, donc il fait partie du club. Sans compter que pendant des années il s'est battu sur tous les fronts dans l'espoir d'être nommé chef, et se retrouve gros Jean comme devant.

Je lui demande :
– Qu'est-ce qu'on va lui dire, au sous-chef ?
Je lui ai tout raconté en détail.
– Ne parle pas de ta visite au Blanchiment. Il te demandera qui t'a donné pouvoir, et quand il saura que tu en as pris l'initiative, il est bien fichu d'ordonner une enquête administrative. Il est bon qu'il sache ce qu'il doit savoir, mais pas tout ce qui se fricote. À moi tu caches des choses, et tu veux tout déballer devant le sous-chef ? ironise-t-il.

Je marmonne :
– Je ne vous cache rien.
– Allez, parlons d'autre chose, conclut-il sèchement.
Je me dis que jusqu'ici j'avais un supérieur qui me cherchait des poux, et soudain j'acquiers un allié, pour ne pas dire un complice.

Nous sommes devant l'image classique de l'Administration grecque. Dès qu'un nouveau cerveau est nommé, du ministre jusqu'aux subordonnés, la suite du précédent plie bagage et apparaissent des visages nouveaux, dotés des mêmes cerveaux. Là, par exemple. Dans l'antichambre du nouveau sous-directeur nous ne reconnaissons personne.

– Monsieur le sous-chef vous attend, nous annonce un type en uniforme, et il nous introduit.

Le bureau n'a pas changé, il n'a pas eu le temps. Le sous-chef se lève pour nous accueillir et nous fait asseoir.

– J'ai été informé du meurtre de Halandri et j'ai voulu en savoir davantage, dit-il. Je sais que cette affaire ne présente pas d'intérêt particulier, mais je suis nouveau et dépourvu d'expérience, un bleu comme on dit, et je me mettrai mieux dans l'ambiance en discutant avec vous d'affaires précises et en observant vos façons de penser et d'enquêter.

Je ne relève pas et le mets au courant, ne passant sous silence que ma visite au Blanchiment. Il m'écoute sans m'interrompre.

– Qu'en pensez-vous, monsieur le commissaire ? S'agit-il d'un vol ou d'une exécution ?

Je me dis qu'il convient de rester dans le flou.

– Les deux hypothèses restent ouvertes. La balle dans le front a peut-être une valeur symbolique, mais des voleurs peuvent l'avoir touché là par hasard. Même chose concernant l'argent trouvé dans le matelas. D'un côté, cela renforce la probabilité d'un règlement de comptes suite à des transactions frauduleuses. D'un autre côté, les voleurs n'ont peut-être pas pensé à fouiller ce matelas d'enfant. Il est encore trop tôt pour se faire une idée.

– Bien. Je souhaite seulement être tenu informé, monsieur le directeur, précise-t-il à Guikas. Je vous ai donné les raisons.

Guikas s'y engage et la réunion prend fin là-dessus.

– Tu as dit ce qu'il fallait, commente Guikas une fois dehors. Évidemment, nous l'avons maintenant sur le dos et je vais devoir lui réciter l'alphabet tous les jours comme à un instituteur.

Arrivé chez moi, je n'en peux plus. Tout ce que je veux, c'est manger un morceau puis aller me coucher, mais je parie que ma fille et mon gendre sont venus pour la visite post-pascale.

Dès que j'ouvre la porte j'entends leurs voix dans le séjour. M'apercevant, ils se précipitent pour la séance de vœux et d'embrassades.

– Comment vont tes parents ? demande Adriani à Phanis.

– Mon père a découvert les bienfaits de la retraite officieuse et c'est le bonheur total. Il touche le loyer de la boutique, il cultive son jardin, il a trouvé la paix. Ma mère est moins enthousiaste, parce qu'elle l'a toute la journée dans les pattes.

J'ajoute :

– Et pour vous, tout s'est bien passé ?

– Un rêve, répond Katérina. Volos est très belle. Les églises étaient pleines.

– Et les cafés aussi, ajoute Phanis en riant.

– Les gens soufflent après ces six années, dit Katérina. Vouloir s'éclater un peu, c'est humain. Et d'abord, qu'est-ce qu'on a fait, sinon fêter Pâques selon la tradition ?

– Selon la tradition, tu l'as dit, réplique Adriani sur le ton courroucé qu'elle prend quand elle n'est pas d'accord. Dès qu'on se fait un peu de gras, on se rue dans les restaurants, on bloque les routes en oubliant ce qu'on disait dans mon village : trois jours de fête, quarante jours de deuil. Trois mois ont suffi pour nous faire oublier six ans. Voyons combien de temps il nous faudra pour en revenir au même point.

– Tu as tort de t'inquiéter, madame Adriani, répond Phanis tranquillement. Tu me rappelles les patients qui relèvent d'une maladie grave et craignent de l'attraper une nouvelle fois. Ne t'en fais pas, le danger est passé. Tu ne vois pas les Européens qui pavoisent ?

– Les Européens ! lance Adriani avec mépris. Eux qui pendant toutes ces années nous ont traités de feignants et de corrompus. Maintenant que les choses ont changé, ils se congratulent et nous disent « Vous voyez qu'on avait raison ? ». Si demain nous rechutons, ils vont recommencer à nous injurier.

– Ils ne le feront pas : l'économie s'est stabilisée. Les touristes vont déferler, tout est loué pour cet été, à Volos et dans le Pélion c'est l'euphorie, mais le plus important c'est que deux banques étrangères sont en train d'ouvrir des succursales à Athènes.

Je demande :

– D'où vient l'argent ?

Je suis nul en économie. À la maison, c'est Adriani qui tient les comptes.

– Ils ont tout misé sur l'économie privée, m'explique Phanis. Normalement, moi qui exerce dans un hôpital public, je ne devrais pas me réjouir, mais je dois reconnaître que leur programme, ça marche. Ils ont réformé entièrement la fiscalité, ont largement allégé les impôts pour ceux qui investissent en Grèce, ils privatisent et amassent de l'argent.

– Et pourquoi leurs prédécesseurs ne l'ont pas fait ? s'interroge Adriani. Ils étaient idiots à ce point ?

– Ce n'étaient pas des idiots, maman. Ils ne voulaient pas, c'est tout.

– Moi, ma fille, je suis une simple ménagère. Les seules économies que je connaisse, c'est celles en faisant les courses. Mais dans ma vie je n'ai jamais vu descendre du ciel les rois mages avec leurs cadeaux. Or ceux-là, ils nous sont tombés des cieux.

Elle se lève pour aller préparer le repas, tandis que Phanis retient Katérina par le bras pour l'empêcher de poursuivre la conversation. Au même instant on sonne, et Adriani dévie sa route pour aller ouvrir. C'est Zissis venu présenter ses vœux, l'indispensable paquet à la main.

– Qu'est-ce que tu nous apportes encore ? demande Adriani sévèrement.

– Une brioche de Pâques, répond-il, comme en s'excusant.

Il s'attend à se faire gronder : Adriani lui a formellement défendu d'apporter un petit cadeau quand il vient en visite.

– Tu as trouvé moyen d'apporter une brioche ? dit-elle, mécontente. Je vais t'en donner plusieurs, moi, pour l'asile, cette année j'ai fait les miennes.

– Des brioches ? s'écrie Katérina, mi-surprise, mi-indignée.

Puis, se tournant vers moi, elle me fait un signe qui veut dire : Elle est folle ?

Je hausse les épaules, car il m'est impossible de suivre toutes les innovations de ma femme.

– J'ai jeûné pendant tout le carême et j'ai préparé des brioches pour Pâques, déclare-t-elle, puis elle raconte le vœu qu'elle a fait.

– Très bien, réplique Phanis, mais alors pourquoi n'es-tu pas d'accord pour dire que la crise est finie, et pourquoi dis-tu que les mages et leurs cadeaux ne tombent pas du ciel ?

– Moi, je fais mon devoir, pour que Dieu nous aide, mais je nous fais des réserves, j'en ai tellement vu.

– La chèvre et le chou, la taquine Phanis.

– Mon cher Phanis, que dit notre Père ? « Donne-nous aujourd'hui notre pain quotidien. » Notre Père lui-même n'a rien promis pour le lendemain, et moi je devrais ?

Indifférente au rire général saluant sa déclaration, elle part à la cuisine chercher des couverts pour Zissis. Katérina la suit, comme toujours, pour l'aider.

– Je ne sais pas si nous sommes tirés d'affaire définitivement, dit Zissis, et moi aussi je garde des réserves, mais ça va mieux.

– C'est la première fois que je t'entends parler ainsi, dis-je. Jusqu'à présent, chaque fois que nous parlions, tu me faisais voir tout en noir, avec ton pessimisme.

– La situation qui s'aggrave s'améliore, comme le disait l'un de mes amis, répond-il en souriant. S'il vivait aujourd'hui, il se verrait justifié.

– En quoi est-ce que ça va mieux pour toi ? demande Phanis.

– La municipalité prend l'asile en charge. Un jour, un adjoint au maire s'est pointé pour nous l'annoncer. Il a parlé de placer à sa tête un homme à eux, mais les pensionnaires se sont soulevés et ont menacé de partir avec moi. Les jeunes qui ont fondé l'asile sont intervenus et la mairie a décidé de me garder. Quand ils ont voulu discuter de mon salaire, je leur ai dit que j'étais retraité et que je travaillais là bénévolement. Ce qui a fait monter mes actions.

Il fait son petit rire étouffé.

— J'espère qu'ils n'ont pas mis une potiche au-dessus de toi, dit Phanis.

— Rien n'a changé. C'était la seule condition que j'ai mise. J'ai dit qu'on n'attendait pas d'eux des repas, mais une partie des provisions que la mairie destine à diverses institutions, et que nos pensionnaires cuisineraient eux-mêmes, comme ils l'ont fait jusqu'ici. Ça leur convenait. Le soir de Pâques j'ai invité l'adjoint au maire pour manger avec nous la soupe qu'avait préparée Mme Aglaïa. Il est reparti enthousiaste.

Adriani et Katérina reviennent avec les plats : l'agneau rôti aux pommes de terre pour l'une, les œufs peints et la salade pour l'autre.

On choque les œufs, on s'exclame. Le seul à ne pas souffler mot, c'est Zissis, qui casse les œufs de tout le monde en terminant par Adriani.

— Tu nous laisses un œuf intact, qu'on puisse recommencer demain ? le taquine Phanis.

Adriani sert l'agneau et tout le monde se jette dessus.

— Commissaire, dit Zissis, quand je t'ai connu je n'aurais pu imaginer l'alliance idéale que ta famille allait m'apporter.

— Quelle alliance idéale, oncle Lambros ? demande Katérina.

— Ton père appartient à la classe de ceux qui m'ont pourchassé toute ma vie. Ta mère rétablit l'équilibre avec sa cuisine. L'un me pourchasse, l'autre me nourrit. L'alliance idéale.

Nous éclatons de rire et Adriani exprime son contentement en mettant dans son assiette trois côtelettes.

7

Je n'ai pas le courage de me lever. J'ai eu beau dormir, la fatigue de la veille est toujours là. En fait nous nous sommes couchés tard, ayant beaucoup de choses à nous dire. Et en plus de la fatigue, mon estomac pèse des tonnes.

Je me traîne jusqu'au bureau en me disant que le congé de Pâques devrait venir après Pâques. Les églises, la procession, la bombance pendant trois jours, il y a de quoi vous exténuer.

Vu l'état de mon estomac, je dois supprimer le croissant ce matin. Je viens d'avaler ma première gorgée de café lorsque le téléphone sonne. C'est Dimitriou.

– On n'a trouvé ni papiers ni empreintes dans la jeep de Lalopoulos, m'annonce-t-il. Comme si la bagnole sortait de chez le concessionnaire.

Des braqueurs qui nettoient la voiture à fond avant de l'abandonner, ça n'existe pas. À chaque étape, la thèse de l'exécution se confirme.

Je récapitule. Les seules informations valables sont celles de Harikakis, au Blanchiment. À l'Office du tourisme, on n'a rien appris, tandis que l'ex-femme de Lalopoulos, inconnue de nous, n'est apparemment pas mêlée à l'affaire.

Je décide de clore la série des contacts officiels par une visite à l'Autorité portuaire du Pirée. Je demande à Koula de me trouver le responsable. Elle revient bientôt avec un nom : Nikos Steriadis. J'appelle celui-ci et nous nous donnons rendez-vous dans ses bureaux.

Depuis des années, je prends mes subordonnés avec moi en alternance pour éviter tout favoritisme et par conséquent toute jalousie entre eux. Cette fois c'est le tour de Koula et Vlassopoulos.

L'avenue Alexandras est encombrée. Vlassopoulos ne tourne pas dans la rue Patission, préférant la rue Ioulianou puis la rue Aristotelous pour rejoindre l'avenue Pireos.

Là, c'est pire, on avance au pas. Je calcule qu'il nous faudra une heure pour atteindre les bureaux de l'Autorité portuaire, quai Vassiliadi.

— Et voilà, les Athéniens sont de retour, commente Vlassopoulos hilare.

— Que font-ils dans les rues, quand travaillent-ils ? remarque Koula. Moi, je suis dans la rue le soir ou les jours de congé.

— Cesse de râler, Koula, dit Vlassopoulos. Depuis hier tu n'arrêtes pas. Comment il va faire, ton mari, pour te supporter ?

— Ne t'inquiète pas pour lui, répond-elle, et je l'approuve en silence.

J'avais vu juste : il nous faut presque une heure pour arriver à bon port. À l'entrée on nous explique comment atteindre le bureau de Steriadis, mais faute de pilote nous errons longuement dans le dédale des couloirs.

Nous y voilà. Steriadis, quinquagénaire chauve en uniforme, se lève pour nous accueillir.

— Le cas de Lalopoulos est un mystère pour nous, monsieur le commissaire, nous explique-t-il. Nous avons des raisons de soupçonner que ses activités illégales ne se limitaient pas aux pots-de-vin, mais qu'il dirigeait une véritable entreprise de contrebande en utilisant bon nombre des bateaux ancrés dans ses marinas. Cependant l'enquête se heurte à deux gros obstacles. D'abord, nous n'avons le droit d'arrêter des bateaux pour les fouiller qu'en haute mer. Si le bateau est à quai, il nous faut un mandat de perquisition, comme c'est le cas pour vous avant de fouiller chez quelqu'un. Ensuite, les propriétaires de ces bateaux ont de l'argent et des relations. Nous devons donc avoir des présomptions solides pour obtenir un mandat. Sinon, ils vont tous nous tomber dessus.

Je demande :

– Puisque vous n'avez pas encore de preuves, qu'est-ce qui vous fait croire qu'il se livrait à la contrebande ?

– Nous avons déjà fouillé deux bateaux, sans rien trouver. Mais nous avons contrôlé leurs titres de propriété. Les deux propriétaires ont été mêlés à des trafics de drogue. Ils ont été blanchis, mais cela ne veut pas dire grand-chose. Dès lors nous avons surveillé Lalopoulos et constaté qu'il rencontrait souvent les deux suspects. Mais nous n'avons rien remarqué de répréhensible. Ils se rencontraient dans une cafétéria, discutaient puis se séparaient.

Il me voit qui le regarde en silence, et poursuit :

– Je sais ce que vous pensez : la marchandise devait bien changer de mains quelque part. D'accord, mais pas moyen de repérer où. Lalopoulos n'avait que sa maison à Halandri. Et s'il avait eu un autre domicile, il n'aurait pas été assez fou pour y exercer son commerce.

– Je ne vois pas ce que vous pourriez faire d'autre, lui dis-je sincèrement. Nous allons maintenant rechercher l'assassin. Si nous trouvons un indice qui puisse vous intéresser, nous vous tiendrons au courant.

– Et nous de même.

– Y a-t-il un bien immobilier au nom de son frère ? demande Koula.

– Nous avons vérifié qu'il portait le même nom. S'il y avait quelque chose, nous l'aurions remarqué.

N'ayant plus de questions, je me lève et nous prenons congé.

Au retour, chacun est dans son monde, personne ne parle. Par bonheur, la circulation plus fluide nous épargne un sujet d'énervement.

Koula brise le silence.

– Mais enfin, comment pouvons-nous être sûrs qu'il s'agit d'une exécution ? Nous n'avons aucune preuve, après tout.

– Nous n'avons pas exclu le vol, dis-je. L'absence de preuves nous amène à chercher dans les deux directions.

– Dans ce cas, il va falloir avertir le service des attaques à main armée.

– C'est fait, répond Vlassopoulos. Mais du moment qu'il y a meurtre, nous sommes impliqués, qu'on le veuille ou non. Et c'est à nous de déterminer la cause du meurtre.

Je laisse mes adjoints regagner leur bureau et je vais souffler au cinquième. Je préfère informer Guikas avant qu'il ne me sollicite. Le sous-chef peut l'appeler d'un moment à l'autre et je ne veux pas qu'il soit exposé. Mon empressement m'étonne, mais je reconnais que cela m'arrange de conserver le cap qu'a pris notre relation après la rencontre avec le nouveau sous-chef, même si nos motivations sont différentes : chez moi l'incertitude, chez lui la déception.

À la fin de mon rapport, il fait exactement le même commentaire que Koula, comme s'ils s'étaient concertés.

– En d'autres termes, nous n'avons que des soupçons, sans aucune preuve.

– Il y a l'argent trouvé dans le lit d'enfant, mais il peut dater de la crise, quand les Grecs sortaient leur argent des banques pour le cacher dans leur matelas. L'Autorité portuaire a cherché des biens immobiliers à son nom, mais sans résultat.

Soudain une idée me vient et je me lève d'un bond. « Excusez-moi », dis-je et je sors en trombe. Je descends les marches deux par deux jusqu'au troisième et me rue dans le bureau de mes adjoints.

– Comment s'appelait la femme de Lalopoulos ?

Dermitzakis consulte le dossier.

– Jane Ogden.

– Contacte le bureau des hypothèques, dis-je à Koula, et demande s'ils ont quelque chose au nom de Jane Ogden.

Je rejoins mon bureau où j'attends, sur des charbons ardents. S'il y a une propriété à son nom, ce pourrait être l'ouverture qui jusqu'ici nous manque.

Entre-temps le téléphone sonne, c'est Guikas.

– Quelle mouche t'a piqué ? demande-t-il sévèrement.

Je lui donne la raison de mon départ. À côté de l'incontinence d'urine, lui dis-je, il y a l'incontinence d'inspiration qui vous oblige à courir, elle aussi.

– Tu te justifies après coup comme toujours et ça me tape sur les nerfs, fait-il, calmé. Tiens-moi au courant.

Une demi-heure plus tard, Koula réapparaît, souriante jusqu'aux oreilles.

– Vous êtes tombé pile ! Jane Ogden a une maison de campagne à Dilessi.

– Comment savoir si c'est bien celle que nous cherchons ?

– Elle est mentionnée comme épouse de Costas Lalopoulos.

Reste à savoir qui a les clés de la maison. Si elle les a emportées, nous allons nous casser le nez. Si Lalopoulos les a gardées, bingo ! Mais seule Mrs Ogden a la réponse. L'ennui, c'est qu'une enquête en collaboration avec la police anglaise risque de nous prendre des jours.

J'appelle Harikakis du Blanchiment pour l'informer.

– Nous aurions dû y penser, j'ai honte, avoue-t-il.

– Peu importe qui a eu l'idée. L'important, c'est d'aller vite. Je peux actionner la machine policière, mais cela va nous prendre des jours. Peut-être avez-vous un moyen de communication plus rapide avec les Anglais ?

– Nous avons cela. Je m'en occupe aussitôt et je vous appelle.

Entre-temps j'informe Guikas, cela lui fera plaisir.

– Si vous êtes d'accord, dis-je, je vous propose de ne pas parler encore de la maison de campagne au sous-chef. Attendons d'avoir des éléments plus tangibles.

Il approuve et sans tarder j'appelle Dimitriou.

– En fouillant chez Lalopoulos, vous n'auriez pas trouvé des clés ?

– Je vous l'ai dit. On n'a trouvé absolument rien. Ni dans la maison ni dans la voiture.

Pour être tout à fait sûr, j'envoie Papadakis à l'Office du tourisme fouiller le bureau de Lalopoulos. Il revient une demi-heure plus tard, sans clés.

Harikakis m'appelle vers deux heures.

– Son épouse me dit qu'un trousseau de clés a dû rester chez son ex-mari. Elle a pris les siennes en partant, mais tout s'est passé si vite qu'elle a oublié de réclamer les autres.

– Est-elle revenue habiter la maison depuis ?
– Non, et elle ne veut pas. Elle souhaitait la vendre, mais on lui a dit que les prix ont baissé avec la crise et elle attend que la situation s'améliore.

J'appelle Guikas et lui demande d'utiliser son pouvoir pour obtenir un mandat de perquisition au plus vite. Puis je dis à mon équipe de tenir prête une voiture de patrouille et de faire venir l'Identité judiciaire avec un serrurier.

Une demi-heure plus tard le mandat de perquisition est dans nos mains.

8

Nous partons vers Dilessi, suivis de la camionnette de l'Identité judiciaire. Avec moi dans la voiture, Dermitzakis faisant office de conducteur, Vlassopoulos et Papadakis. Nous avons laissé Koula au QG dans le rôle de coordonnatrice.

Je ne sais pas ce qui nous attend là-bas. Nous allons peut-être faire chou blanc, mais nous aurons du moins tout essayé.

Passé Kifissia, nous prenons la route d'Avlona, puis tournons à droite vers Dilessi. Papadakis, prévoyant, a emporté une carte précise de la région et nous trouvons facilement la villa. Elle est à la limite d'Oropos, près de Halkoutsi, et domine la mer depuis la deuxième route après la côte.

C'est une maison à étage, avec un balcon et un jardin devant, minimal, pour se donner l'allure d'une maison de campagne. Il est, de façon criante, abandonné à son sort.

Ouvrir la porte du jardin est un jeu d'enfant pour le serrurier. À la porte de la maison, il titille un peu la serrure puis se tourne vers nous.

– Elle est coriace et ça va me prendre du temps, sans que je puisse vous garantir le résultat.

– Il vaudrait mieux entrer sans rien casser, porte ou fenêtre, dis-je.

– Je ferai de mon mieux.

Il y passe une heure, mais réussit.

– Tu es un champion, commente Dimitriou admiratif.

– Entrer dans la police était une erreur, dans le privé j'aurais fait fortune, répond l'homme en riant.

Nous sommes dans une maison de campagne typique, avec des fauteuils en rotin, un guéridon du même style et un vase vide posé dessus. À gauche, un canapé-lit.

Sur tous les meubles, une épaisse couche de poussière suffit à prouver que la maison n'a pas été habitée depuis très longtemps. Au milieu du séjour nous regardons autour de nous, à part Dimitriou qui scrute le sol.

– Cette maison est inhabitée depuis des mois ou des années, s'étonne-t-il, alors comment expliquer ces traces de pas toutes fraîches ?

Sur le carrelage, en effet, nous distinguons des empreintes de pas. Dimitriou les suit depuis la porte d'entrée jusqu'au fond du séjour où elles s'arrêtent devant une porte fermée, près de l'escalier qui monte à l'étage.

– Le visiteur a dû venir le Lundi ou le Mardi saint, jours où il a plu, constate Dimitriou.

Je m'adresse au serrurier :

– La porte n'a pas été forcée, n'est-ce pas ?

– Non. On l'a ouverte avec une clé.

– Donc, ceux qui l'ont tué lui ont pris les clés.

– Et en plus, complète Papadakis, ils savaient où se trouve la maison. Par conséquent, ils le connaissaient, et ils cherchaient quelque chose de précis.

– Venez voir.

Dimitriou nous appelle de derrière la porte où s'arrêtent les traces de pas.

En nous approchant, nous voyons des marches qui descendent au sous-sol. On aperçoit en bas une cave de taille moyenne qui sert à ranger du matériel pour les vacances d'été, chaises et tables pliantes, parasols, un canot gonflable pour enfant.

– Je ne sais pas ce qu'ils cherchaient, remarque Dimitriou, mais ils cherchaient, c'est sûr.

Nous montons à l'étage où nous ne trouvons rien de spécial. Deux chambres sont séparées par une salle de bains. L'une des deux est une chambre d'enfant, comme dans la maison de Halandri. Avec deux différences : les meubles sont plus simples, et rien n'a été touché, ni meubles, ni tiroirs, ni matelas.

Les visiteurs ne cherchaient pas de l'argent ou des bijoux, mais autre chose de bien précis. L'hypothèse de l'exécution se confirme.

– Venez voir.

Cette fois, Dimitriou est dans la cuisine. Tous les placards sont ouverts, sauf un, sous l'évier. Dimitriou l'ouvre et en sort un carton.

– Fouillez-le, dit-il.

Dermitzakis l'ouvre et se trouve devant des assiettes et des couverts.

– Tu crois qu'ils sont venus chercher de la vaisselle ? demande-t-il ironiquement à Dimitriou.

– Je ne vous aurais pas appelés pour des petites cuillers, rétorque Dimitriou. Cherche jusqu'au bout.

Dermitzakis commence à vider le carton. Il s'arrête en plein milieu, regarde à l'intérieur, se penche et sort du carton un sachet plein de poudre blanche.

– De l'héroïne, lâche Vlassopoulos.

– Nous n'en serons pas sûrs avant l'analyse, mais je n'ai aucun doute moi non plus, approuve Dimitriou. Et nous savons au moins d'où Lalopoulos tirait son argent sale. On l'a tué, puis on est venu chercher la came.

— Pas sûr, répond Papadakis. Ceux qui sont venus sont peut-être des types à lui. Logiquement, ce n'est pas lui qui venait surveiller la livraison. Donc, ses hommes avaient peut-être les clés. Dès que la nouvelle de sa mort a circulé, et ils l'ont sûrement apprise avant nous, ils sont venus vider la maison pour mettre la marchandise en sûreté. Assassins ou hommes à lui, les deux hypothèses se tiennent.

— À tous les coups le débarquement se faisait dans les parages, dit Vlassopoulos. Quand les bateaux s'amarraient dans les marinas, ils étaient comme vierges et leurs propriétaires n'étaient que des plaisanciers venus goûter aux beautés de l'Attique.

— C'est l'Autorité portuaire et elle seule qui peut nous éclairer là-dessus, dis-je. Nous ne sommes ni compétents ni habilités.

J'appelle Steriadis de l'Autorité portuaire sur mon portable et lui résume la situation.

— Mais comment vous est venue l'idée de chercher si sa femme avait une maison ? demande-t-il, étonné.

— C'est ce genre d'idée qui vous arrive de nulle part. On se lance au hasard et ça vous tombe dessus.

— Nous partons tout de suite et nous serons là-bas dans une demi-heure.

Je lui indique le chemin.

— Comment Lalopoulos a-t-il pu prendre le risque d'utiliser la maison ? s'interroge Dermitzakis. Comment aurait-il expliqué à sa femme qu'il stockait de la drogue chez elle si elle s'était pointée sans prévenir ?

— Tu peux être sûr qu'il a changé les serrures, dit Vlassopoulos.

– Et si en arrivant avec son fils elle n'avait pas pu entrer ?

– Il aurait dit qu'il avait changé les serrures à la suite d'une tentative de cambriolage, pour être tranquille, répond Papadakis.

Tout cela se tient. Les difficultés commencent avec la question : Comment Lalopoulos avait-il organisé son commerce ? D'accord, je comprends, tout porte à croire qu'il utilisait les marinas comme couverture pour les bateaux apportant la drogue. C'est d'ailleurs l'opinion de l'Autorité portuaire elle-même.

– Les traces de pas sont visibles aussi dans le jardin, nous annonce Dimitriou qui a poursuivi ses investigations. Nous n'avons pas trouvé de traces de pneus, mais elles peuvent avoir disparu.

Il ne nous reste plus qu'à attendre les autres. Steriadis pensait arriver dans la demi-heure, mais une heure est déjà passée et nous attendons toujours. Il n'y a rien de pire, dans une affaire, que ces moments d'inaction forcée.

Finalement, Steriadis et son équipe déboulent avec une heure et demie de retard. Il ne nous sert pas, heureusement, la question classique des Grecs ayant plus d'une heure de retard : « Quelle heure est-il ? »

– Désolé, mais nous avons dû faire une recherche avant de venir, pour y voir plus clair.

Je demande :

– Vous avez trouvé quoi ?

– Le seul accès pour un bateau dans la région, c'est Skala Oropou. Bien sûr, la côte en allant vers Dilessi est déserte après l'été, surtout en semaine. Il y a peu d'habitants permanents dans le coin. Pourtant, même en supposant que la livraison se faisait dans le secteur, un bateau de plaisance, hors saison, serait vite remarqué.

— Donc, ils avaient trouvé un autre moyen, conclus-je.
— Sûrement, mais nous ne savons pas lequel. Il va falloir enquêter dans les cafés, chez les pêcheurs. Si on ne trouve rien, il faudra continuer en face, en Eubée.
— Voulez-vous qu'on vous accompagne ? dis-je, poussé par le sens du devoir.
— Non. S'ils vous voient, ils pourraient se braquer et nous servir des « rien vu, rien entendu, je sais rien ». Avec nous ils sont plus habitués.

J'aimerais mieux envoyer l'un d'entre nous avec eux, à toutes fins utiles, mais je ne veux pas les froisser. Tout compte fait, ils sont plus expérimentés que nous pour ce genre d'enquête. Ce qui ne nous empêche pas de mener la nôtre dans le secteur.

La plupart des maisons ont portes et fenêtres closes. Si certains sont venus pour Pâques, ils ont regagné Athènes. Nous errons dans les parages à la recherche d'une maison habitée ou ne serait-ce que d'un passant.

Pour finir nous tombons sur une femme d'âge moyen qui rentre de courses avec ses sacs en plastique. Papadakis s'approche et lui montre sa carte.

— Vous connaissiez Costas Lalopoulos ?
— Ah ça, j'ai tout su par une amie qui habite Halandri. On l'a tué pour le voler, le pauvre.

Elle va pour se signer, mais ses mains sont occupées par les sacs et elle se contente d'un « Une chose pareille ! Si c'est pas Dieu possible ! ».

— On le voyait ici l'été ? demande Dermitzakis.
— À ce qu'on m'a dit, la maison était à sa femme, une Anglaise, et ils sont séparés. Quand ils étaient ensemble, ils venaient l'été, mais avec lui c'était bonjour bonsoir et *good morning* avec sa femme. L'Anglaise et son enfant ne sont pas revenus depuis et la maison a l'air fermée.

— Vous l'avez rencontré seul, après la séparation ?

– Comment savoir, moi j'habite plus loin et je ne regarde pas ce qui se passe dans cette maison. Et d'ailleurs ça ne m'intéresse pas. Mais une voisine a vu un soir deux voitures qui déchargeaient des choses et elle a demandé à Lalopoulos, qui se trouvait là, s'il comptait s'installer à Dilessi. Il a répondu qu'il apportait de l'équipement pour la maison, parce que sa femme voulait la louer en meublé pour l'été.

D'où la vaisselle, me dis-je. Inutile de continuer, nous recevrons la même réponse. L'explication est convaincante, personne n'irait penser à mal.

Nous regagnons la maison de Jane Ogden et attendons l'Autorité portuaire. Son enquête, comme prévu, dure plus longtemps. Au retour de nos collègues, je demande à Steriadis :

– Vous avez du nouveau ?
– Il semble bien que le transport se faisait par caïque.
– Par caïque ?
– Oui. Au début, personne ne savait rien, ils écoutaient à peine nos questions. Jusqu'au moment où le client d'un café nous a dit qu'un jour il buvait avec le propriétaire d'un caïque d'Eretria en face, qui lui a dit avoir chargé au large de sa ville une cargaison apportée par un voilier. À son arrivée à Dilessi, un canot pneumatique est venu prendre livraison. On l'a payé en liquide.

– Il sait qui étaient le fournisseur et le destinataire ?
– Non. Nous pouvons retrouver la trace du caïque en nous faisant aider par l'Autorité portuaire d'Eubée, mais ça prendra du temps.

– Mais enfin, personne n'a demandé de quelle marchandise il s'agissait ? s'étonne Papadakis.

– Pourquoi demander ? Tout ce qu'il voulait, c'était faire vite et toucher l'argent, répond l'un d'eux.

— En tout cas, dit Steriadis, pour moi c'est sûr : à tous les coups ils recouraient à un caïque différent. Prendre toujours le même aurait éveillé les soupçons.

Plus aucun doute : le meurtre de Lalopoulos est un règlement de comptes entre trafiquants de drogue. Nous nous mettons d'accord pour que chacun poursuive son enquête de son côté, mais que nous restions en contact.

9

– Ce soir on sort, m'annonce Adriani dès que j'arrive. Katérina et Phanis nous invitent.

Normalement je devrais me réjouir. Cela me fait toujours plaisir de sortir avec ma fille et mon gendre, d'autant que pendant la crise les sorties étaient rares. Mais ma fatigue de la veille ne fait qu'augmenter, et là tout ce que je veux, c'est ne plus bouger de chez moi et me coucher tôt.

Ne me voyant pas déborder d'enthousiasme, Adriani tâche de m'expliquer.

– Tu ne comprends pas ? Ils dînent chez nous tous les soirs depuis si longtemps qu'au premier rayon de lumière au bout du tunnel, ils croient que le soleil est là et veulent nous inviter.

– Où ça ?

– Dans un restaurant italien. Ils disent qu'on a eu notre dose d'agneau et de soupe aux abats, manger italien nous changera.

– Comment s'appelle le restaurant ?

– J'ai oublié. Je sais qu'il se trouve sur la droite, en quittant l'avenue Kifissias vers Halandri.

Le trajet est simple. Le restaurant s'appelle La Strada. Apparemment nous ne sommes pas seuls à fuir la soupe aux abats : la salle est pleine. Katérina et Phanis ont choisi une table ronde. Avec eux, Mania et Uli. Après les effusions d'usage, nous prenons place.

S'ensuit un récit détaillé des vacances de Pâques, puis on passe au menu. Il est plein de mots et de signes inconnus. Je passe les pizzas, dont je suis rassasié à force de les voir : mes adjoints en commandent au déjeuner un jour sur deux. À la page des pâtes, le seul mot que je comprenne, c'est spaghetti. Pour les autres : tortellini, ravioli, fettuccine, linguini, il me faudrait un dictionnaire, mais une chose est sûre, mon Dimitrakos ne me sera d'aucune aide. Je m'adresse à l'assemblée :

– Qu'est-ce qu'on mange ici, à part du saumon ?

– Des pâtes, bien sûr, répond Katérina. Tu ne peux pas manger italien sans prendre des pâtes.

– Uli va t'aider, dit Mania. C'est un expert en cuisine italienne.

– Mais tu es allemand ! s'étonne Adriani.

Uli se met à rire.

– Dans les restaurants allemands, Adriani, la cuisine ferme à dix heures. Ceux qui veulent manger plus tard, et c'est mon cas, vont chez les Grecs ou les Italiens.

– Voilà pourquoi il s'est adapté si facilement, dit Mania en riant. À force de manger tard en Allemagne. Quand ses parents viennent le voir, ils veulent qu'on dîne à sept heures. Un jour, je leur ai dit qu'en Grèce on ne sert pas le dîner à sept heures, même dans les hôpitaux.

– Essayez les tortellinis aux fruits de mer, me conseille Uli. C'est délicieux.

J'obtempère et prie pour que ce soit bon : dans le cas contraire, je devrai tout avaler pour ne pas le vexer. Mais j'ai tort de m'inquiéter, le plat est un régal, ainsi que les salades commandées par Katérina et Phanis.

Je me dis que ce festin va être le coup de grâce et que demain je ne pourrai plus tenir debout.

Apparemment j'ai bien jugé la qualité de la cuisine, car Adriani m'approuve.

— C'est vraiment délicieux. Les Italiens cuisinent très bien.

— Je vais t'offrir un livre de recettes italiennes, dit Mania.

— Ma chérie, ne gaspille pas ton argent. Il resterait dans le placard. Moi je sais cuisiner à la grecque et je ne veux pas imiter les Italiens. Si je voulais apprendre des recettes, je regarderais tous les matins à la télé ces chefs qui vous font de ces plats, une vraie folie, que je m'en arrache les cheveux. Comment a-t-on fait pour passer du souvlaki à la cuisine thaïlandaise ? Il est vrai qu'on a quitté la charrette pour le 4 x 4. C'est pareil.

L'éclat de rire général fait place au silence, car tout le monde se jette sur son assiette. Nous faisons une pause après le plat principal en attendant les fruits. Entre-temps, comme j'ai bu deux verres de vin, l'association de la fatigue et de l'alcool conduit mes jambes vers la paralysie.

— La prochaine fois, annonce Uli, c'est moi qui vous ferai des plats italiens.

— Tu cuisines ? s'étonne Adriani.

Je comprends sa surprise, avec moi qui ne sais même pas préparer le café.

— Uli n'a pas résolu mon problème d'argent, madame Adriani, dit Mania, mais avec lui je n'ai plus de problème à la cuisine.

— Et nos problèmes d'argent seront bientôt résolus, la rassure Phanis.

— Qu'est-ce que tu en sais ?

– Les médecins de l'hôpital, les infirmières, tout le monde en est sûr. Et quand l'argent va revenir, logiquement, tout ira mieux pour vous.

– Tu as entendu parler d'augmentations, Costas ? me demande Adriani.

– Rien entendu.

– Alors, mon petit Phanis, ne chante pas trop tôt victoire. Les premiers à se faire augmenter dans ce pays, c'est l'armée et la police. Puisque ceux-là ne voient rien venir, gare à la douche écossaise.

– En tout cas, une augmentation ne nous ferait pas de mal, insiste Phanis. On pourrait au moins déménager.

– C'est dans vos projets ? s'étonne Adriani.

– On ne tient plus dans nos deux pièces, maman, explique Katérina. Avec tous ces réfugiés on a encore plus de boulot et j'ai besoin d'un endroit chez nous pour travailler.

– Si vous vouliez une chambre de plus pour un enfant, je comprendrais. Mais pour le travail ? Qu'est-ce qui t'empêche de rester une heure de plus au bureau ?

– Maman, je travaille aussi le week-end.

– Et alors, tu ne peux pas aller à ton bureau le week-end ? L'immeuble est fermé ?

– Ce n'est pas si simple, madame Adriani, intervient Mania. Nous aussi nous travaillons à la maison, Uli et moi. Comme ça on a au moins l'illusion d'être en congé.

– On hésite entre louer et acheter, dit Phanis, on n'a pas encore pu se mettre d'accord.

– Vous pensez acheter un appartement ?

Et Adriani se signe, sans ajouter d'invocation au Seigneur.

– Moi, je préfère acheter, dit Katérina, les prix de l'immobilier sont encore très bas, mais Phanis est plus conservateur et insiste pour qu'on loue.

– Mais où allez-vous trouver l'argent ? dis-je à Phanis. L'augmentation vous paiera peut-être les intérêts du prêt. Mais pour le prêt lui-même ?

– Les nouvelles banques recommencent à donner des prêts immobiliers.

– Et où trouvent-elles l'argent ? demande Uli.

– Il n'y a plus de contrôles de capitaux, explique Katérina. Les autres banques sont bien plus conservatrices, mais celles-ci accordent même des prêts aux entreprises. Elles prennent des risques, mais c'est qu'elles misent sur la croissance.

– Mais dis-moi, me demande Adriani tandis que nous rentrons, quelle mouche l'a piquée, ta fille, pour qu'elle veuille acheter un appartement ?

– Qui sait. Ils ont peut-être décidé de faire un enfant et ne le disent pas encore.

– Katérina, faire un enfant ? Costas, elle a choisi pour enfants tous les réfugiés d'Athènes.

Je ne relève pas le commentaire venimeux et m'efforce de la calmer.

– Après tout, ce n'est qu'un appartement, pas un 4 x 4 ou une villa à Paros.

– Bien sûr, tu n'allais tout de même pas critiquer ta fille, dit-elle en prolongeant le commentaire venimeux jusqu'à moi. Désolée de le dire, mais vous avez les mêmes idées. Toi aussi, dès qu'on a pu respirer un peu, tu as repris ta voiture. Tu vas me dire que ce n'est pas pareil, d'accord, mais ce n'est pas une différence de point de vue, c'est l'âge qui change. Tu es plus vieux qu'elle, donc plus mesuré. C'est tout.

Elle s'interrompt, puis ajoute, comme soulagée :

– Heureusement qu'elle a Phanis à son côté. Lui au moins, il a la tête sur les épaules.

La conversation s'arrête là : ayant du mal à tenir les yeux ouverts, je n'ai pas la force de jouer les tranquillisants face aux angoisses d'Adriani.

10

Si mon portable n'avait pas sonné, j'aurais pu dormir jusqu'à midi. J'appuie sur la touche en jurant.

– Ici le centre d'opérations, monsieur le commissaire. On a un cadeau pour vous.

– Un cadeau ? dis-je, à moitié réveillé.

– On tient les cambrioleurs qui ont tué le type de Halandri.

– Comment sais-tu que ce sont eux ?

J'entends sonner mon réveil interne.

– Ils ont avoué, monsieur le commissaire.

– Où sont-ils maintenant ?

– Au commissariat d'Ayos Pandéléimon.

Je lui demande l'adresse, jette un coup d'œil au réveil et saute hors du lit. Dix heures passées. J'ai dû dormir dix bonnes heures d'affilée, un vrai miracle en ce qui me concerne. Avant de m'habiller, j'appelle Vlassopoulos et lui dis de me retrouver, avec Papadakis, au commissariat d'Ayos Pandéléimon.

Dans la cuisine, Adriani épluche des haricots verts.

– Décidément la Grèce a changé, dit-elle, toujours venimeuse. On fait la fête et on se lève tard.

– Ce n'est pas moi l'organisateur des folles nuits, dis-je entre deux gorgées de café. D'autres personnes m'incitent à la débauche.

Je fais démarrer la Seat et mets le cap sur l'avenue Alexandras en passant par la rue Soutsou. Je veux rejoindre la gare de Larissa par la rue Ioulianou et de là gagner la rue Mihaïl Voda. L'avenue Alexandras est bouchée. J'avance au pas jusqu'à la rue Patission, en espérant que cela va s'arranger, mais l'embouteillage se prolonge dans la rue Ioulianou. Je me maudis de n'avoir pas profité de la voiture de patrouille moi aussi, croyant gagner du temps. Me voilà pris au piège, sans issue de secours.

Le trajet me prend une demi-heure. La voiture de patrouille, garée devant le commissariat, confirme que j'ai fait une connerie.

– Ils sont dans le bureau du commissaire, au second, me dit le policier à l'entrée.

Je monte par l'escalier. Dans le bureau, Vlassopoulos et Papadakis discutent avec un quinquagénaire en uniforme.

– On a eu de la chance, me dit le commissaire après les présentations.

– Comment avez-vous fait ?

– Ils ont avoué, lâche-t-il, laconique.

– Comment ça ? Ils sont venus vous raconter qu'ils ont tué Lalopoulos pour le voler ?

– Pas tout à fait, répond-il en souriant. Nous avons reçu un appel anonyme, à deux heures du matin, comme quoi on tentait de cambrioler un magasin rue Larnakos, qui vend des portables et du matériel de téléphonie mobile. Nous y sommes allés et les avons pris en flagrant délit, en plein pillage. Nous sommes allés perquisitionner chez eux. Ils habitent un taudis rue Koraka, près de la station de métro Ayos Nikolaos. Dans une armoire encastrée, nous avons trouvé le portefeuille d'un certain Costas Lalopoulos. Ils ont d'abord soutenu l'avoir trouvé dans la rue, mais dès qu'on a insisté ils ont avoué être entrés chez lui pour le voler.

– À part le portefeuille, vous n'avez rien trouvé d'autre ? demande Papadakis.

– De l'argent, mais nous ne savons pas s'il vient de chez Lalopoulos.

– Il va falloir les transférer à la Sûreté pour les interroger, dis-je au commissaire.

– Ils sont à votre disposition.

– Vous avez trouvé une arme ?

– Oui, un automatique 9 mm. On a pris leurs empreintes. Tout est prêt.

Nous félicitons le commissaire, redescendons dans la rue et attendons devant l'entrée qu'on nous amène les assassins de Lalopoulos. Ils seront transportés dans la voiture du commissariat.

Les voici : deux Asiatiques dans les trente ans, menottés. Deux policiers les poussent sur le siège arrière. L'un s'assoit avec eux, l'autre monte à l'avant. Un troisième nous remet l'arme dans un sac en plastique ainsi que les empreintes.

Notre voiture prend la tête du cortège. Grâce à la sirène, nous arrivons à la Sûreté en un rien de temps. Nous allons directement au bureau des interrogatoires. Je dis à Papadakis de leur ôter les menottes. Ils posent les mains sur la table et nous regardent, détendus, comme s'ils étaient venus discuter le bout de gras.

– Vos noms ! demande Vlassopoulos, l'air sévère, pour leur casser le moral.

– Moi Abdul Bakri, répond le premier.

– D'où es-tu, Abdul ?

– Pakistan. Islamabad.

– Et toi ?

– Moi Mohamad Sidi. Kandahar. Afghanistan.

— Alors dites-moi, comment êtes-vous entrés dans la maison de Halandri ? demande Papadakis. Vous avez forcé la porte ou une fenêtre ?

— Non, dit l'Afghan. Nous tapé la porte et crié : Monsieur, monsieur, quelqu'un rentré dans votre voiture. Quand lui ouvert, Mohamad mis pistolet sur son ventre et poussé lui dedans.

— Et là vous l'avez ligoté sur la chaise, complète Vlassopoulos.

— Oui, disent-ils ensemble.

— Je ne comprends pas une chose, dit Papadakis. Vous l'avez ligoté, il n'a pas résisté. Pourquoi le tuer ?

— Quand nous monter chercher, lui crier Oscour ! oscour ! explique le Pakistanais. Nous descendre vite, Mohamad très peur et tirer.

— Nous volé premier fois, ajoute l'Afghan. Pas mis mouchoir sur la bouche pour lui pas crier.

C'est vrai, Lalopoulos n'était pas bâillonné. Je leur demande :

— Mais enfin, vous habitez Ayos Nikolaos. Comment avez-vous découvert cet homme qui vivait seul à Halandri ?

— Nous travailler chantier, répond le Pakistanais. Nouveau café, plus bas. Nous voir le monsieur sortir seul, rentrer seul, et nous dire tous les deux voler lui, quand chantier finir.

— Allés jour de fête, quand tout le monde à l'église, conclut l'Afghan.

— Ensuite, dit Vlassopoulos, ce premier braquage vous a mis en appétit et vous avez attaqué la boutique aux portables.

Ils sourient tous deux, l'air approbateur. Nous n'avons pas d'autres questions et je les envoie en cellule, le temps de préparer leur dossier et de les remettre au juge d'instruction.

Je passe au bureau de mes adjoints et Koula me le confirme : les deux hommes ont un casier judiciaire vierge.

– Des affaires de drogue ?
– Aucune.

Il est midi lorsque je mets enfin le pied dans mon bureau. Laissant de côté mon café et mon croissant, je récapitule.

Le meurtre de Lalopoulos est élucidé, mais il reste des points obscurs. Les Asiatiques ont remarqué que la victime vivait seule ; comment pouvaient-ils en être sûrs ? Leur travail ne leur permettait pas de surveiller la maison continuellement. D'accord, des hommes venus de si loin jusqu'en Grèce ont traversé tant de tempêtes qu'ils ont perdu le sens du danger. Ils foncent en aveugles et à Dieu vat.

Ce qui pose davantage problème, c'est le coup de feu. Ils auraient tiré sur la victime dans l'affolement. Mais dans l'affolement on ne tire pas en plein front. Et surtout on ne tire pas une balle seulement, mais plusieurs fois, pour être sûr du résultat. J'appelle Ananiadis, le médecin légiste, pour savoir comment le coup a été tiré.

– À bout touchant, répond-il.
– Votre rapport, je l'aurai quand ?
– Dès le retour de Stavropoulos. Il veut voir tous les rapports avant qu'on les envoie aux services. Mais je suis à votre disposition pour vous renseigner oralement.

Tête de mule et bureaucrate, ça va ensemble, me dis-je.

Les aveux des deux Asiatiques referment le dossier drogue. Lalopoulos mort, son réseau hors du coup, deux étrangers aux mains de la police.

Je dis à Koula d'appeler la balistique pour savoir quelle a été l'arme du crime.

— Un Springfield 9 mm, m'apprend-elle bientôt.

Donc, ce doit être l'arme trouvée chez les deux hommes. Je décide de ne pas me casser la tête pour l'instant et d'aller informer Guikas.

— Il parle avec le sous-chef, m'annonce Stella, sa secrétaire. Il doit le faire deux ou trois fois par jour. Il n'en peut plus.

Puis, le voyant rouge sur son appareil s'éteignant :
— Il a raccroché. Vous pouvez entrer.

Guikas a sa tête des mauvais jours.

— Qui a informé le sous-chef avant que je le sois ?
— Pas nous, en tout cas.
— Tu es sûr qu'aucun de tes hommes n'a parlé ?
— Non seulement j'en suis sûr, mais je devine qui l'a fait.
— Qui donc ?
— Le commissaire d'Ayos Pandéléimon. Pour se faire mousser.

— Tu n'as pas tort, dit-il, songeur. J'aurais dû y penser, mais ce charlot qu'on a bombardé sous-chef me rend la vie impossible et je n'ai plus les idées claires. Là il nous attend dans son bureau, pour un récit de première main.

En chemin je lui fais un rapport détaillé, sans lui cacher les points obscurs et mes doutes.

— Raconte-lui tout comme tu viens de le faire, me conseille-t-il.

On nous fait savoir que le sous-chef est en réunion et nous faisons antichambre une demi-heure, tandis que j'observe du coin de l'œil Guikas dont la température monte peu à peu.

Enfin, on nous octroie le droit d'entrer et nous voici dans le bureau du sous-chef.

– Je vous ai fait venir pour entendre les bonnes nouvelles, dit-il avec un large sourire.

Je lui sers la deuxième édition de mon rapport.

– Par conséquent, l'énigme est élucidée, les auteurs sont écroués et nous pouvons faire une annonce à la presse.

– Nous pouvons, dis-je, mais certains détails me laissent perplexe.

– Par exemple ?

– Le tir à bout touchant. Il suggère une exécution et non un moment de panique. Dans l'affolement, on tire au jugé, on ne colle pas l'arme sur le front.

– Eh bien, l'assassin affolé se trouvait juste à côté de la victime. Ce n'est pas fréquent, mais pas invraisemblable non plus.

– Ce meurtre arrange bien les choses pour une autre raison. Il met fin à l'hypothèse du trafic de drogue. Je ne dis pas que c'était là le mobile des assassins, mais la question demeure.

– S'il y a une affaire de drogue, cela concerne la brigade des Stupéfiants et non vous-même, commissaire, répond-il sèchement. Vous avez élucidé un crime dont, pour parler franchement, on vous a servi la solution sur un plateau. Et c'est là que se termine votre implication dans cette affaire.

Je quitte son bureau les boyaux noués : je ne peux pas digérer le dédain dont il m'abreuve.

– Ils sont comme ça, les bureaucrates, me dit Guikas comme s'il cherchait à me consoler. Cela te servira de leçon. Tu leur donnes la solution, ils te félicitent, tu dis merci et tu t'en tiens là. Tu les laisses déconner.

Comme d'habitude, il a raison.

11

Je rejoins mon bureau perdu dans mes pensées, qui me dépriment et me donnent la migraine.

L'une d'entre elles est qu'il y a deux sortes de policiers : ceux qui aiment mener l'enquête et ceux qui préfèrent y mettre fin. J'appartiens à la première catégorie. Les aveux des deux immigrés ne me suffisent pas. Lalopoulos avait plongé dans l'argent sale, et les pots-de-vin n'étaient que de l'argent de poche pour la sortie du samedi soir. J'admets que la drogue est l'affaire des Stups, mais là encore, les aveux des assassins laissent des points obscurs.

Je ne peux pas me défaire de l'idée que cette histoire de vol n'est que de la poudre aux yeux et qu'il s'agit d'une exécution. Mais alors, quels sont les instigateurs du crime ? Cette question-là, ce ne sont pas les Stups qui peuvent y répondre.

Le sous-chef se trouve sur l'autre rive. Ils ont avoué, on les envoie au juge, fin de l'enquête. Comme dit la pub : Vaporisez, essuyez, terminé.

Des journées difficiles m'attendent, avec ce sous-chef quotidiennement dans mes pattes. Et puis je ne pense pas que ce besoin d'être informé, minute par minute, ait pour cause le désir d'apprendre les secrets du métier. Ce qu'il veut, c'est intervenir à tout moment.

Maintenant que je vois le pire, je comprends que Guikas a été pour moi une digue protectrice. Il pouvait râler, menacer de me laisser me débrouiller tout seul, mais a posteriori j'admire son aptitude à me couvrir tout en protégeant ses arrières. Maintenant que la digue a cédé, les vagues s'engouffrent dans le port et mon rafiot risque de se briser sur les rochers.

Je cherche un dérivatif à ma gêne en appelant Steriadis de l'Autorité portuaire. Je lui demande s'ils comptent poursuivre leurs investigations.

— Oui, répond-il, mais je ne vous cache pas que leur arrestation nous complique les choses. Elle ferme la porte à toute enquête. J'ai demandé à interroger les assassins. J'espère au moins que l'arrestation sera tenue secrète jusque-là.

Je l'assure que notre service ne l'annoncera pas et nous raccrochons.

Je m'apprête à téléphoner à Harikakis du Blanchiment, mais je me ravise aussitôt. Il pourrait bien en informer le sous-chef, auquel cas je serais mal barré, puisque je ne dois plus m'occuper de l'affaire.

Je préfère appeler Guikas et lui demander son avis.

— Laisse-le faire comme ça lui chante et ne t'en mêle pas, répond-il.

Et me voilà calmé.

Il ne me reste plus qu'à faire venir mes adjoints pour leur annoncer que l'enquête est close.

— Et les caïques, et les yachts ? Qu'est-ce qu'on en fait ?

— Ça, c'est l'affaire de l'Autorité portuaire et des Stups. Nous ne sommes pas concernés.

— Et si ce n'était pas un simple braquage, insiste Papadakis, s'ils avaient des complices parmi les trafiquants de drogue, qui va enquêter ?

— Enfin, Papadakis, lance Dermitzakis furieux, on a eu du bol pour une fois, on a chopé les assassins sans avoir à courir de porte en porte. Qu'est-ce qu'il te faut ?

— J'ai seulement un doute, répond Papadakis, sur ses gardes.

— L'affaire est close, aucun doute, rétorque Vlassopoulos.

Soudain on entend un vacarme dans le couloir. La porte s'ouvre et toute la smala des journalistes nous envahit.

— Monsieur le commissaire, est-il vrai que vous avez arrêté les assassins de Lalopoulos ? me demande la grande maigre.

— Comme vous le voyez, je suis en réunion avec mes collaborateurs. Attendez dehors et je vous appellerai dès que j'aurai fini.

— Je veux juste une info pour le journal du soir, insiste-t-elle.

— En principe, c'est le journal qui donne les infos.

Elle me jette un regard noir et se retire, suivie par les autres. La porte une fois fermée mes adjoints se lèvent pour partir, mais je les coupe dans leur élan.

— Asseyez-vous. Je veux bien que nous nous racontions nos histoires de famille, du moment que ceux-là attendent dehors. Ils ne peuvent pas envahir mon bureau quand ça leur chante. Si je les laisse faire, ils vont démonter la porte.

Koula éclate de rire.

— Pourquoi ris-tu ?

— Pour rien. Une idée comme ça.

Et elle continue de rire.

— Ils sont comme les corbeaux, commente Vlassopoulos. Ils se jettent sur tout ce qu'ils trouvent.

Cette approche philosophique passe inaperçue. Tous préfèrent discuter des prochaines augmentations, continuellement prochaines mais qui n'arrivent jamais. Je les laisse se défouler pendant un quart d'heure puis leur donne leur feuille de route. Koula se lève la dernière et reste alors que les autres s'en vont. J'insiste :

– Pourquoi riais-tu ?

– En vous écoutant, je me suis dit que vous devez prendre des leçons auprès de Mme Adriani.

Et elle rit de nouveau.

– Je ne les prends pas, dis-je, elle me les impose.

Et je ris moi aussi.

Koula retrouve son sérieux et me regarde. Je devine qu'elle veut me parler, mais qu'elle hésite.

– Qu'est-ce que tu veux me dire ?

– Nous avons une idée, Costas et moi, mais nous cherchons le bon moment pour vous en parler.

– Je t'écoute.

– À la fin de l'année ou un peu plus tard nous allons nous marier, et nous voudrions que vous soyez nos témoins, Mme Adriani et vous.

– J'accepte volontiers. Je vais consulter Adriani, et je ne pense pas qu'elle aura des objections.

– Merci, c'est une grande joie, dit-elle avec un large sourire.

– Eh bien va, et envoie-moi les médias.

Passant devant moi, elle se penche et dépose une bise sur ma joue. Avant qu'elle ait refermé la porte, la smala la bouscule et prend le bureau d'assaut.

– Comment avez-vous repéré les assassins de Lalopoulos ?

Le jeune type en T-shirt parle le premier, tandis que la grande maigre, l'air offensé, fixe le mur devant elle.

En guise de réponse, j'interroge :

— D'abord, comment êtes-vous au courant ?
— Par un communiqué de la Direction générale, m'informe la petite en collant rose.

Tout s'explique, me dis-je. Le sous-chef était pressé d'annoncer triomphalement son premier succès.

— Je n'ai rien de palpitant à vous annoncer, dis-je.

Et je leur rapporte avec précision les faits.

— Aussi simple que ça ? ironise la grande maigre.
— Aussi simple. Heureusement qu'il y a des affaires simples, autrement on deviendrait fous.
— Ont-ils commis d'autres braquages ? demande Mme Andonakou, quinquagénaire, l'une des rares personnes sérieuses de la bande.
— Je ne sais pas, madame Andonakou, mais cela ne nous concerne pas. Notre secteur à nous, c'est les homicides.

Voyant qu'ils n'en sauront pas plus, ils se retirent.

— Il n'y a même pas de quoi faire une brève, me dit méchamment la grande maigre.

Je ne me donne pas la peine de relever. Une fois débarrassé d'eux, je n'ai pas le temps de souffler, c'est Steriadis qui m'appelle.

— L'arrestation a été annoncée ?
— Oui. Je viens d'avoir les journalistes dans mon bureau.
— Mais enfin, nous n'étions pas d'accord pour garder le secret le temps qu'allait durer l'enquête ?

Il est fou de rage, mais je garde mon sang-froid.

— L'annonce ne vient pas de nous, mais du bureau du sous-chef.
— Le sous-chef ne savait pas que l'enquête continuait en ce qui concerne le trafic de drogue ?
— Il le savait. Je l'en avais personnellement informé.

Un silence.

– Que dire ? soupire-t-il dès qu'il retrouve sa voix. Que dire.

Il raccroche, heureusement : je n'ai pas non plus envie de dire ce que j'en pense.

12

ÉTOUFFER. v.tr. A. 1) Asphyxier un être vivant en l'empêchant de respirer. *Le boa étouffe ses proies.* 2) Gêner qqn en rendant la respiration difficile. *La colère l'étouffait.* Iron. *Ce ne sont pas les scrupules qui l'étouffent* : il n'a aucun scrupule. B. Sens figurés. 1) Empêcher un son de se faire entendre. 2) Empêcher d'éclater, de se développer. *Étouffer un scandale.*

Tout ce que je lis là m'intéresse. Le sous-chef n'est certes pas un boa, mais il a bel et bien étouffé l'affaire. Et moi j'étouffe.

Cette histoire me torture depuis hier soir, quand je suis rentré chez moi pour ouvrir le dictionnaire de Dimitrakos. Pour tout dire, je ne suis pas rentré chez moi, je me suis enfui du bureau.

Après le second appel de Steriadis, j'ai compris que si je restais au bureau, je risquais d'écouter ma colère et mon indignation et de poursuivre l'enquête, à découvert – ce qui amènerait un choc frontal avec le sous-chef, aux conséquences imprévisibles.

J'ai trouvé la solution dans une migraine inexistante et quitté le service. Je n'ai pas dit le même mensonge à Adriani, cela n'aurait pas marché. Elle sait que je suis connement accro au travail, et qu'un mal de tête pourrait m'envoyer à la pharmacie, mais pas chez moi. Je lui ai dit que j'étais encore fatigué et en manque de sommeil depuis la veille et que je suis venu dormir un peu, puisqu'au bureau tout était calme.

Elle m'a lancé un regard qui voulait dire « à d'autres », mais a continué de repasser des chemises sans rien dire.

J'ai passé trois heures allongé, à somnoler. Je me suis levé à huit heures pour aller m'asseoir dans le séjour et suivre avec Adriani, sur l'écran, l'envol de l'économie grecque vu par un économiste.

— Toi, quelque chose te tracasse, m'a-t-elle dit bientôt sans quitter l'écran des yeux.

— Qu'est-ce qui te fait dire ça ? Tout va bien.

Cette fois elle s'est tournée vers moi.

— Rentrer dormir l'après-midi, ce n'est pas dans ta nature. Quand on agit contre sa nature, c'est qu'on a des soucis.

— Je te l'ai dit : j'avais du sommeil en retard. Je venais de résoudre une affaire, il n'y avait plus rien d'urgent et j'ai pensé en profiter.

Pour mon plus grand soulagement, nous ne sommes plus revenus sur la question avant de nous coucher, nous limitant aux lieux communs conjugaux.

Il est maintenant neuf heures du matin et je monte dans la Seat, direction le service. Mes pensées ne décollent pas encore des événements de la veille, de ce sous-chef qui s'est débrouillé pour étouffer l'affaire, comme le boa sa proie.

Je tourne à gauche dans l'avenue Alexandras, mais au lieu de prendre à droite vers le garage de la Sûreté je continue tout droit. Je me rends compte après coup que j'ai pris inconsciemment le chemin de Kypseli pour rendre visite à Zissis dans son refuge pour sans-abri.

Quand tu ne peux pas digérer la baffe que tu as reçue, la seule solution, c'est de parler à quelqu'un qui en a pris bien plus que toi, et qui a donc plus d'expérience.

Je trouve Zissis dans son coin, mi-loge, mi-bureau, près de l'entrée. Quelques SDF sont assis dans la buvette, lisant le journal ou bavardant.

– Quel bon vent t'amène ? me dit Zissis en souriant.

Nous allons nous installer à une table isolée. Il s'assoit face à la porte pour surveiller l'entrée. Je lui raconte en détail la journée passée.

Il m'écoute sans m'interrompre, puis me dit tranquillement : « C'est ça la ligne, camarade. »

Je suis sidéré. J'attendais une explication, un conseil, ne serait-ce que deux mots de consolation, et voilà que Zissis me donne du « camarade ».

Je mets un frein à mon agacement et lui demande le plus calmement possible :

– Depuis quand suis-je membre du Parti sans le savoir ?

Il sourit toujours.

– Quand la direction du Parti prenait une décision et que l'un de nous avait des objections, le secrétaire général lui disait : « C'est ça la ligne, camarade », ce qui voulait dire : « Ferme-la et fais ce qu'on te dit. » C'est précisément ce qu'a fait ton sous-chef.

– Sauf que je ne suis pas au Parti, mais dans la police. Je suis fonctionnaire.

– Les nôtres aussi étaient fonctionnaires. De la révolution, répond-il sèchement.

– Alors je fais quoi ? dis-je, désemparé.

– Rien, sinon tu aggraves ton cas et ils te mettent au placard. C'est ce qu'ils faisaient avec nous.

Et il ajoute :

– Toi, au moins, tu veux pincer les coupables, et non sauver l'humanité. Pour nous qui voulions sauver l'humanité, ç'a été bien pire.

Je quitte le refuge avec des idées plus noires encore, mais fermement décidé à ne plus m'occuper de cette affaire. Oui, mais un certain proverbe dit : « Je voudrais devenir saint, mais les démons ne veulent pas. »

Je viens d'entrer dans mon bureau, avec mon café et mon croissant, quand Vlassopoulos fait irruption.

– Il y a là une femme qui veut vous parler.
– À quel sujet ?
– À propos des deux types qui ont descendu Lalopoulos.
– L'affaire est close, dis-je d'un ton sec.
– Ce n'est pas juste de décourager les citoyens quand ils viennent aider la police, dit-il, me faisant la leçon.
– Vlassopoulos, arrête le sermon et fais-la entrer.

Il sort et revient avec une femme entre deux âges que je reconnais aussitôt. C'est elle que nous avons interrogée dans la rue, à Dilessi.

– Je suis allée au commissariat et ils m'ont envoyée à vous, dit-elle en guise de bonjour.
– Quel est votre nom ?
– Popi... (Elle se reprend.) Calliopi Arvanitou.
– Que vouliez-vous leur dire, pour qu'ils vous envoient ici ?
– J'ai vu à la télé ces deux-là que vous avez arrêtés. On a dit qu'ils étaient entrés chez la victime à Halandri pour le voler, mais moi je les ai vus aussi à Dilessi.
– Près de la villa de Lalopoulos ? demande Vlassopoulos.
– Je ne sais pas s'ils y sont allés. Je les ai vus transporter sur la jetée des caisses débarquées d'un caïque. J'étais avec une amie. On se demandait ce qu'ils pouvaient

bien décharger. D'habitude les caïques nous apportent du poisson qu'ils vendent sur la jetée ou sur le quai. Ou alors des chaises et des tables de jardin en plastique l'été. Mais des caisses, ils en ont rarement.

Je demande :

— Vous avez vu où allaient les caisses ?

— Ils les ont chargées dans un pick-up. Où ils sont allés, je ne sais pas, nous sommes parties.

— Vous vous souvenez quand c'était ?

Elle réfléchit.

— Ça doit faire un mois. Ou un peu plus. Mais je les ai revus.

— Près du caïque ?

— Non, à la supérette. Ils étaient devant moi à la caisse avec de la nourriture. J'ai pensé à venir vous voir, parce qu'on a dit qu'ils connaissaient Lalopoulos à Halandri, mais ils l'ont peut-être vu à Dilessi.

— Vous avez très bien fait de venir, madame Arvanitou. Vous allez maintenant faire votre déposition officielle. Je vous demanderai seulement de rester un peu, pour un éventuel complément d'information.

Je me tourne vers Vlassopoulos.

— Offrez un café à Mme Arvanitou. C'est bien le moins.

Ils se dirigent vers le bureau de mes collaborateurs et je prends l'ascenseur pour aller voir Guikas. Il signe des papiers, ce qu'il fait quand il s'ennuie. Il relève la tête.

— Je te vois venir avec un sourire hypertrophié, dit-il, et cela m'inquiète.

Je lui rapporte en détail ma conversation avec Mme Arvanitou. Il m'écoute sans faire de commentaires, mais je m'aperçois que mon sourire est contagieux. Je lui demande :

– Qu'est-ce qu'on fait ? On continue ?

– L'affaire est close, on n'y revient plus. Ressortir des affaires classées, c'est comme ranimer des anciennes passions : ça ne mène à rien de bon.

– Alors on laisse tomber comme si rien ne s'était passé ?

Décidément, c'est ma journée, car il prend son ton professoral.

– Costas, tu es excellent dans ton boulot. Là où tu as du mal, c'est dans les magouilles et les coups au-dessous de la ceinture, pas irréprochables sans doute, mais nécessaires. Nous ne ferons rien, mais dans quelques jours il y aura peut-être à la télévision une interview de la dame de Dilessi qui dira ce qu'elle t'a dit. À la fin nous aurons la question bien connue : Que fait la police ? Et là, le sous-chef pourra toujours courir pour sauver la face.

– Je peux au moins prévenir Steriadis de l'Autorité portuaire ?

– Préviens-le, pour couvrir nos arrières. Si le sous-chef nous pose des questions, nous répondrons que c'est lui qui nous a dit d'informer le service chargé des affaires de drogue.

Dans l'ascenseur, en redescendant, je me compare à ces élèves qui brillent en maths mais ratent leurs dissertations. Je me débrouille pour les enquêtes, mais quant aux combines et aux coups fourrés j'ai au-dessous de la moyenne.

J'appelle aussitôt Steriadis et lui demande s'il veut interroger Mme Arvanitou.

– Pas pour l'instant. Notez son adresse et renvoyez-la chez elle. Je préfère l'interroger à Dilessi, pour qu'elle nous montre l'endroit où l'on déchargeait le caïque.

Je raccroche avec des sentiments mêlés. D'un côté je me réjouis de mouiller le sous-chef, mais de l'autre je m'injurie de me voir si mauvais tacticien et à jamais bloqué dans ma carrière.

13

Quel auteur ancien a-t-il dit que pour chasser le diable de soi il faut charger un autre diable de le faire ? C'est ce qui m'est arrivé. J'attendais dans mon bureau le résultat de l'entretien entre Steriadis et le sous-chef, sur des charbons ardents, impatient de savourer ma vengeance, quand le téléphone a sonné.

– Monsieur le commissaire, on nous annonce un meurtre au Pirée.
– À quel endroit ?
– Sur le quai Kondili.
– On a d'autres détails ?
– Rien que le nom de la victime. Stefanos Hardakos, armateur.
– Où sur le quai ?
– On ne sait pas. La voiture vous attendra devant la gare du Péloponnèse.

Je demande machinalement :
– On vous a dit s'il s'agissait d'un braquage ?
– On ne sait rien.

Je raccroche et dis à Papadakis de demander une voiture, de prévenir l'Identité judiciaire et la Médecine légale, rendez-vous à la gare du Péloponnèse.

Je préviens Guikas aussi sec. Normalement je devrais l'informer après la première enquête sur place, mais il vaut mieux le faire à l'avance, au cas où le sous-chef l'appellerait, comme à son habitude.

– On passe des marinas et des yachts au port et aux armateurs. Vous aurez bientôt besoin de masques et de palmes.

– L'Autorité portuaire nous en prêtera.

Koula m'informe que la voiture est prête. Vlassopoulos voit l'embouteillage dans l'avenue et enclenche la sirène. Jusqu'à l'avenue Athinon-Pireos les conducteurs montent sur les trottoirs pour nous laisser le passage, alors qu'intérieurement, sans aucun doute, ils nous maudissent.

– Avec Lalopoulos on s'en est bien tirés, remarque Dermitzakis. Avec l'armateur, ce sera dur.

– Pas forcément, dit Papadakis. La déposition de la femme de Dilessi peut nous ramener l'enquête.

– Ceux du port vont s'en occuper et tirer les marrons du feu. Moi je m'en fous, déclare Dermitzakis avec indifférence.

La circulation dans l'avenue Pireos est encore plus dense et nous sommes arrêtés de temps à autre.

– Ceux qui avaient rendu leur plaque d'immatriculation, ne pouvant plus payer pour circuler, la reprennent, dit Papadakis. La croissance chez nous passe par la circulation.

Nous respirons en arrivant à l'avenue Mikras Asias et de là nous rejoignons facilement la gare du Péloponnèse.

La camionnette de l'Identité judiciaire arrive peu après nous. En attendant la Médecine légale, nous nous informons auprès des policiers locaux. Je demande à l'un d'eux :

– Qui l'a trouvé ?

– Sa secrétaire. Elle nous a appelés. On a eu un mal fou à la comprendre, elle était trop bouleversée pour parler.

– Une fois sur les lieux, nous avons compris son émotion, dit son collègue. Nous avons trouvé Hardakos tombé par terre, le dos lardé de coups de couteau. Ce n'est pas beau à voir, monsieur le commissaire. Je vous le dis pour que vous soyez prêts, même si vous en avez vu d'autres.

La Médecine légale et l'ambulance arrivent et nous partons à la queue leu leu vers le quai Kondili.

Je suis content que le légiste soit Ananiadis, ce qui me permet d'éviter l'irascible Stavropoulos. D'un autre côté, je tarderai à recevoir le rapport, Stavropoulos insistant pour le lire avant l'envoi. La seule façon d'être débarrassé du personnage, c'est qu'il soit muté, ce qui paraît peu probable.

La compagnie maritime de Hardakos, qui s'appelle West Shipping, a pour siège les deux derniers étages du bâtiment. Le personnel est réuni dans l'entrée.

– Que personne ne s'en aille, s'il vous plaît, demande Vlassopoulos. Nous voulons vous parler.

Pas de réponse. Ils nous observent en silence, le regard plein d'angoisse.

– Le bureau de Hardakos est au dernier étage, nous informe l'un des policiers.

Nous prenons l'ascenseur. Le policier qui garde l'entrée soulève le ruban rouge et nous ouvre la porte. Nous entrons dans un espace immense parsemé de bureaux avec deux parois de verre aux extrémités. Ce sont là visiblement les bureaux des cadres. Tous sont vides, mais à première vue rien n'est en désordre. On se croirait à la fin d'une journée de travail.

Au fond, une porte ouvre sur une antichambre avec un bureau, deux chaises métalliques et une armoire à dossiers.

À gauche, près du bureau nous attend une deuxième porte. Nous l'ouvrons et découvrons le spectacle : entre le bureau et la porte, Hardakos couché par terre sur le ventre.

Le policier qui nous l'a décrit a mis la pédale douce. Le sang s'est étalé tout autour du corps. Il semble nager dedans. Ananiadis, qui s'approche en même temps que moi, compte quatre coups de couteau dans le dos et un sur la nuque.

– Voulez-vous savoir la cause de la mort ? me demande Ananiadis.

– Je veux seulement connaître l'heure.

Dimitriou de l'Identité judiciaire a déjà donné des instructions à son équipe. Nous les laissons travailler tranquilles et descendons à l'étage du dessous.

Il est disposé de la même façon, mais sans porte dans le fond. Il y a trois parois de verre au lieu de deux.

Je répartis la tâche entre mes adjoints et moi. Ils vont interroger les sous-fifres, tandis que je m'occuperai des gradés et de la secrétaire. Je réquisitionne le bureau le plus proche et j'attends.

Le premier qui entre est un grand sexagénaire, cheveux blancs, costume sombre, cravate et pochette. Il se présente : Periklis Fragakis.

– Quelle est votre position dans la société, monsieur Fragakis ?

– Je suis directeur général pour la Grèce, monsieur le commissaire. Le siège de la compagnie est à Londres, elle a des bureaux à Chypre, mais ses principales activités sont concentrées au Pirée. C'est ici qu'on embauche les équipages, qu'on approvisionne les bateaux. Seuls les frais de transport sont partagés entre Le Pirée, Londres et Chypre.

– M. Hardakos était propriétaire de la compagnie ?

– Il était l'actionnaire principal et le président du conseil d'administration. Le P-DG est son fils, Cleanthis, mais le père avait toujours son mot à dire, et dans les moments décisifs c'est lui qui prenait la décision.

– Il vivait en Grèce ?

– Non, sa famille est installée à Londres, mais le père et le fils venaient souvent à Athènes.

– Savez-vous pourquoi il était venu cette fois-ci ?

– Il projetait une nouvelle répartition des activités entre la Grèce et Chypre.

– Quand l'avez-vous vu pour la dernière fois ?

– Hier à midi nous avons eu une réunion qui a duré jusqu'à trois heures. Ensuite j'avais un rendez-vous au ministère de la Marine marchande qui a duré longtemps et je ne suis pas repassé au bureau.

– M. Hardakos avait-il des ennemis ?

J'ai posé la question brutalement pour jauger sa réaction, mais il m'adresse un sourire de complaisance.

– Tous les grands chefs d'industrie ont des ennemis, monsieur le commissaire. Mais le but de ceux-ci est de les éliminer en affaires, et non physiquement.

Sa réponse est parfaitement logique. On n'exécute pas les armateurs, du moins pas en Grèce. Je donne congé à Fragakis et le prie de m'envoyer la secrétaire de Hardakos.

Arrive une quinquagénaire aux yeux gonflés.

– Ourania Verlemi, monsieur le commissaire. Je suis tellement bouleversée, que je ne sais pas si je pourrai vous répondre. Depuis que je l'ai vu...

Elle s'arrête, étouffée par les sanglots.

– Pas de problème. Nous pouvons toujours vous réinterroger plus tard.

Je fais une pause, le temps qu'elle se calme, et je poursuis :

— Je suppose qu'hier soir vous êtes partie plus tôt que votre patron.
— Oui. D'habitude je reste tant qu'il est là, mais hier il m'a dit qu'il n'avait plus besoin de moi.
— C'était à quelle heure ?
— Vers sept heures, je crois.
— Il restait souvent seul après la fermeture ?

Elle hésite.

— Uniquement dans des cas exceptionnels, dit-elle à contrecœur.
— Par exemple ?
— Quand il voulait passer des coups de fil personnels, que personne ne devait entendre.
— Savez-vous s'il a reçu des menaces ?

Elle sourit malgré elle, se reprend aussitôt.

— Voulez-vous la liste de tous ceux qui reçoivent des menaces dans la compagnie, monsieur le commissaire ?
— Ils sont donc si nombreux ?
— Il y a les membres des équipages qu'on tarde à payer et qui menacent de dénoncer la moindre irrégularité. Les agences avec qui nous cessons de travailler. Les capitaines ou les techniciens qui sont passés dans une autre compagnie et croient pouvoir gagner un petit cadeau par la menace. Nous recevions tous des menaces, M. Hardakos n'était pas épargné.
— Il avait la clé des bureaux ?
— Il y a un système de sécurité aux deux étages. Les seuls à connaître les codes, à part M. Hardakos, sont M. Fragakis et moi. C'est pourquoi nous venons en alternance une demi-heure plus tôt chaque matin, pour ouvrir les bureaux.

Les systèmes de sécurité et les codes sont le pain quotidien des voleurs, me dis-je. Les briser est un jeu d'enfant. Une barre et un bon verrou sont plus sûrs.

– Avez-vous remarqué un dysfonctionnement du système de sécurité ce matin ?

– Non, sauf qu'il n'était pas enclenché à notre étage, mais j'ai supposé que M. Hardakos avait oublié de le faire.

J'appelle Dimitriou et lui demande un serrurier pour inspecter le système. Puis je reprends l'interrogatoire.

– Où habitait M. Hardakos à Athènes ?

– À Paleo Phaliro, quai Posidonos.

Je suis surpris : je le voyais dans une villa des beaux quartiers, Ekali ou Kifissia, et non près d'ici.

– C'est la maison des parents de son épouse, explique-t-elle, comprenant ma surprise. C'est là que toute sa famille habitait quand il venait en Grèce. M. Hardakos aimait se trouver tout près d'ici.

Je vois Ananiadis qui s'approche et me dépêche d'en terminer avec Mme Verlemi : ce qu'il va me dire me passionne davantage.

– Il a trois plaies causées par un objet tranchant, un couteau probablement, dit-il. L'un des coups a percé le cœur, l'autre l'a touché à la nuque, le troisième a tranché la carotide. D'où l'hémorragie. La mort a dû être immédiate.

– L'heure de la mort ?

– Hier soir entre huit heures et minuit.

Donc les assassins ont brisé le code pour entrer dans les bureaux. Ils devaient être deux. Hardakos en les voyant a couru vers la porte pour leur échapper. L'un des hommes lui a barré la route et l'autre l'a poignardé dans le dos.

Dermitzakis entre avec une jeune femme, troublant le cours de mes pensées.

– Nitsa est la standardiste, monsieur le commissaire, elle a quelque chose à vous dire.

Je lui fais signe de s'asseoir.

— Ces derniers temps, avant l'arrivée de M. Hardakos, presque tous les jours, un homme appelait et demandait s'il était arrivé. Quand je lui disais qu'il n'était pas à Athènes, il raccrochait sans rien dire. La dernière fois, M. Hardakos était là. J'ai demandé son nom à l'homme pour le passer à Mme Verlemi, la secrétaire, mais il a raccroché et n'a plus rappelé.

Je fais revenir Mme Verlemi et lui demande si elle a reçu un appel de ce genre. La réponse est négative.

— Ceux qui m'appelaient avaient tous des relations professionnelles régulières avec M. Hardakos et connaissaient le numéro, monsieur le commissaire. Tous les autres devaient passer par le standard.

C'est bien clair. On téléphonait pour savoir quand Hardakos allait venir, et préparer le meurtre.

Je rassemble mes collaborateurs pour faire le point, mais ils n'ont rien trouvé de palpitant. Je les charge de faire contrôler par l'opérateur le numéro du standard, pour savoir d'où appelait l'inconnu, bien que je sois sûr que c'était d'une cabine. L'étape suivante est de contacter le fils Hardakos, mais je préfère attendre d'être à la Sûreté et d'en avoir parlé à Guikas.

Quant au reste, c'est l'affaire de Dimitriou et de son équipe.

14

Nous suivons la côte en direction de Paleo Phaliro, vers la maison de Hardakos, quand soudain j'ai une idée.
– Demi-tour, dis-je à Vlassopoulos.
Il me jette un coup d'œil inquiet dans le rétroviseur.
Comme souvent lors d'une inspiration soudaine, c'est après coup seulement que j'appelle Steriadis pour vérifier qu'il est à son bureau. Il me le confirme et me voilà rassuré.
Nous n'avons pas la moindre idée de ce que représente la compagnie de Hardakos. Nous pourrions consulter le ministère de la Marine marchande, mais avant de frapper à leur porte je préfère glaner des informations moins officielles auprès de Steriadis, pour savoir ensuite quelles questions poser.
Steriadis m'accueille avec le sourire. J'ai à peine commencé à l'informer du meurtre quand il m'interrompt.
– Ne te fatigue pas, je suis au courant depuis ce matin. Ce genre de nouvelles se répand tout de suite.
– C'était qui, ce Hardakos ?
– L'un des plus grands armateurs que nous ayons. Enfin, façon de parler. Ce n'est pas nous qui l'avons, mais les Anglais.
Il sourit et continue.

— On se tue à réclamer les marbres d'Elgin aux Anglais. C'est nos armateurs qu'on devrait récupérer. Si nous avions deux sous de cervelle, c'est ça qu'on leur proposerait : Gardez les marbres, rendez les armateurs. Mais tu crois qu'ils le feraient ? Pas si cons !

Il redevient brusquement sérieux.

— Hardakos avait une énorme flotte, des cargos. Il ne s'est jamais lancé dans les pétroliers, malgré les pressions qu'il recevait, venant surtout de son fils. Quand les prix du pétrole ont chuté, il triomphait. « Qu'est-ce que je vous disais ? Vous allez voir que les frais de transport aussi vont s'effondrer. »

— Sais-tu s'il avait des ennemis ?

Je pose la question en connaissant d'avance la réponse.

Il me donne la même réponse que Fragakis.

— Les concurrents sont des ennemis, Costas. Tu connais le proverbe : « Ta mort me sauve la vie. » Cette mort est économique, rarement réelle, voire jamais. D'ailleurs, après la mort de Hardakos, la compagnie va survivre avec son fils, qui était son bras droit. Par conséquent, que gagnait-on à le tuer ?

Il s'interrompt, songeur.

— Il y a eu tout de même, ces derniers temps, des accidents bizarres.

Je dresse l'oreille.

— Des accidents ?

— Deux de ses bateaux ont coulé presque en même temps.

— Où ça ?

— Le premier a pris feu au large de la Thaïlande. On n'a pas pu l'éteindre. On a pu seulement sauver l'équipage, presque en entier. Le second a été coulé par une explosion à Odessa.

– Tu penses que l'incendie et l'explosion étaient criminels ?

Il hausse les épaules.

– Dans le cas de petits propriétaires et de vieux bateaux, je te dirais qu'ils les ont coulés pour toucher l'assurance. C'est fréquent. Mais là les bateaux étaient neufs, et puis les grandes compagnies ne jouent pas à ce jeu. Donc c'étaient peut-être des accidents, même s'il s'agit d'une sacrée coïncidence.

– Je suppose que les autorités thaïlandaises et ukrainiennes ont fait une enquête.

– Sûrement, mais si on les interroge, on n'aura pas de réponse. Le siège de la compagnie est à Londres, si bien que nous ne sommes pas habilités à demander des renseignements. Pour le faire auprès de la police de chaque pays, il faudra que tu aies trouvé un lien entre les naufrages et le meurtre. Et je ne te garantis pas le résultat.

Voyant que je me lève :

– Tu es pressé ?

– Il faut qu'on poursuive l'enquête au domicile de Hardakos.

– Cela t'intéresse de savoir ce que nous avons découvert à Dilessi ?

– Raconte.

Et je me rassois.

– Le Pakistanais et l'Afghan étaient des habitués. Ils déchargeaient les caïques. D'habitude ils arrivaient en avance et attendaient. D'autres fois ils arrivaient avec le caïque ou le prenaient pour passer en face.

– Vous avez parlé avec les patrons des bateaux ?

– Oui, mais ça n'a rien donné. Ils s'occupaient uniquement du transport, pas du déchargement.

– Où chargeaient-ils ?

— Tantôt à Eretria, depuis un yacht, tantôt au large, depuis un hors-bord.

— Ils ne connaissaient pas le commanditaire ?

— C'était rarement la même personne. Elle payait en cash et à l'arrivée il y avait du monde pour décharger. Les deux Asiatiques étaient là en permanence.

— Ils chargeaient dans un pick-up, comme l'a vu Mme Arvanitou ?

— Oui, mais le pick-up ne venait pas de Dilessi. Un jour, quelqu'un l'a vu décharger à la villa de la femme de Lalopoulos. Ça l'a surpris, mais il n'a pas relevé.

— Belle organisation. Vous avez interrogé nos deux types ?

— Pas encore. Ton directeur m'a dit qu'il voulait d'abord informer votre sous-chef.

Je le remercie et prends congé. En route vers Paleo Phaliro je m'efforce de chasser mon euphorie à l'idée du barouf qui attend notre sous-chef et de me concentrer sur l'enquête.

Je n'arrive pas à trouver de lien entre les naufrages et le meurtre. Quel intérêt avaient-ils à tuer l'armateur, les éventuels naufrageurs ? Et à supposer qu'on ait voulu le faire chanter, à quoi pouvait servir sa mort ? Quand vous êtes mort, on ne peut plus vous faire chanter.

Je mets un frein à mes pensées, il est encore trop tôt. J'appelle Dimitriou et lui demande de venir à Paleo Phaliro dès qu'il aura terminé au quai Kondili.

Nous trouvons facilement le domicile de Hardakos. Il est tout en haut d'un immeuble de quatre étages non loin de feu le Centre olympique de Phaliro. Une femme nous ouvre. Elle prend soin de l'appartement et Mme Verlemi l'a prévenue. Elle nous fait entrer sans un mot, les yeux secs, mais son visage dit tout. Elle est de ces rares personnes qui ravalent leur douleur, évitant plaintes et lamentations.

Je lui demande :

– Quand avez-vous vu Stefanos Hardakos pour la dernière fois ?

– Hier matin. Quand il était seul, je venais plus tôt lui préparer son petit déjeuner. Il a mangé, puis il est parti.

– Était-il différent des autres jours ?

– Non. Toujours le même.

Je n'ai pas d'autres questions pour l'instant et elle se retire dans la cuisine.

L'appartement a cinq pièces : trois chambres et un séjour qui donne sur une salle à manger. La terrasse, d'où on entraperçoit le mouillage de Phaliro derrière d'énormes plantes vertes, est un second séjour avec une table, quatre fauteuils en fer forgé, deux en bois et une balancelle.

Il n'y a pas de bureau, ce qui nous simplifie la tâche. Nous faisons le tour des lieux sans rien trouver d'anormal : vêtements d'été surtout et sous-vêtements dans les chambres, savons, crèmes et déodorants dans la salle de bains. Le buffet à trois portes dans la salle à manger est plein d'argenterie et de vaisselle de luxe.

Je m'apprête à appeler la femme de ménage pour lui dire que nous partons et que l'Identité judiciaire va nous succéder, lorsque j'entends une clé dans la porte. Serait-ce Dimitriou accompagné d'un serrurier ? Mais déjà la porte s'ouvre sur un homme grand et mince, dans les quarante ans, flanqué d'une petite valise à roulettes.

La femme de ménage a entendu elle aussi et jaillit de la cuisine. Dès qu'elle voit l'homme, elle se jette dans ses bras, en pleurs.

– Cleanthis mon chéri, quel malheur... balbutie-t-elle entre deux sanglots. Mon chéri, quel malheur...

— Anna, murmure l'homme.

Il lui caresse tendrement les cheveux, puis s'en écarte avec douceur.

— Qui sont ces messieurs ?
— La police.

Elle s'essuie les yeux.

— Bonjour messieurs. Cleanthis Hardakos.

Et il nous tend la main. Il parle grec avec un fort accent anglais.

— Commissaire Costas Charitos.

Je lui serre la main. Mes adjoints, considérant que ma poignée de main les inclut, ne tendent pas la leur.

— Monsieur Hardakos, je sais que le moment ne s'y prête pas, mais vous nous rendriez un grand service en répondant à quelques questions.

— Bien volontiers.

Il tend sa valise à Anna et se dirige vers le séjour.

— Monsieur le commissaire, on va vous attendre en bas, dit Papadakis, et il donne aux autres le signal du départ.

Je suis Hardakos junior et m'assois sur le canapé à côté de lui.

— Monsieur Hardakos, savez-vous si votre père avait des soucis avant de venir en Grèce ?

— *Oh, no,* répond-il aussitôt. C'était un voyage de routine, pour contrôler nos bureaux d'Athènes. Nous venions régulièrement, tous les trimestres, tantôt lui, tantôt moi.

— Savez-vous si sa vie était menacée, sur le plan professionnel ou personnel ?

— *God,* nous passons toute notre vie entre la compagnie et nos familles. Qu'est-ce qui peut nous menacer ?

— Le meurtre de votre père peut-il avoir un lien avec vos deux récents naufrages ?

— *Oh, no !* Aucun rapport. En Thaïlande c'était des... (il cherche le mot en grec) des pirates qui voulaient de l'argent. On n'a rien donné et ils ont incendié le bateau.

Il hausse les épaules.

— Avec l'incendie, on va toucher l'assurance. Si on avait payé, on n'aurait rien eu. D'accord, nous avons perdu trois hommes, mais ils auraient aussi bien pu se noyer. *Bad luck...*

— Et à Odessa ?

— Les Russes ont mis une bombe, parce que la cargaison, c'était des armes pour le gouvernement ukrainien.

Tout cela semble plausible. N'ayant plus de questions, je me lève.

— C'est tout pour l'instant, monsieur Hardakos. Comment puis-je vous joindre le cas échéant ?

— Ourania Verlemi a mes coordonnées. Quand puis-je emporter mon père à Londres pour les funérailles ?

Je m'étonne.

— Elles auront lieu à Londres ?

— Oui. La famille est là-bas, les amis aussi. Ici nous connaissons peu de monde.

— Après l'autopsie. Dans deux jours au plus, je pense.

Je lui serre la main, de peur d'être pris pour un flic mal élevé, et m'en vais.

— Quelles nouvelles, monsieur le commissaire ? demande Dermitzakis tandis que je monte en voiture.

— Rien d'extraordinaire. On patauge.

Nous démarrons, et la fatigue me fait piquer du nez. Je serre les dents, il faut encore que j'informe Guikas.

15

La discussion avec Guikas s'est bien passée, comme toutes les autres depuis que nous avons inauguré notre alliance tacite. Il a attendu la fin de mon rapport pour le commenter.

– Encore un meurtre surgi de nulle part. Car si j'ai bien compris, il n'y a pas de rapport entre la compagnie et le meurtre. Ce que t'a dit son fils sur les deux naufrages me paraît tout à fait logique.

– Le premier meurtre n'est pas venu de nulle part.

– Ça, va le dire au sous-chef.

Il me résume sa discussion avec lui, après le coup de fil de Steriadis. Le sous-chef n'en démord pas, l'affaire Lalopoulos est close. Qu'on ait vu plusieurs fois les deux types décharger des caïques à Dilessi ne l'impressionne pas du tout. Son argument, c'est que ces deux-là cherchaient tout le temps du boulot et prenaient ce qu'ils trouvaient. Du moment qu'ils en avaient à Dilessi, c'était normal qu'ils soient là-bas. Puisqu'on n'a constaté aucun contact entre eux et Lalopoulos, il s'agit probablement d'une coïncidence. Donc il n'est pas disposé à réviser son jugement tant qu'on ne disposera pas d'élément très précis.

Je décide, en accord avec Guikas, de laisser tomber l'affaire. Si demain l'enquête de Steriadis soulève un lièvre, ce sera au sous-chef de justifier l'injustifiable.

Il est huit heures passées quand j'arrive enfin chez moi. Quand on est exténué, la dernière chose qu'on souhaite entendre, en tournant la clé, ce sont des cris et des rires dans le séjour.

J'ai beau me réjouir de voir ma fille, Phanis, Mania et Uli, je compte leur dire bonne nuit, puis aller me coucher. Mais avant que j'aie pu ouvrir la bouche, Katérina me gratifie d'un « Alléluia ! ».

– Alléluia pour quoi ? dis-je, sidéré.

– Alléluia ! alléluia ! reprend Katérina, Mania faisant la seconde voix.

Je jette un coup d'œil autour de moi, cherchant quelqu'un qui veuille bien m'expliquer. Adriani regarde le mur d'en face, indifférente, Uli a l'air grave et lointain. Phanis, qui participe à l'euphorie, m'éclaire.

– Votre ministre vient d'annoncer une augmentation pour les forces de police.

– Quand ça ?

– À l'instant, aux infos, répond Katérina.

Je reste coi, je les regarde pour m'assurer que ce n'est pas une blague. Eh bien non, et mon humeur change aussitôt. Au lieu d'aller au lit, je m'assois sur la chaise la plus proche comme sur un trône.

– Adriani, fais la liste de ce qui nous manque, lui dis-je en riant.

– Il ne nous manque rien, mon cher Costas, répond-elle, sérieusement. Un peu d'argent de côté, c'est tout. En Grèce, le chapeau du roi sert aujourd'hui à le couronner, et demain à mendier. L'argent, c'est bien quand on n'en a pas besoin.

Puis elle se tourne vers Phanis et décoche sa flèche :

– Pour que certains le comprennent : pour les augmentations, l'armée et la police passent toujours devant. L'ordre et la sécurité avant la santé.

Et elle éclate de rire.

— Tu entends, Mania, toi qui as quitté la police pour les professions libérales ? dit Katérina en riant aussi.

— Pas de panique, intervient Phanis. Nous venons peut-être en second, mais les augmentations nous arrivent à nous aussi. Nous l'avons appris de source sûre, par le ministère.

— J'espère, qu'on puisse prendre un nouvel appart'. Il me faut d'urgence un espace à moi.

— On repart de zéro, soliloque Adriani.

Nous nous regardons, perplexes. Où veut-elle en venir ?

— La catastrophe précédente a commencé ainsi, explique-t-elle. À la première augmentation, on parlait de louer un appartement à Aya Paraskevi. À la deuxième, de prendre un emprunt et d'acheter l'appartement. À la troisième on achetait le 4 × 4, et là on a sombré.

— Mais enfin maman, tu n'as donc jamais rien de positif à nous dire ? dit Katérina indignée.

— D'où vient tout cet argent ? demande soudain Uli, qui jusqu'alors suivait la conversation sans un mot.

Mania le regarde, étonnée.

— Qu'est-ce que ça veut dire ?

Il répète :

— D'où vient tout cet argent ?

— Mais enfin, tu es toute la journée sur Internet. Tu ne lis pas les journaux, les revues ? Tu ne vois pas cette vague d'investissements qui déferle sur la Grèce ? Tu n'entends pas les Européens chanter victoire, comme quoi dès que nous avons eu un gouvernement sérieux, le programme a réussi ? Pendant tant d'années on a piétiné au fond pour remonter, et maintenant qu'on remonte tu restes au fond ? Quand vas-tu cesser de râler comme un Allemand ?

– Les banques elles-mêmes viennent ouvrir des succursales, renchérit Phanis. Elles étaient parties pendant la crise, les revoilà.
– D'où viennent-elles, ces banques ? reprend Uli. Je les ai cherchées, elles ne sont ni en Europe ni en Amérique. Je ne les ai trouvées que dans les îles Caïmans. Les deux nouvelles banques viennent de là.
– Et alors ? rétorque Mania. Si les banques des îles Caïmans veulent venir ici, bienvenue. Du moment qu'elles apportent de l'argent, dont nous avons un besoin fou.

Adriani se levant pour aller préparer le repas, Mania la rejoint dans la cuisine pour l'aider.

Katérina se lève pour les suivre, mais d'abord elle s'arrête devant Uli.

– Tu crois que c'est de l'argent sale ?

Uli hausse les épaules.

– Je ne sais pas. Mais je sais que là-bas il n'y a que de l'argent sale.

– Et pourquoi viendraient-ils chez nous avec ? demande Phanis. Il n'y a pas des marchés plus intéressants ?

Nouveau haussement d'épaules.

– Peut-être qu'on le cache plus facilement en cas de croissance, et il se peut qu'ici le blanchiment coûte moins cher.

Phanis le regarde comme s'il parlait chinois.

– Le blanchiment, coûter moins cher ? Je n'y comprends rien.

– Le coût du blanchiment peut s'élever à quarante...
Il cherche le mot grec.

– Quarante pour cent, dit Phanis.

– Et si le coût tombe ici, mettons, à trente pour cent, il est normal qu'ils viennent en Grèce.

Bravo, me dis-je. Et la différence entre quarante et trente explique nos augmentations.

Une pensée me traverse tandis que je me mets à table. Lalopoulos savait-il tout cela ? Cela vaudrait la peine d'enquêter sur sa relation avec les banques des îles Caïmans, mais ce n'est pas mon boulot. Pour moi l'affaire est close une fois pour toutes.

Adriani apporte les plats. Malgré ses réticences elle a sorti une bouteille de vin pour qu'on arrose les augmentations – c'est comme une fête.

16

En route vers mon bureau, j'essaie d'associer ce qu'a dit Uli la veille au soir avec l'un ou l'autre des deux meurtres. Pour le second, cela ne colle sûrement pas. Si les armateurs ont des comptes dans les banques des îles Caïmans, ils sont au siège et non dans des succursales grecques.

Lalopoulos, je ne sais pas, mais dans ce cas le compte serait à un autre nom. Je pourrais demander de l'aide à Spyridakis de la Délinquance financière, mais si le sous-chef l'apprend, il me dira encore que je n'ai pas à fourrer mon nez dans des affaires de drogue et me secouera les puces.

Alors faut-il donner tant de poids aux discours d'Uli ? Oui, car s'il vit en Grèce depuis des années, il est resté minutieux comme un Allemand. S'il le dit, c'est qu'il l'a vérifié. Il n'inventerait pas une histoire vraisemblable pour nous impressionner. Quand il ne sait pas, il le dit.

Je laisse tomber, une fois de plus : dans le premier cas je suis dans l'impasse, et dans le second je me heurte à un mur.

J'abandonne la Seat au garage et monte à la cafétéria chercher le café et le croissant rituels. On entend les voix depuis le couloir, mais c'est en entrant que je saisis l'étendue de l'allégresse.

Les augmentations suscitent chez mes collègues un entremêlement de rires, de cris et de gestes. Ils ne touchent plus terre.

– Ça, c'est un gouvernement ! s'écrie un type en uniforme, enthousiaste. Tous les précédents ont taillé dans nos salaires, l'un après l'autre. Ceux-là sont les premiers à nous ouvrir la porte. Nous avons un gouvernement, enfin.

Me voyant au bar, il me lance :

– Pas vrai, monsieur le commissaire ?

– Tu as tout à fait raison.

Ce disant, je sens la question d'Uli qui revient me harceler : D'où vient l'argent ?

– Avec nos salaires amputés, dit un autre, on a dû taper sur des gens aussi mal en point que nous.

– C'est fini tout ça, l'assure son voisin. Maintenant plus personne ne bougera le petit doigt, puisque personne n'aura de raison d'être mécontent.

Le premier uniforme interpelle la fille du bar :

– Varvara, tu paies la tournée pour fêter notre augmentation ?

– C'est vous qu'on augmente et c'est moi qui paie ? Jamais vu ça. Tu veux que je t'offre ton treizième mois ?

Je profite du rire général pour prendre mon café, mon croissant et m'éclipser.

Si seulement je pouvais m'éclipser pour de vrai : arrivé dans le couloir de mon bureau, je trouve la smala des journalistes qui m'attend.

Voyant le café et le croissant, ils comprennent que je viens d'arriver et me laissent le passage. Mais dès que je suis entré ils s'engouffrent derrière moi.

– Avez-vous une déclaration concernant le meurtre de l'armateur Stefanos Hardakos ? demande Merikas, qui a remplacé Sotiropoulos.

Je leur résume l'enquête, sans rien cacher, puisqu'il n'y a rien à cacher.

– Pensez-vous qu'il y ait un lien entre les deux naufrages et le meurtre ? demande la petite au collant rose.

– Jusqu'à présent rien n'est venu le confirmer. Mais nous n'en sommes qu'au début de l'enquête.

Suit un silence gêné : ils n'ont plus de questions et je n'ai plus rien à leur dire.

– Alors c'est tout ? attaque la grande maigre, venimeuse. Je pensais qu'après votre augmentation vous seriez plus généreux.

– Pour que je sois plus généreux, il faudrait que l'augmentation vienne de vous. Et d'ailleurs, je vous ai donné tout ce que j'avais.

Je la vouvoie, gardant toujours mes distances avec elle.

– Aryiro, on est là pour bosser, pas pour se lancer des vannes, lui envoie le jeune gars en T-shirt.

Il m'adresse un « merci, monsieur le commissaire » et gagne la porte. Les autres le suivent. La grande maigre sort la dernière, l'air offensé.

Je pousse un ouf de soulagement et m'assois à mon bureau pour savourer mon café et mon croissant. Mais décidément c'est ma journée : avant que j'aie pu avaler deux bouchées et une gorgée, la porte s'ouvre et voici Sotiropoulos.

– Bonjour, dit-il avec un grand sourire.

Je le regarde, étonné.

– Tu n'es pas entré avec les autres ? Tu souhaites un traitement spécial ?

Il sourit toujours.

– Non, mais j'ai pris ma retraite. Et comme je suis le doyen, si j'étais avec eux j'aurais l'air d'être le pape.

Je scrute son visage. Le Sotiropoulos que je connais depuis des années n'a pas de telles délicatesses. Je lui demande :

— Tu as vraiment changé ou tu nous manigances quelque chose ?

— Je ne manigance rien. Ce que tu as dû leur dire, je le sais déjà. Je suis venu te donner une info.

— À savoir ?

— Tu n'as pas suivi les nouvelles ce matin ?

— Non.

— Trois compagnies maritimes grecques, dont la West Shipping de Hardakos, ont annoncé hier à Londres qu'elles transfèrent leur siège au Pirée.

Ma première pensée : Steriadis est démenti. Les armateurs finalement reviennent en Grèce avant les marbres. Cela mis à part, je ne vois pas d'intérêt particulier à l'info, mais pour que cet homme plein d'expérience vienne m'en parler, c'est que quelque chose a éveillé sa curiosité.

— Elle t'intéresse en quoi, cette annonce ?

— Il y a d'abord la décision elle-même. Dans la politique maritime de la Grèce, aucun changement ne justifie un tel retour. Alors pourquoi revenir ainsi au bercail, soudain ?

— Ils n'ont pas expliqué leur décision ?

— Ils ont dit vouloir soutenir la tentative de redressement qui a lieu dans le pays. C'est des conneries. Aucune compagnie n'est disposée à faire des sacrifices pour son pays. Or celles-là ne sont pas du tout sûres de s'en sortir gagnantes.

— Y a-t-il autre chose qui te fasse réfléchir ?

— Les coïncidences. Les deux naufrages et le meurtre juste après. Première coïncidence. Le meurtre et l'annonce du transfert juste après. Seconde coïncidence.

C'est un peu trop pour moi. Voilà pourquoi je suis venu te dire d'aller jeter un œil.

– J'irai, c'est promis. Je te remercie et te rendrai la pareille.

– Pas la peine. Pas de remerciements entre nous. D'ailleurs, je ne t'ai pas fait là une révélation extraordinaire. Tout ça se trouve déjà sur mon blog. Je suis désormais un retraité sans ambitions, donc nous n'allons plus nous bouffer le nez.

Il rit et se lève.

Je reste seul avec mes pensées. Pour la première coïncidence, nous n'avons pas la moindre preuve. Quant à la seconde, Sotiropoulos est un vieil homme de gauche. Pour lui les entreprises ne s'intéressent à rien d'autre qu'au profit. Il ne peut pas imaginer qu'elles puissent agir par patriotisme. Pourtant elles peuvent le faire, si elles sont portées par l'enthousiasme général. Tout compte fait, seules trois compagnies reviennent. Et même si Sotiropoulos avait raison, quel rapport entre le meurtre et ce déménagement ?

L'appel d'Ananiadis m'arrache à mes pensées. L'autopsie confirme ce que nous savions déjà. La mort a dû se produire entre vingt-deux heures et minuit. Je recevrai le rapport le lendemain, au retour de Stavropoulos.

– Quand la famille peut-elle emporter le mort ?
– Dès aujourd'hui.

J'appelle Mme Verlemi dans la foulée. Elle me passe Cleanthis Hardakos à qui j'annonce qu'il peut venir chercher le corps de son père. Puis :

– Monsieur Hardakos, j'ai appris aujourd'hui que vous comptiez transférer le siège de la West Shipping en Grèce et j'aimerais que vous me le confirmiez.

– Je confirme.

— Excusez ma question, mais pourquoi ne l'avez-vous pas fait ces dernières années ?

— Mon père ne le voulait pas, il n'avait pas confiance dans les gouvernements du pays. « En Grèce, tu ne sais jamais ce qui t'attend », disait-il. Mais maintenant que j'ai hérité de la compagnie et que je prends seul les décisions, nous pouvons venir en Grèce.

— Mais vous allez enterrer votre père à Londres ?

— Tel était son désir, je dois le respecter. D'ailleurs, une partie de la famille, ma mère en particulier, continuera d'habiter Londres et moi j'irai souvent là-bas, de même que je venais souvent ici.

Je raccroche en me disant que Sotiropoulos voit des conspirations là où il n'y en a pas. Les explications de Hardakos fils sont pleinement convaincantes. Je suis persuadé que si je contactais les deux autres compagnies, je recevrais des réponses différentes sans doute, mais tout aussi plausibles.

J'en conclus qu'un deuxième avis ne sera pas de trop, et j'ai recours à Steriadis, qui est devenu ma bouée de sauvetage dans cette affaire.

— Tu es démenti, lui dis-je dès qu'il décroche. Les armateurs sont de retour, pas les statues.

— Je me demande ce que les nôtres leur ont promis, répond-il.

Je lui rapporte les propos de Hardakos junior.

— C'est sans doute valable pour lui, rétorque-t-il. Mais j'insiste, on leur a sûrement fait des promesses. Ne me dis pas que leur patriotisme s'est soudain réveillé. Maintenant, si ces promesses ne sont que du vent, comme c'est le cas d'habitude en Grèce, c'est une autre histoire. En tout cas les armateurs ne sont pas des petites gens. Ils ont dû recevoir des garanties.

— Tu as interrogé les deux Asiatiques ?

— Tes types les ont déférés au juge d'instruction. Il faut que j'attende qu'il ait lu le dossier, puis qu'il décide s'il convient que je les interroge, ou qu'il le fasse lui-même et me tienne au courant. C'est une perte de temps que nous pourrions bien payer cher.

Je raccroche et monte au cinquième étage informer Guikas. Je l'ai laissé dans le brouillard et les lamentations vont reprendre.

— Après les augmentations, dit-il, je m'attendais à ne voir que des sourires. Mais toi tu as l'air sombre et ça ne me plaît pas. Des nouvelles désagréables ?

— Même pas. Nous avons beaucoup d'informations, mais qui ne conduisent nulle part.

Je fais mon rapport, il me pose des questions, nous tombons d'accord.

— Tu as raison. Je ne vois pas de lien. Donc il nous faut attendre la lumière d'ailleurs.

— Vous croyez que nous devons informer le sous-chef ?

— Pour lui dire quoi ? Il veut qu'on lui serve le plat de résistance et nous n'avons même pas des amuse-gueules. Qu'il attende.

Là-dessus le téléphone sonne, vérifiant l'adage « L'homme propose et Dieu dispose ».

— Mais nous n'avons pas d'informations, monsieur le sous-chef, dit Guikas. Nous vous informerons dès que possible.

Un silence, puis :

— Comme vous voulez.

Il raccroche brutalement, fou de rage.

— Il veut être informé quand même. Viens, qu'on en finisse.

Il sort en trombe de son bureau.

Qu'on en finisse, cause toujours, me dis-je en courant derrière lui. Avec ce type on n'en verra jamais la fin.

17

Cette fois la réception n'a rien de chaleureux. Le sous-chef nous laisse d'abord faire antichambre pendant une heure et nous gratifie d'une mine d'enterrement. On sent qu'il se force pour nous jeter un vague bonjour.

Avant même qu'on s'assoie il commence debout à nous sonner les cloches.

– Je vous ai dit d'entrée de jeu que je voulais être informé à chaque étape des enquêtes. Je vous ai dit aussi que ma porte vous était ouverte. Donc je ne comprends pas pourquoi vous attendez mon appel pour venir.

– Nous ne vous avons pas informé, faute d'informations. Nous n'en sommes qu'au début de l'enquête.

La voix de Guikas est calme, mais moi qui le connais, je le sens bouillir.

– Quand vous ai-je dit que je ne voulais être informé qu'en cas de progrès de l'enquête ? J'ai dit que je voulais être informé en temps réel.

– Désolé, nous nous sommes mal compris, répond Guikas à contrecœur, et il me fait signe de commencer.

Je déballe tout sans rien dissimuler, ni la discussion avec Sotiropoulos, ni le coup de fil à Steriadis.

– Je suis d'accord, dit le sous-chef d'un ton plus calme. Je ne vois pas moi non plus de lien entre les deux sinistres et le meurtre. Par conséquent, vous avez bien fait de ne pas chercher plus loin. Avez-vous repéré le numéro de l'inconnu qui appelait le standard pour parler à Hardakos ?

— Il appelait d'une cabine, comme il fallait s'y attendre.

Koula s'en est assurée entre-temps.

— Eh bien je vous remercie, et je compte sur vous pour venir de vous-mêmes la prochaine fois.

Sur cette dernière flèche, Guikas et moi nous apprêtons à nous lever, quand le téléphone sonne.

— Il est là, oui, dit le sous-chef en nous faisant signe d'attendre, et il me tend le combiné.

— Commissaire Galanis, du commissariat de Keratsini. Hier soir une rixe a éclaté dans un fast-food près de la place Vlahernon et deux Géorgiens ont sorti leurs couteaux. On a envoyé une patrouille. Les types ont voulu fuir, on les a rattrapés. Lors de l'enquête sur place, un témoin oculaire nous a dit que les Géorgiens agitaient leurs couteaux en criant : « Vous voulez finir comme l'armateur ? » Ça nous a paru bizarre et j'ai pensé à vous informer.

— Vous avez très bien fait. Où se trouvent les Géorgiens ?

— Nous les avons gardés chez nous.

— Le témoin oculaire ?

— Nous l'avons renvoyé chez lui, mais nous avons son adresse.

— Envoyez-moi tout le monde au central, avec la patrouille qui les a arrêtés et si possible le témoin. Je veux les interroger moi-même.

— Je ne peux pas vous promettre le témoin, mais tous les autres vont partir à l'instant.

J'informe le sous-chef et Guikas.

— Je ne sais si vous êtes suprêmement organisé, monsieur le commissaire, dit le sous-chef en souriant, ou si vous avez de la chance.
— Pourquoi dites-vous cela ?
— Lors des deux meurtres, ce sont d'autres qui ont fait le travail pour vous. Le commissariat d'Ayos Pandéléimon dans le cas de Lalopoulos, et maintenant le commissariat de Keratsini. Certains pourraient dire que vous avez une veine insolente.

Il se retient pour ne pas dire « une veine de cocu », et j'enrage.

— J'y vois une bonne coordination des forces de police, intervient Guikas. Vos prédécesseurs ont fait du bon travail, monsieur le sous-chef.

Après l'avoir ainsi mouché, il se tourne vers moi.

— Allons-y, nous devons être là-bas quand ils arriveront.
— Il en a pris pour son grade, lui dis-je quand nous montons en voiture.
— Il m'a gonflé avec ses grands airs, répond-il, encore fumant. Tu sais, il n'y a pas pires supérieurs que ceux-là. Au début ils sont dans la demi-teinte, ils veulent soi-disant apprendre auprès de toi, et pour finir ils te piétinent.

Un silence. Puis, sur un autre ton :
— Je pense souvent à prendre ma retraite. Il me reste quelques années, mais je peux les racheter. Je suis fatigué, et ça n'a pas de sens de m'empoigner avec des frimeurs.

Je ne sais s'il est fatigué ou s'il a essayé toutes les combines sans qu'aucune ne marche. Mais pour l'instant, seules m'intéressent les conséquences possibles.

— Ne faites pas ça, dis-je. Si vous partez, on ne sait pas qui on aura sur le dos en plus de ce type. On n'en finira pas de courir.

Il me sourit.

— Pour finir, toutes nos engueulades ont eu un effet positif. Nous avons appris à travailler ensemble et à nous estimer.

Il pousse un profond soupir.

— Je ne partirai pas. Ou alors en cas de gros coup dur. Si je partais, je passerais le restant de ma vie avec l'amertume d'avoir été envoyé à la retraite par un nul.

À mon tour de soupirer. Pendant le reste du trajet, pas un mot : nous n'avons plus rien à dire. Nous sommes plongés dans nos pensées, lui et son avancement perdu, moi et ma veine de cocu.

18

Nous arrivons les premiers à l'avenue Alexandras et en attendant ceux de Keratsini je mets mes adjoints au courant.

Par chance, Dimitriou m'appelle pour me dire que d'après le serrurier, le système de sécurité a été forcé, mais par un virtuose : à première vue on ne s'aperçoit de rien.

L'équipage de Keratsini se pointe au bout d'une heure.

— Nous sommes en retard, monsieur le commissaire, se justifie l'un des policiers, mais il a fallu trouver une seconde voiture pour vous amener le témoin.

— Puisque vous l'amenez, vous êtes pardonnés, dis-je en souriant, et je leur demande de me raconter la rixe.

— Comment dire, monsieur le commissaire, commence le second policier. Apparemment, c'est parti de rien. Le témoin vous le dira, il a tout vu. Nous autres sommes arrivés quand les Géorgiens prenaient la fuite et nous les avons arrêtés. Le reste, nous l'avons appris par les gens du coin.

— L'allusion à l'armateur, c'était quand ?

— Nous ne l'avons pas entendue, dit le premier policier. C'est le témoin qui nous l'a rapportée.

– Vous avez trouvé les couteaux ? demande Papadakis.

– On les a ramassés dans la rue. Nous les avons apportés.

– Très bien, les gars. Ce sera tout. Allez avec eux, dis-je à Papadakis et Vlassopoulos. L'un de vous deux amène le témoin à Koula, et l'autre conduit les Géorgiens au bureau des interrogatoires. Et envoyez les couteaux à la Médecine légale pour qu'Ananiadis voie si l'un d'eux correspond aux blessures de Hardakos.

Avant qu'ils ne sortent, le troisième policier s'adresse à moi.

– Il y a quelque chose que je ne comprends pas, monsieur le commissaire. Puisqu'ils avaient des couteaux, pourquoi n'ont-ils pas blessé quelqu'un pour s'enfuir en profitant de la panique ? Une fois sans arme, ils étaient sûrs de se faire choper.

– Attends, répond l'autre, ils ont paniqué et n'avaient qu'une idée, se tailler. Ils se sont dit que si on les prenait le couteau à la main ce serait plus grave pour eux.

– Ceux qui ont des couteaux savent s'en servir, dit l'autre.

Puis, se tournant vers moi :

– Enfin, ce n'est pas mon boulot d'enquêter, à vous de jouer.

Et il s'en va.

Je me dis qu'il n'a pas tort. Menacer d'abord, puis jeter son couteau et s'enfuir ? Si les Géorgiens ne sont pas les assassins de Hardakos, la seule explication, c'est qu'ils ont entendu parler du meurtre et ont bluffé.

Mais voyons d'abord ce qu'on peut tirer du témoin et de l'interrogatoire des Géorgiens.

Je gagne le bureau de mes adjoints où m'attend le témoin. Il a dans les trente-cinq ans et la boule à zéro.

Il ne remarque pas mon entrée, penché qu'il est sur son portable où il fait défiler des images. C'est seulement lorsque Koula dit « Nous pouvons commencer » qu'il relève la tête et me regarde.

– Votre nom ? demande Koula.

– Pascalis Felekidis. Vous avez la Wi-Fi par ici ?

– Non, Internet seulement.

– Bon, soupire-t-il.

Il presse quelques touches, puis pose l'appareil sur le bureau de Koula.

– Qu'est-ce que c'est ? dit-elle.

– J'enregistre ma déposition. Si demain je suis convoqué au tribunal, je dois savoir ce que j'ai dit. Avec la Wi-Fi, j'aurais pu tout forwarder directement sur mon ordinateur.

– Inutile, répond Koula avec une patience angélique. Vous lirez votre déposition, la signerez, et vous pourrez emporter un double. La déposition officielle est le seul document reconnu par le tribunal.

– D'accord, mais lire et entendre, ça fait deux.

– Racontez-nous donc ce qui s'est passé au fast-food et comment la bagarre a commencé, lui dis-je calmement.

Il a pourtant tout fait pour se rendre antipathique.

– Ces deux racailles ont fait un scandale parce que leur steak haché n'était pas cuit. Moi je mange là-bas depuis des années, ça ne m'est jamais arrivé. Enfin, ils voulaient qu'on leur en serve d'autres. Rita, la serveuse, leur a dit qu'elle ne pouvait pas reprendre un plat entamé. Voyant que leur coup ne marchait pas, ils ont voulu qu'on les rembourse. Rita leur a dit qu'elle ne pouvait pas. Alors ils ont commencé à l'insulter, à donner des coups de pied dans le comptoir, et ils ont balancé leurs plateaux. On a été plusieurs à se lever pour les virer et manger tranquilles. Mais les types ont continué dehors. Cette fois c'est nous qui avons pris. Quelqu'un leur a dit d'aller faire ça chez eux là-bas, qu'ici c'est l'Europe, et pas le Caucase avec ses bêtes sauvages. Alors ils ont sorti leurs couteaux, et le grand, le blond, s'est mis à crier : « Vous voulez finir comme l'armateur ? C'est ça que vous voulez ? » Mais les gens du fast-food avaient appelé la police et vos gars se sont pointés à ce moment-là. Quand les racailles ont vu la voiture, ils ont jeté leurs couteaux et ont voulu se tailler. Mais Sotiris a fait un croc-en-jambe à l'un d'eux, nous autres avons retenu son pote, et les flics n'ont eu qu'à les cueillir. C'est tout.

– Vous êtes sûr qu'ils ont mentionné l'armateur ?
– J'ai l'air de plaisanter ? Le type l'a dit deux fois.
– D'autres l'ont entendu ?
– Je ne sais pas. Mais moi oui, et je le signe des deux mains.

Je le remercie et le laisse à Koula, pour lire et signer sa déposition, tandis que je rejoins le bureau des interrogatoires.

J'y trouve les deux Géorgiens, Vlassopoulos et Papadakis qui se regardent sans un mot. L'un des types est un grand blond, tel que Felekidis l'a décrit. L'autre est châtain, de taille moyenne et grassouillet. Tous deux doivent avoir moins de trente-cinq ans.

Je rejoins le club des silencieux, en attendant que Koula et son ordinateur viennent prendre la déposition. Le contact oculaire se prolonge un quart d'heure encore. En arrivant, Koula me fait oui de la tête, signe que tout s'est bien passé avec le témoin.

– Vos noms ? demande Papadakis.
– Moi, Samir Boukachvili.
– Et moi, Simon Vakhnadzé, dit le grassouillet.

Je commence :

— Vous n'avez pas aimé la nourriture du fast-food. Était-ce une raison pour faire un tel scandale ?

— Nous, on voulait pas le scandale. Les steaks hachés étaient pas cuits, on a demandé d'autres.

— Et les couteaux, c'était quoi l'idée ? interroge Vlassopoulos.

— Écoute, l'ami... lance le second, mais Papadakis lui coupe son élan.

— Vous êtes accusés de port d'armes et de menaces de violences, et nous sommes les policiers qui vous interrogent. Pas vos amis.

— Écoute, commissaire, corrige le second, Simon. Nous, on a peu d'argent pour manger. On peut pas payer et pas manger.

Ils se débrouillent tous deux en grec, donc ils sont là depuis des années.

— Pourquoi sortir vos couteaux, au lieu d'appeler la police ? demande Vlassopoulos.

— En Géorgie on appelle la police, répond Samir. Ici, tu es géorgien, albanais, ukrainien, tu appelles la police, tu as toujours tort.

J'enchaîne :

— Qu'est-ce que vous aviez dans la tête en promettant aux autres le même sort qu'à l'armateur ?

Ils échangent un coup d'œil et Simon hausse les épaules.

— On a entendu parler de sa mort et on a crié ça pour faire peur.

— C'est quoi votre métier ? demande Papadakis.

— Moi je travaille au marché fruits et légumes, répond Samir.

— Moi je fais taxi, dit Simon. Avec la crise, je gagne souvent juste assez pour payer location du taxi. Ne me reste rien.

— Vos familles sont là ? demande Vlassopoulos.
— Non, en Géorgie.
Je poursuis :
— Quel rapport avez-vous avec le meurtre de l'armateur ?
— Aucun, répond Simon.
— Moi, je l'ai appris au marché, dit Samir.
— Écoutez, nous avons les couteaux. Si c'est l'un d'eux qui a causé les blessures de la victime, nous le découvrirons et pourrons le prouver sans aucun doute.

Ils se regardent sans un mot.

— Nous fouillerons chez vous et nous trouverons d'autres indices, dit Papadakis.
— Vous trouverez rien, affirme Samir.
— Si nous ne trouvons rien, les couteaux seront une preuve suffisante, dis-je. C'est vous qui téléphoniez pour savoir si Hardakos était là ?
— Oui, dit Samir.
— Pourquoi ?
— Sur le bateau qui a brûlé en Thaïlande il y avait ami à nous. Il travaillait aux machines et il a brûlé. La compagnie avait pas assuré lui. On voulait demander au patron quand il donnait l'argent, parce que c'était grand ami à nous et sa femme et ses enfants à Tbilissi ont faim.
— Et quand vous avez appris son arrivée, intervient Papadakis, vous lui avez rendu visite.
— On voulait seulement lui demander pour l'argent, dit Simon.
— Il nous a dit, enchaîne Samir, que la femme de notre ami doit faire un procès aux pirates et au port en Thaïlande pour avoir l'argent.
— Et alors vous l'avez tué, conclut Vlassopoulos.

— On lui a d'abord demandé un chèque, dit Simon. Et lui, pas voulu s'asseoir à bureau, a couru vers la porte. C'est là qu'on l'a tué.

— Lui a beaucoup d'argent, dit Samir, l'assurance lui paiera son bateau, et lui ne donne rien à veuve et deux orphelins.

Nous nous regardons, mes adjoints et moi. Le sous-chef va encore sourire de ma veine de cocu et l'idée ne m'enthousiasme pas du tout.

— Comment s'appelait votre ami ? demande Papadakis.
— Dimitri Kerachvili.
— Et sa femme ?
— Anna.

J'ai encore une question.

— Comment avez-vous ouvert la porte ?
— L'armateur nous a ouvert, dit Simon.
— Non. Il ne vous aurait jamais ouvert. Va raconter ça à d'autres.
— D'accord, c'était une serrure facile, on a ouvert très vite, dit Samir.

Elle était tout sauf facile, le serrurier nous l'a dit, mais je préfère ne rien dire pour l'instant.

Nous les renvoyons tous deux en cellule.

— Voilà qui est fait, commente Vlassopoulos, l'air content.

— Arrangez-vous avec Dimitriou, lui dis-je, pour les envoyer à la West Shipping avec le serrurier, qu'ils nous montrent comment ils ont forcé le système de sécurité.

— Qu'est-ce que ça peut faire ? Ils ont avoué.

— Oui, mais ils avaient peut-être un complice qu'ils nous cachent.

Il me regarde, embarrassé. Il n'y avait pas pensé. Mais moi, de retour dans mon bureau, j'ai déjà la tête ailleurs.

J'ai là deux meurtres dont les auteurs ont avoué, mais dans les deux cas les aveux posent problème.

Les assassins de Lalopoulos ont avoué, mais j'ignore toujours leur rapport avec la victime et le trafic de drogue, le sous-chef nous empêchant de tirer sur le fil.

Quant au meurtre de Hardakos, même si les deux Géorgiens sont des amateurs, ils ne sont pas assez crétins pour utiliser dans une simple rixe les armes du crime, et les laisser derrière eux en plus. Le plus nul des assassins le sait : il faut avant tout faire disparaître l'arme du crime. Ces deux-là ont fait tout le contraire. Comme s'ils nous disaient : « Voilà les couteaux du crime, nous voilà, venez nous coffrer. »

Une chose est sûre : il faudrait être fou pour avouer un meurtre qu'on n'a pas commis. Le Pakistanais, l'Afghan et les deux Géorgiens sont donc sans doute possible les auteurs des deux crimes. La question est de savoir ce qui se cache derrière leurs aveux si empressés.

Je ne vois qu'une réponse : ces aveux mettent fin à l'enquête et nous détournent d'autres mobiles, que certains ont intérêt à laisser dans l'ombre. Qui leur a demandé d'avouer ?

19

Trompe-toi, plus sage tu deviendras. Cette fois j'ai décidé de ne confier mes doutes ni au sous-chef ni même à Guikas. Le sous-chef me dirait « Envoie les assassins au juge d'instruction et ne cherche plus ». Quant à Guikas, ce serait le compromettre et ce n'est pas mon intérêt, maintenant que nous sommes partis pour voguer ensemble.

Mon expérience me dit que quand certains pêchent en eaux troubles, leurs mobiles sont d'habitude économiques. Ce qui semble à première vue correspondre au cas de Lalopoulos, et à celui de Hardakos.

Le seul qui puisse m'éclairer dans le domaine de l'économie sans que je me heurte au sous-chef, c'est Spyridakis de la Délinquance financière. Nous avons souvent travaillé ensemble et cela s'est toujours bien passé.

Je l'appelle, lui rapporte les deux meurtres en détail et lui livre mes réflexions. Quand j'ai fini, il garde le silence, puis, d'une voix contrainte :

– Pour faire ce que vous me demandez, à savoir éplucher les comptes, monsieur le commissaire, il me faut un mandat de recherche. Surtout dans le deuxième cas, s'agissant d'une grande compagnie maritime. Si je vais voir mon supérieur, il ne voudra rien entendre sans mandat. Supposons que j'agisse en douce et que ce soit découvert, je risque non seulement le renvoi mais des poursuites judiciaires. Vous comprenez bien que je ne peux pas prendre ce risque.

Je lui dis que je comprends et raccroche avec un curieux sentiment de satisfaction : le sous-chef est démenti. Je ne suis pas un veinard cocu, mais un pauvre con qui joue sa tête sans raison. Guikas et Spyridakis savent se protéger, mais moi je plonge en eaux profondes sans masque ni palmes.

Je pourrais évidemment m'objecter que Guikas, qui savait pourtant se protéger, n'a pas atteint son but. Oui, mais s'il a échoué au bac, moi j'ai été collé au brevet.

Je m'apprête à rentrer chez moi, quand la porte s'ouvre et Dimitriou apparaît, flanqué d'un quadragénaire en salopette.

– J'aurais pu vous le dire moi-même, dit-il, mais un témoignage de première main, c'est mieux. Voici Periklis, le serrurier qui observait les Géorgiens quand ils ont désactivé le système de sécurité.

– Raconte, dis-je au serrurier en essayant d'éveiller mon intérêt.

– Comment dire, ils ont ouvert, mais ils tâtonnaient. Quand je leur ai dit, « Enfin, vous vous rappelez pas comment vous avez fait ? », ils ont répondu qu'ils ne sont pas des pros et qu'il leur faut du temps.

– Qu'est-ce que tu en penses ?

Il réfléchit.

– Celui qui a brisé le code connaissait son boulot, pas comme ceux-là. Je pense qu'un troisième type l'a fait devant eux en leur expliquant comment se débrouiller en cas de reconstitution.

Je les remercie et ils repartent. À chaque nouvelle étape, mon soupçon initial se confirme : dans les deux cas, quelqu'un tire les ficelles dans les coulisses. Les assassins ne sont que des pions en première ligne, les autres sont cachés derrière. Cela ne m'intéresse pas, me dis-je. De toute façon je ne vais pas chercher plus loin. Si mon supérieur veut qu'on arrête, c'est son affaire.

L'idée me vient quand je suis dans la Seat. Au lieu de rentrer chez moi, je mets le cap vers le bureau de ma fille.

Là-bas je retrouve le trio bien connu. Katérina est avec un client dans son bureau, tandis que Mania et Uli discutent face à l'écran de l'ordinateur.

— Tiens, vous voilà ? Ces derniers temps on ne vous voit plus ! dit Mania joyeusement. On dirait que les augmentations ont augmenté votre conscience professionnelle et que vous faites des heures sup'.

— J'ai plutôt l'impression de faire des enquêtes qui ne rapportent rien, voilà pourquoi je viens demander la contribution d'Uli.

— Uli ? En quoi peut-il vous aider ?

Sans répondre, je me tourne vers lui.

— Pourrais-tu chercher sur Internet des éléments concernant les deux meurtres sur lesquels j'enquête ?

— Vous voulez que je cherche quoi au juste ?

— Pour ne rien te cacher, je ne sais pas. Tu cherches et si quelque chose te semble intéressant, tu notes et tu me le dis.

— Pourquoi ne pas demander à Koula ? demande Mania.

Quand elle insiste, elle peut devenir très agaçante.

— Parce que j'ai des soupçons qui n'ont pas encore leur place dans l'enquête officielle. Je veux d'abord m'assurer qu'ils sont fondés.

Heureusement je n'ai pas à m'étendre davantage, car on entend des voix dans l'entrée et aussitôt ma fille apparaît.

– Alors ça, quelle surprise !

Elle me fait la bise.

– Il est venu demander l'aide d'Uli, explique Mania.

– D'Uli ? s'étonne ma fille à son tour.

Je recommence mes explications, puis me tourne à nouveau vers Uli.

– Tu pourrais examiner un peu les comptes de Lalopoulos. Cela m'intéresserait aussi de savoir comment l'argent des banques des îles Caïmans s'est retrouvé en Grèce. Mais ne prends pas de risques.

– La première chose est facile. Pas la seconde.

– Pourquoi ?

– Les banques sont des entreprises, monsieur le commissaire. Elles ouvrent une succursale en Grèce, parce que certains font des affaires avec elles. Ce qu'il faut trouver, c'est qui fait des affaires en Grèce avec l'argent des banques des îles Caïmans.

Je lui rappelle que l'autre jour, chez nous, il a demandé d'où venait l'argent.

Il sourit.

– C'est la faute à mon grec. Je me demandais qui envoie son argent en Grèce depuis les îles Caïmans. Les banques européennes ne viennent pas. Vous ne trouvez pas ça bizarre ?

– D'autant que les Européens pavoisent, ajoute Katérina. Leur plan a réussi, la Grèce retrouve la croissance et ils se pavanent devant les Américains en disant : « Vous voyez, on avait raison ! »

– Les Européens proclament qu'ils avaient raison, mais leurs banques ne viennent pas, insiste Uli.

– Tu vas y arriver ?

– Ne vous en faites pas, monsieur Charitos, Uli est une bête, dit Mania. En plus d'Internet, il connaît tous les étrangers qui travaillent à Athènes.

– Bon, allons-y, papa. Maman a préparé des tomates farcies et nous attend.

Ces tomates farcies me remontent le moral, car Adriani n'en a plus préparé depuis des mois.

– Vous ne venez pas ? dis-je à Mania, voyant qu'elle et Uli restent assis.

– Ce n'est pas mon jour de chance, répond Mania. Uli a prévu un dîner avec des amis suisses à lui.

Nous montons dans la Seat, car Katérina n'a pas de voiture et utilise les transports en commun, sauf quand elle va au tribunal très tôt et prend la voiture de Phanis. Je lui demande :

– Pourquoi cette idée de faire des tomates farcies ?

– Tu connais maman, répond-elle en riant. Elle a pu jouer les indifférentes à l'annonce de l'augmentation, mais elle était folle de joie. Elle a donc voulu fêter ça, discrètement comme d'habitude, sans tambour ni trompette.

Je reconnais que Katérina avait raison lorsque je trouve dans le séjour Phanis et Zissis qui discutent. Nous ne pouvons rien fêter en l'absence de Zissis.

– Où sont Mania et Uli ? demande Adriani.

Puis, Katérina expliquant leur absence :

– Pauvre Uli, c'est pas de chance. Il adore les tomates farcies.

– Tant pis pour lui, dit Phanis en riant. La prochaine fois il t'appellera avant de s'engager ailleurs.

Je demande à Adriani :

– Qu'est-ce qu'on fête aujourd'hui ?

– Il faut que ce soit fête pour que je fasse des tomates farcies ? J'ai vu de belles tomates au marché, c'est tout.

Katérina me lance un regard en douce, mais pas assez discret : rien n'échappe à Adriani.

– C'est quoi encore, ces cachotteries avec ton père ? dit-elle sévèrement. J'en ai assez de ces regards en douce et de ces petits rires.

– Je ne me cache pas, je suis simplement contente de manger des tomates farcies, répond Katérina toujours souriante. Et je regarde papa sachant qu'il est content lui aussi.

– Tu crois que tu peux me faire avaler ça ? dit Adriani avec dédain. Tu dois savoir une chose : quand tu t'es mise en route, moi je revenais déjà.

Et elle se retire à la cuisine.

Katérina éclate de rire.

– J'entends ça depuis toute petite, précise-t-elle à Phanis. Chaque fois que j'essayais de me distinguer, elle me servait son « moi je revenais déjà ».

– Peut-être qu'on fait la fête par anticipation, suggère Phanis.

– Comment ça ? dis-je.

– Il paraît que l'an prochain on va rétablir le treizième et le quatorzième mois des fonctionnaires. Donc on pourrait fêter le Nouvel An dès maintenant.

– Tu as des nouvelles pour les retraites ? demande Zissis.

– Elles attendront. On dit qu'on va d'abord stimuler les investissements, pour doper la croissance et l'emploi, quant aux retraites on verra plus tard.

– Je ne m'en fais pas trop, explique Zissis. Le refuge me fournit un lit et de quoi manger. J'ai loué ma maison à des réfugiés grecs du Caucase. Le loyer et les trois sous de ma retraite me suffisent.

– Lambros, toi qui as tout vu et tout vécu, lui dis-je, plaisantant à moitié, as-tu découvert quelque part d'où vient l'argent ?

– Toi qui es chrétien, tu ne devrais pas me poser cette question, répond-il sérieusement.

– Pourquoi ?

– Parce que les Écritures saintes ne cessent de répéter qu'on n'a pas besoin de savoir. « Crois et ne cherche pas », qu'est-ce que ça veut dire ? Crois que tu vas recevoir et ne te demande pas d'où. Et « Donne-nous notre pain quotidien » ? Seigneur, donne-moi à manger, peu m'importe où tu trouveras mon pain demain. Moi qui ne crois pas à tout ça, je peux te dire que nous qui voulions aider les hommes à mieux vivre, nous ne savions pas non plus d'où allait venir l'argent. Notre système s'est effondré. Toi au moins tu peux dire « Dieu soit loué », mais sans poser de questions.

Là-dessus Adriani apporte les tomates farcies et nous nous précipitons à table.

– J'en ai laissé à la cuisine pour Mania et Uli, dit Adriani à Katérina. Si tu vas au bureau tard dans la matinée demain, mets-les au frigo. Et rapporte-moi le plat lavé. Que je n'aie pas à le laver en plus.

Katérina lui fait une bise.

– Ça va, lui dit Adriani, puis elle se tourne vers Phanis : Elle était déjà comme ça toute petite. D'abord son coup en douce, et ensuite les mamours.

Personne ne l'écoute, chacun faisant la queue, son assiette à la main.

20

Je gagne mon bureau sans même passer par la cafétéria : une idée tourne dans mon cerveau. J'appelle aussitôt Vlassopoulos et Dermitzakis.

– Les Géorgiens avaient-ils des téléphones portables ?

Ils se regardent, l'air gêné, sans un mot. Je leur explique ce qui va de soi.

– Ils ont avoué, ce qui ne veut pas dire que l'enquête est terminée. Le serrurier nous a dit que quelqu'un d'autre a cassé le système de sécurité et leur a appris comment ouvrir. Donc, nous sommes presque sûrs qu'ils avaient un complice et qu'ils communiquaient avec lui.

Vlassopoulos appelle aussitôt le centre de détention.

– On n'a pas trouvé de portables dans leurs effets personnels, m'annonce-t-il après une brève conversation. Ils sont peut-être restés au commissariat de Keratsini ?

Dermitzakis appelle à son tour.

– Ils n'ont rien trouvé non plus.

– Ce matin, en sortant de chez moi, au coin de la rue, je suis tombé sur une mendiante immigrée. Elle avait devant elle une coupe en plastique et en même temps elle parlait dans son portable. Les mendiants ont des portables et eux n'en auraient pas ?

Silence. Je poursuis :

— Ils habitaient où ?
— Quelque part à Keratsini, répond Vlassopoulos.
— Trouvez l'adresse exacte et allons chercher là-bas. Et prévenez Dimitriou.

Si leurs portables ne sont pas chez eux non plus, nous serons devant un paradoxe : ils se baladent ostensiblement avec l'arme du crime, et en même temps ils font disparaître leurs portables. Ça ne colle pas, ça crève les yeux, et je dois éclaircir le mystère vite fait avant que le sous-chef n'inflige une douche froide au cocu.

Les deux Géorgiens habitent ensemble rue Hydras, près de l'avenue Grigoriou Lambraki. Je me mets en route avec mon trio. Vlassopoulos enclenche la sirène pour gagner du temps. L'avenue Skaramanga est bourrée de camions, mais la voie de gauche est vide et nous arrivons vite. La rue Hydras est au début de l'avenue Lambraki.

Les Géorgiens logent au rez-de-chaussée d'un immeuble, ancienne maison basse sur laquelle on a empilé trois étages.

Leur appartement comporte deux pièces séparées par un couloir, avec cuisine et salle de bains au fond. Il y a très peu de meubles. Un lit dans chaque pièce. Un seul placard, dans celle de droite. Celle de gauche était sûrement un séjour, transformé en chambre. Dans la cuisine, une cuisinière à gaz deux feux, quatre assiettes, quatre couverts, deux chaises et une table pliantes. Sur la table, un écran d'ordinateur qui doit faire office de télévision.

— Il ne faudra pas plus d'une demi-heure pour fouiller tout ça, conclut Dermitzakis.

Il a raison, c'est pourquoi je garde avec moi le seul Papadakis, et envoie les autres à la pêche aux indices dans le quartier, sans espérer de gros poisson.

Je m'occupe d'une pièce et Papadakis de l'autre. Dans le placard, très peu de vêtements et quelques sous-vêtements. À côté du lit, une valise qui ne contient rien d'intéressant. Je défais le lit, sans résultat. Je ne trouve ni portable, ni rien qui puisse aider.

– Monsieur le commissaire, venez voir une seconde.

Je vais à la porte de l'autre pièce.

– Tu as trouvé un portable ?

– Non. Autre chose.

Il me montre la page intérieure d'un journal. Au milieu, la photo du bateau de la West Shipping qui a coulé à Odessa. À côté, deux photos : Stefanos Hardakos et son fils Cleanthis.

– Ils ont dû acheter le journal pour voir la photo de Hardakos et le reconnaître, conjecture Papadakis.

– Possible, mais pas sûr. D'abord, il faut s'assurer qu'ils savent lire le grec. Sinon, pourquoi auraient-ils acheté le journal ?

Je regarde la une. En bas de la page, un entrefilet renvoie à l'article de l'intérieur.

– À supposer qu'ils aient lu l'article, ils n'ont pas pu le faire au kiosque : quand les journaux sont accrochés, on ne voit que le haut de la page.

J'appelle Vlassopoulos sur mon portable pour qu'il demande aux kiosques et aux commerçants du coin s'ils connaissaient les deux Géorgiens et s'ils achetaient des journaux.

– Le journal, pour quoi faire ? s'étonne Papadakis. Ils ont la télé. Il suffisait qu'ils voient les infos. On a sûrement parlé du bateau.

– D'abord, tous deux travaillaient et on n'est pas sûrs qu'ils étaient chez eux au moment des infos. Ensuite, grâce au journal ils savaient qui était le père et qui le fils. Les images passent vite, ils auraient pu se tromper.

On sonne, c'est Dimitriou et son équipe. Dès son entrée il pose la question rituelle :

– Qu'est-ce qu'on cherche ?

– Officiellement, tout. En fait, rien que les empreintes. On a déjà tout fouillé, sans rien trouver.

Dimitriou jette un coup d'œil à l'appartement.

– Fastoche. En deux heures maxi c'est terminé.

Nous restons debout à les regarder travailler, n'ayant rien de mieux à faire, jusqu'au retour de Vlassopoulos et Dermitzakis.

– Ils passaient pour des gens paisibles, dit Dermitzakis. Ils n'avaient de conflits avec personne, et pas de relations non plus. Les gens se demandent ce qui les a pris de sortir soudain leurs couteaux.

– Quelqu'un les a vus se servir d'un portable ?

– Le type du kiosque, dit Vlassopoulos. Il a vu plusieurs fois le taxi parler dans son portable.

– Ils lisaient les journaux ? demande Papadakis.

– Non. Le marchand de journaux est catégorique. Ils achetaient des cigarettes, un petit truc de temps en temps, mais ils ne jetaient pas un coup d'œil à la presse. Même pas aux journaux sportifs.

Nous avons au moins une image plus nette. Commençons par le plus facile. Quelqu'un leur a passé le journal pour qu'ils voient la photo de Hardakos. Et ce quelqu'un était grec, ou du moins il lisait le grec.

En ce qui concerne les portables, c'est plus compliqué. La seule raison pour les faire disparaître, c'était de ne pas dévoiler l'identité de leurs complices. Car ils en ont, j'en suis sûr désormais. Le problème, c'est que sans le numéro des appareils, nous aurons du mal à localiser le fournisseur d'accès, sans compter que l'abonnement était sans doute à un autre nom.

Je décide de reprendre l'interrogatoire. Non que j'aie beaucoup d'espoirs, mais je ne vois rien d'autre à faire.

Le retour est facile, seule la descente vers Le Pirée se trouve encombrée. Malgré un bouchon dans l'avenue Pireos, nous rentrons bien plus vite que lors du déplacement à Keratsini.

Je vais directement au bureau des interrogatoires, tandis que Dermitzakis demande au centre de détention de nous amener les Géorgiens.

Ils s'assoient face à nous, graves et silencieux.

– Vous n'aviez pas vos portables sur vous, dit Dermitzakis, et nous ne les avons pas trouvés chez vous. Où sont-ils ?

– Moi j'en ai pas, dit Samir, qui travaille au marché. Je gagne pas assez d'argent.

– Moi j'en ai pas non plus, dit Simon.

– Laisse tomber, lui dis-je. Le marchand de journaux près de chez toi en a vu un dans tes mains. Où sont vos portables ?

– J'ai pas de portable, s'obstine le taxi. J'ai pas besoin, la voiture a téléphone. Peut-être qu'un jour j'ai pris portable d'un autre taxi et on m'a vu.

– Arrêtez vos conneries ! crie Vlassopoulos. Vous avez planqué vos portables pour nous empêcher de contrôler vos appels et de repérer vos complices.

Les Géorgiens se regardent, ils ne connaissent pas le mot. Je le leur explique.

– On vous l'a dit, s'obstine Samir. On voulait l'argent pour femme d'ami qui est mort, l'autre a pas donné, on l'a tué. Y avait personne avec nous.

Je lui rapporte les observations du serrurier.

– On a ouvert tout seuls, poursuit Samir. Mais c'était pas facile. Après on l'a refait, y avait personne pour aider.

J'aurai beau les asticoter, ils ne bougeront pas d'un poil. Je change mon fusil d'épaule et sors le journal.

— Et ça, vous l'avez trouvé où ?

— J'ai acheté au marché, quand j'ai appris que bateau a brûlé, répond aussitôt Samir. Je voulais savoir pour mon ami.

— Tu sais lire le grec ? Lis-moi quelque chose.

— J'ai demandé à collègue.

— Il s'appelle comment ?

— Yannis. Là-bas on se connaît seulement par nos prénoms.

Va donc trouver un Yannis au marché des fruits et légumes, il y en a des dizaines. Et même si on le retrouve, se souviendra-t-il d'un événement si peu important pour lui ?

— Au fait, ton permis de conduire ? demande soudain Papadakis à Samir. Tu ne l'avais pas sur toi et on ne l'a pas trouvé chez toi. Où est-il ?

— Dans le taxi.

— Où est le taxi ?

— Je sais pas. On travaille à deux dessus et je sais pas où est l'autre en ce moment.

— Eh bien, donne-moi le numéro du taxi, il nous faut ton numéro de permis pour compléter ton dossier.

Il note le numéro que lui donne le Géorgien, puis il me dit :

— On n'a plus de questions à leur poser. Ils peuvent retourner en cellule et on va préparer le dossier pour le juge d'instruction.

Je comprends qu'il a une idée derrière la tête et renvoie les deux types. Dès qu'ils sont sortis :

— Son permis ? s'interroge Dermitzakis. Ça te sert à quoi ?

– Ce que je veux, c'est le numéro du taxi, répond Papadakis. Avec ça nous trouverons son propriétaire, et comme celui-ci téléphonait sûrement à son employé, ça devrait nous donner le numéro du portable.

– Bravo, Papadakis, dis-je, admiratif. Excellente idée.

Mes deux autres adjoints restent muets : en Grèce, on le sait, le succès des uns fait le chagrin des autres.

Une demi-heure plus tard, le taxi est retrouvé et nous joignons le propriétaire.

J'ai confié la recherche à Papadakis, puisque c'était son idée. Il revient bientôt avec le numéro du portable.

– D'après le propriétaire, ils s'appelaient tous les jours.

Je donne le numéro à Koula, pour qu'elle demande au fournisseur d'accès la liste des appels du taxi. J'envoie mes deux autres adjoints au marché, à la recherche du numéro de portable de Samir, et je monte informer Guikas.

– Je n'en pouvais plus d'attendre, dit-il en riant. Elle est donc si difficile, cette affaire, alors que les coupables ont avoué et qu'on a trouvé l'arme du crime ?

Je lui fais un rapport détaillé en lui exposant ce qui est élucidé et ce qui nous reste à débrouiller.

– Très bien, nous pouvons tout raconter au sous-chef, qu'il n'aille pas râler encore, dit-il, satisfait.

– Informons-le, mais sans mentionner l'histoire du portable. Il pourrait nous arrêter en plein élan, comme il l'a fait dans l'affaire précédente.

Il réfléchit un instant.

– Bon, je vais lui téléphoner pour lui dire que nous envoyons les coupables au juge d'instruction, sans entrer dans les détails.

Je quitte son bureau satisfait : cette fois au moins j'ai devancé le coup de frein du sous-chef.

21

Un peu par soulagement d'avoir devancé le sous-chef, un peu parce que je n'ai pas soufflé depuis ce matin, je passe du bureau de Guikas à la cafétéria pour prendre un café. Au retour je trouve Koula qui m'attend dans mon bureau.

– Lisez, me dit-elle en me tendant une feuille imprimée. Je viens de trouver ça sur le Net.

Il y a en tout deux lignes. Ce n'est pas une déclaration ni un commentaire, mais une question : « Était-il nécessaire que Hardakos meure pour que nos armateurs comprennent qu'ils doivent rentrer en Grèce ? » C'est signé : Poséidon 16.

Qu'est-ce que cela veut dire ? Sotiropoulos a-t-il vu juste en soupçonnant dès le début un rapport entre le meurtre de Hardakos et le retour des compagnies maritimes ? Ou s'agit-il d'un bobard lancé dans cette poubelle qu'est Internet ?

Je demande à Koula :

– Il n'y a rien d'autre ?

– J'ai cherché, sans rien trouver.

Elle se lève et va vers la porte, puis s'arrête.

– Je suis ravie que Mme Adriani et vous soyez nos témoins, dit-elle en souriant.

– À quand la noce ?

– À l'automne sans doute.
– Beaucoup de bonheur !
Je lui rends son sourire et elle sort.

Je sirote mon café tout en réfléchissant au moyen le plus efficace et le plus sûr pour vérifier les soupçons de Sotiropoulos. Si je l'appelle, il est fichu d'écrire quelque part que la police cherche un lien entre le meurtre de Hardakos et le retour en Grèce des armateurs, et moi je devrai courir éteindre l'incendie. Et si je lui demande de ne rien publier pour l'instant, je crains que la déformation professionnelle ne l'amène au parjure. Si je cherche à prendre contact avec un responsable au ministère de la Marine marchande, même chose. Guikas refusera de me couvrir, c'est sûr.

Ne trouvant pas de solution, j'ai recours à ma bouée de sauvetage, Steriadis de l'Autorité portuaire. Je l'appelle et le mets au courant.

– Sais-tu si d'autres compagnies ont transféré leur siège en Grèce ?

– Une autre, autant que je sache. Mais Internet n'est pas toujours fiable. À mon avis, quelqu'un qui suit l'affaire a voulu faire le malin, c'est tout.

– Finalement, tu as pu interroger les assassins de Lalopoulos ?

– Je n'en ai pas eu besoin. On est sûrs qu'ils n'ont fait que vider le caïque. Personne ne les a vus autour de la maison de la veuve. On ne sait toujours pas qui et quoi se cachent derrière Lalopoulos.

Il s'interrompt. Puis :

– Et ça, j'ai bien peur que nous ne le sachions jamais.

– Pourquoi ?

– Parce qu'on a mis fin à l'enquête. On nous a dit que nous pourrons continuer si de nouveaux éléments se présentent.

Voilà le problème, me dis-je. Nous subodorons tous deux qu'il se cache quelque chose derrière ces deux affaires, mais nous ne pouvons sortir le cadavre du placard, puisque certains nous empêchent de l'ouvrir.

Mes pensées sont interrompues par Dermitzakis tout souriant.

– On a trouvé la trace des deux portables ! m'annonce-t-il triomphalement. L'un grâce au propriétaire du taxi et l'autre par un commerçant du marché qui appelait le Géorgien quand il avait du boulot.

– Demandez tout de suite les listes d'appels des deux.

– C'est fait, répond-il, l'air de dire, Tu nous prends pour des cons ?

Je lui donne congé et je m'apprête à monter chez Guikas, mais il me devance par téléphone.

– J'ai informé le sous-chef et il me demande si nous avons envoyé les deux hommes au juge d'instruction.

– C'est fait. En cas d'éléments nouveaux, nous le préviendrons.

– Ça, inutile de le lui dire, répond-il. Il ne nous a pas ordonné d'arrêter les recherches, donc il va de soi que nous continuons.

Nous raccrochons, et je me maudis de la main gauche tout en me signant de la droite. Si le sous-chef nous avait convoqués dans son bureau, comme d'habitude, c'est moi qui aurais fait le rapport, et j'aurais dit précisément ce que n'a pas dit Guikas, au risque de le voir dresser devant l'enquête une barrière de barbelés.

Mais la vie est un perpétuel balancement entre joie et tristesse. D'un côté je me désole de n'avoir pas eu la même bonne idée que Guikas, de l'autre je me réjouis de pouvoir poursuivre l'enquête.

Mais dans quelle direction ? Je me triture les méninges et ne trouve rien de mieux qu'une visite au ministère de la Marine marchande. L'ennui, c'est que je ne connais personne là-bas et ne veux pas emprunter la voie officielle, source d'embrouilles.

Pour finir, je conclus qu'on ne peut pas suivre la voie détournée sans risque. La voie détournée en elle-même est un risque, qui en l'occurrence a pour nom Sotiropoulos.

– C'est d'avoir lu ce que je viens de lire sur Internet qui t'amène ? dit-il en riant.

– Je l'ai lu et je veux enquêter là-dessus, mais sans le crier sur les toits. Tu connaîtrais quelqu'un au ministère de la Marine marchande, que je pourrais sonder ?

– Raccroche et je te rappelle.

Il raccroche le premier et rappelle dix minutes plus tard.

– Tu vas interroger Lefteris Kyriazidis. C'est un ami, il te parlera sans détour, mais sans rien d'officiel. Donc tu n'as pas besoin de connaître sa fonction au ministère. D'ailleurs vous n'allez pas vous rencontrer là-bas, mais dans un café, en face du Théâtre municipal du Pirée, dans une heure. Tu le reconnaîtras à sa barbe et à son costume gris.

Il me donne le nom du café, je remercie et nous raccrochons.

Je me rends compte après coup que je n'ai pas dit à Sotiropoulos que l'enquête est encore secrète, mais c'est lui qui le premier a imposé la discrétion.

Je dis à mes adjoints que je m'éclipse « pour une affaire me concernant », comme on dit, et je prends la Seat.

Revoici l'avenue qui mène au Pirée. Ayant perdu ses embouteillages ce matin, elle les a retrouvés. La Seat n'a pas de sirène et je me demande si j'arriverai à l'heure au rendez-vous, et si Kyriazidis aura la patience de m'attendre.

Finalement je n'ai qu'un quart d'heure de retard. Je repère un barbu en costume gris assis dans le fond et je m'approche.
– Monsieur Kyriazidis ?
– C'est moi. Asseyez-vous.

Il a devant lui une tasse de thé. Je commande une orange pressée pour me sortir des habitudes du bureau.
– J'enquête sur le meurtre de l'armateur Stefanos Hardakos, dis-je. Bien que nous ayons arrêté les coupables, et qu'ils aient avoué, l'enquête n'est pas achevée. Aujourd'hui sur Internet, un message…
– Je sais, je l'ai lu. Nous en sommes au point que nous lisons les nouvelles sur le Net avant notre courrier.

Il hausse les épaules.
– On pourrait y voir une pure coïncidence. Peut-être voulaient-ils vraiment rentrer, et le meurtre a simplement précipité leur décision. Même si, logiquement, il aurait plutôt dû les dissuader. D'un autre côté, la West Shipping est la plus grande des compagnies rapatriées. Stefanos Hardakos à Londres était l'armateur qui donnait le *la* aux autres. Et il était tout à fait opposé au retour en Grèce, contrairement à son fils, qui le poussait sans arrêt à revenir. À la disparition du père, la première décision du fils a été de rentrer en Grèce. Les autres ont suivi.
– Et ses deux bateaux qui ont coulé ? Une coïncidence, là aussi ?
– On aurait pu parler d'une coïncidence diabolique s'ils avaient coulé en pleine mer. Mais cela s'est passé dans des ports. Dans le cas d'Odessa, l'explication est plausible. On ne transporte pas des armes pour l'Ukraine sans fâcher les autonomistes russes. Pour la Thaïlande, c'est plus compliqué. La West Shipping

évoque officiellement une attaque de pirates, or les pirates n'attaquent jamais dans les ports. Ils abordent les bateaux en haute mer, les entraînent dans leur repaire et réclament une rançon. Ensuite, les pirates n'ont pas intérêt à mettre le feu, au contraire. Personne n'a jamais payé de rançon pour récupérer une carcasse brûlée.

– La cargaison était-elle bien celle déclarée par la compagnie ?

– Les grandes compagnies ne font pas des choses pareilles, répond-il, catégorique. Et dans le cas présent, la marchandise déclarée, c'était les armes.

– Encore une question, plutôt pour la forme. Se peut-il que la compagnie ait coulé ses deux bateaux pour toucher l'assurance ?

Un sourire condescendant accueille ma question.

– Cela aussi, monsieur le commissaire, ce sont les petites compagnies qui le font. Et là, de plus, les bateaux étaient neufs.

Voilà qui confirme les dires de Steriadis. Mais Kyriazidis reprend :

– Le problème est ailleurs.

– Où ?

– Les compagnies ont choisi Londres car les avantages et les facilités offerts par le gouvernement anglais étaient plus grands que les nôtres. Alors pourquoi reviennent-elles ? Autant que je sache, rien n'a changé dans la politique de notre gouvernement vis-à-vis de la marine marchande. Je reste prudent, le ministre doit faire aujourd'hui une déclaration concernant le retour de ces compagnies dans la mère patrie. Il va peut-être annoncer des incitations dont les compagnies ont été informées avant nous. On leur a peut-être fait des promesses tenues secrètes. Mais rien n'est sûr. Personne au ministère n'est au courant d'un changement de politique.

Il boit sa dernière gorgée de thé, puis appelle le garçon.

– Laissez, dis-je. Vous offrir un thé après toutes ces informations, c'est le moins que je puisse faire.

Il remercie et se lève.

– Il va de soi que cette rencontre n'a jamais eu lieu et que ce que je vous ai dit restera entre nous.

– Soyez sans crainte. Je vous ai questionné pour mon information personnelle, histoire d'y voir plus clair, et non dans le cadre du service.

Nous nous serrons la main, il s'en va, tandis que je reste un instant pour finir mon jus et pour éviter qu'on nous voie ensemble.

Sur le chemin du retour j'essaie de mettre en ordre mes pensées.

Par quelque bout qu'on la prenne, l'arrestation des assassins de Hardakos a tout l'air d'une combine. Non, je ne doute pas que les Géorgiens soient coupables. Le coup monté, ce n'est pas le meurtre, mais l'arrestation. Les types font du raffut sans raison, laissent l'arme du crime en évidence, font semblant de s'enfuir, tout cela manque étrangement de discrétion, alors que leur complice pour l'ouverture de la porte, lui, disparaît discrètement.

Cela crève les yeux : cette entourloupe sert à cacher ce qu'on ne doit pas montrer et qui sera bientôt enterré.

Pour le meurtre de Lalopoulos, même chose. Les assassins se sont fait prendre aussi facilement, sur un coup de fil anonyme, ont avoué tout aussi facilement, sauf qu'après l'arrestation l'enquête a été stoppée, sans que l'on sache ce qu'on cherche à cacher.

Oui, mais on ne voit pas le moindre lien entre les deux assassinats. Le seul point commun entre l'homme aux marinas et l'armateur : la mer. Mais quel rapport entre les yachts de l'un et les cargos de l'autre ? Donc, on ne peut voir là qu'une coïncidence.

Conclusion : ce tas d'informations que j'ai récoltées sur Hardakos, j'ignore pour l'instant si elles peuvent m'être utiles, et comment, ou si je suis simplement victime de mes obsessions.

22

À vingt heures, devant la télévision, j'attends les infos pour entendre la déclaration du ministre de la Marine marchande. À l'inverse d'Adriani, qui regarde le journal tous les soirs sans exception, j'ai perdu cette habitude pendant la crise pour éviter les idées noires, et ne l'ai pas reprise depuis. C'est pourquoi, me voyant prendre place à son côté, elle me jette un regard en biais.

– Pourquoi cet intérêt soudain pour les infos ?
– Je veux savoir ce qu'a dit le ministre de la Marine marchande.
– Maintenant que les augmentations de salaire tombent comme la grêle, j'espère qu'on se contentera de l'appartement que notre fille veut acheter, et qu'on ne rêvera pas de se payer un cargo.

Son commentaire venimeux reste sans réponse, car le journal vient de commencer. La première demi-heure se passe en infos énumérant les succès du nouveau gouvernement.

– Le pays se redresse et reprend sa course, dis-je à Adriani.
– Chacun le voit comme il veut, dit-elle en faisant la moue.
– Et toi, tu le vois comment ?

– Beaucoup de grands malades passent par une brève période de rémission avant la fin. La famille se réjouit, pense que le malade est tiré d'affaire, mais il rend l'âme peu après.

Je n'ai pas le temps de lui dire qu'elle trouve toujours moyen de me saper le moral, car sur l'écran apparaît le ministre. À son côté, Cleanthis Hardakos et deux autres types plus âgés que je ne connais pas.

Le ministre commence par des éloges et des remerciements adressés aux compagnies maritimes qui ont transféré leur siège en Grèce, puis il déclare que la contribution du commerce maritime sera décisive pour le redressement du pays.

– Il y a là un acte éminemment patriotique. Le gouvernement en est conscient et exprime sa reconnaissance.

Suivent les questions rituelles sur ce que le gouvernement et les compagnies attendent de ce transfert. Les réponses, tout aussi rituelles, brodent sur le thème de la croissance, jusqu'au moment où dans la masse des journalistes apparaît Sotiropoulos.

Ce qui m'étonne : il m'avait dit qu'une fois retraité il ne voulait pas se mêler à ses anciens confrères. Le connaissant, je devine que s'il a enfreint ses principes, c'est qu'une question le tourmente.

Les autres journalistes le regardent avec curiosité, un peu gênés de le retrouver dans leurs jambes, mais il les ignore et pose sa question.

– Au-delà de l'image globalement positive qu'offre la Grèce actuellement, laquelle n'a pu qu'influencer les compagnies, j'aimerais savoir si d'autres mesures ont favorisé cette décision.

– Aucune mesure particulière ne nous a été consentie, répond l'un des armateurs sexagénaires à la place du ministre. Notre pays se trouve sans aucun doute en pleine trajectoire d'expansion. Il est par ailleurs un pays tourné vers la mer avec une importante tradition de commerce maritime. Notre activité, c'est une évidence, a tout à gagner dans cette expansion du pays. C'est cela qui nous pousse à revenir.

– Cela et rien d'autre ?

– Il n'y a pas d'autre raison, aucune mesure économique ou financière. Mais si vous voulez à tout prix une autre raison, il y a la volonté de contribuer au redressement de notre pays après cette longue période pleine d'épreuves qui l'ont mené au bord du gouffre.

– Je me réjouis particulièrement de la réponse de M. Zaharakis, monsieur Sotiropoulos, intervient le ministre. L'unique motivation de nos compagnies maritimes, en effet, a été de contribuer au redressement de la Grèce. Cependant je m'engage devant vous à ce que nous donnions à notre marine marchande, dès que la stabilité du pays le permettra, des avantages nouveaux. Et ce, non seulement dans son intérêt, mais dans celui du pays tout entier.

Le ministre salue d'un geste les journalistes et quitte la salle, accompagné des armateurs.

La question qui tourmente Sotiropoulos, Steriadis, Kyriazidis et moi-même a trouvé une réponse. Il n'y a pas eu de mesures incitatives. Quant à celles qu'on annonce, elles ne sont qu'une vague promesse, aussi vague que les propos des armateurs sur le redressement et la croissance.

Reste à expliquer ce retour soudain, et ce trou noir dans l'enquête sur le meurtre de Hardakos.

Je m'apprête à quitter l'écran pour les pages de mon dictionnaire, quand la présentatrice annonce une interview du commissaire européen chargé des affaires économiques. Je me rassois, dans l'espoir que certaines réponses du personnage éclaireront ma lanterne.

La discussion cependant se concentre moins sur le retour des compagnies maritimes que sur l'argumentation du ministre et des armateurs. Le commissaire confirme leurs dires, porte aux nues les progrès de la Grèce, tout en expliquant à quel point était fondé le programme de réformes appliqué par l'Europe. Il reconnaît que les Grecs ont fait de gros sacrifices, mais qu'ils en tirent à présent les fruits, vu la croissance fulgurante de l'économie du pays.

– La Grèce est le dernier pays à sortir des mémorandums, déclare le commissaire, mais le premier à connaître un développement aussi spectaculaire. Il a suffi qu'arrive en Grèce un gouvernement décidé à appliquer le programme en collaboration avec l'Europe pour prouver combien avaient raison ceux qui soutenaient que les réformes allaient ramener la croissance. Le retour des armateurs le confirme. Que cela fasse réfléchir certains de nos amis qui contestaient notre programme.

Une flèche lancée contre les Américains.

– Mais qu'est-ce qu'il raconte, celui-là ? s'écrie Adriani, indignée. Les Européens n'ont pas arrêté de tailler dans les salaires et les retraites. Les nôtres distribuent des augmentations à n'en plus finir. C'est ça, appliquer le programme ?

La question reste sans réponse, car le téléphone sonne. C'est Uli.

– J'ai fait la liste des entreprises qui sont venues en Grèce. Mais cela ne suffit pas de vous l'envoyer par mail, il y a des points à expliquer. Quand puis-je vous la remettre ?

— Pourquoi pas maintenant ? Je n'ai rien à faire. Sinon, je peux passer demain au bureau.

Uli discute avec Mania.

— Mania propose que nous venions tout de suite, pour voir Mme Adriani et la remercier des tomates farcies.

— On vous attend.

— Qui vient ? Katérina et Phanis ? demande Adriani, qui tend une oreille vers la télévision et l'autre vers le téléphone.

— Non, Mania et Uli. Ils viennent te remercier pour les tomates farcies.

— Ils ont de la chance. Il en reste.

La seule façon d'arracher Adriani à la télévision, c'est de lui annoncer des visiteurs. Elle court à la cuisine. Il n'y a sans doute pas assez à manger pour quatre et elle doit se débrouiller pour compléter.

Resté seul, j'éteins la télévision. Tout ce que j'ai gagné, c'est un dithyrambe international qui n'a répondu à aucune question. S'il n'y avait pas eu Sotiropoulos et ses soupçons pareils aux miens, je me croirais atteint d'un délire de persécution.

Mania et Uli sont là vingt minutes plus tard. Adriani va leur ouvrir. Je l'entends s'écrier, enthousiaste :

— Bravo, ma petite. Tu m'as apporté le plat lavé. On voit que tu as reçu une bonne éducation.

— Militaire, mon éducation, madame Adriani ! dit Mania en riant. N'oublions pas que mon père était général sous la dictature.

Elles entrent dans la pièce et je reçois la bise de Mania à mon tour, tandis qu'Uli me gratifie de la poignée de main germanique rituelle.

Mania suit Adriani à la cuisine, Uli et moi nous asseyons sur le canapé. Il sort la liste de sa poche et la déploie sur ses genoux.

– Il y a en tout douze entreprises qui se sont installées en Grèce ces derniers temps. Dans différentes branches. L'une d'elles a acheté trois ports.

– Dans des îles ?

– Non. Dans d'autres régions. Je ne connais pas bien la géographie de la Grèce, mais ces ports-là sont proches des villes. Une autre fabrique du matériel agricole. Je pourrais vous donner d'autres exemples, mais ce n'est pas ça le plus bizarre.

– Alors quoi ? dis-je, impatient.

– Ces entreprises n'existent nulle part ailleurs. Ni en Europe, ni en Amérique, ni en Australie. J'ai cherché partout sur Internet. Elles ont été créées spécialement pour la Grèce, monsieur le commissaire.

– Et où ont-elles trouvé l'argent ?

– Je ne sais pas et je ne crois pas que je pourrai le découvrir. Je sais seulement qu'elles travaillent toutes avec les banques venues des îles Caïmans. Et ce n'est pas tout : presque toutes ouvrent maintenant des succursales en Europe. Deux en Allemagne. Deux en Italie. Une en France. Jusqu'à présent, les entreprises européennes ouvraient des filiales en Grèce. Maintenant c'est le contraire. Si vous pouvez l'expliquer, moi non.

– Toi tu ne peux pas, et moi je pourrais ? Un grand merci, Uli. Même si je ne m'explique rien pour l'instant, tes informations m'ouvrent des chemins pour chercher.

– Toujours à votre disposition.

Adriani vient mettre la table et Mania fait bientôt son entrée avec le reste de tomates farcies.

– Veinard, dit-elle à Uli. Nous qui n'étions pas là l'autre jour, nous aurons les plus grosses.

Nous nous asseyons à table. Au menu, les haricots verts d'hier, et quatre parts de feuilleté aux courgettes qu'Adriani garde au congélateur en cas d'urgence.

– Excusez-moi, les enfants, dit-elle à Mania et Uli, je ne vous attendais pas, vous allez manger les restes.
– Madame Adriani, répond Mania, tu es si bonne cuisinière que tu rendrais délicieuse une purée de chiendent.
Nous nous jetons sur la nourriture, tandis que j'essaie de chasser de mon esprit ces entreprises nées de nulle part.

23

INVESTIR v.tr. 1) Revêtir solennellement d'un pouvoir, d'une dignité. *Être investi d'un droit. Investir qqn de sa confiance.* 2) Entourer avec des troupes un objectif militaire. *Investir une place forte.* 3) Placer des capitaux dans une entreprise. *Il a investi beaucoup d'argent dans cette affaire.* 4) Mettre son énergie psychique dans une activité. *Il a trop investi dans sa vie professionnelle.*

Heureux dictionnaire de Dimitrakos, pour qui on investissait d'abord des personnes de confiance, et l'argent en dernier ! De nos jours, dans nos pays du moins, on ne prend plus d'assaut des villes, la guerre s'est déplacée sur le plan financier. Quant à la dernière définition, elle me convient tout à fait, en me rappelant que j'ai beau m'investir dans cette affaire, je n'avance pas.

J'agite ces pensées dans la Seat, sur le chemin du bureau. La nuit dernière, le sommeil s'est fait la malle, obsédé que j'étais par les propos du ministre et ce que j'avais appris par Uli. Je me suis levé avant l'aube et me suis installé dans le séjour en compagnie de Dimitrakos. Adriani m'a découvert quand j'en étais à « investir » et m'a jeté un regard inquiet.

– Quelque chose qui ne va pas ?

– Question santé, ça va. Mais je suis bloqué dans une affaire et ça me tracasse.

– Mon pauvre Costas, les autres sautent de joie d'être augmentés, et toi tu perds le sommeil à cause d'une affaire. Que veux-tu que je te dise ? J'espère que la retraite va te faire du bien.

À peine arrivé dans mon bureau, avec mon café et mon croissant, j'appelle Sotiropoulos afin de le remercier pour la rencontre avec Kyriazidis.

– J'espère qu'il t'a éclairé sur certains points, me dit-il.

– Sur bien des points, mais pour l'instant je n'ai pas de réponses. Je t'ai vu hier soir à la télé.

– Oui, ça faisait longtemps. J'ai fait une exception, pensant qu'on allait éclairer ma lanterne, mais comme tu vois, je n'ai pas eu de réponse non plus.

Nous raccrochons, mais avant que j'aie avalé la première bouchée de mon croissant, Koula fait son entrée.

– Poséidon 16 nous envoie un nouveau message, annonce-t-elle, souriante, en posant devant moi une copie du texte.

Je lis. La déclaration, de nouveau, est une question.

> *« Et si la raison du retour des compagnies maritimes n'était pas finalement la croissance, mais les deux naufrages de la West Shipping et le meurtre de Stefanos Hardakos ?*
>
> *Poséidon 16. »*

– Peux-tu trouver qui se cache derrière Poséidon 16 ? dis-je à Koula.

– Ça, c'est l'affaire de la sous-direction de la Délinquance électronique, répond-elle. C'est là que se trouvent les savoirs et les moyens.

Je laisse Koula partir et j'étudie le message tout en savourant mon croissant et mon café.

Je commence par ce qui crève les yeux. Il est évident que ce Poséidon a suivi la conférence de presse du ministre. Et non moins évident qu'il a les mêmes doutes que Sotiropoulos et moi.

Première question : En sait-il davantage et va-t-il tout déballer plus tard, ou pêche-t-il au hasard, un peu comme nous ? S'il a des choses à nous dire, alors nous devons attendre. Il le fera quand il le jugera bon. Deuxième question : Pourquoi ces messages ? Là aussi, deux réponses, une simple et une complexe. La simple, c'est qu'il ne sait rien, qu'il lance des appâts sur Internet, sachant que le poisson peut mordre. La complexe, ce serait qu'il a intérêt à le faire. Il se peut qu'il appartienne à une compagnie maritime concurrente, qui est restée à Londres, et qu'il fasse le malin depuis Londres. Mais si ça se trouve, il connaît des détails que nous ignorons. Autre possibilité : il s'agirait du représentant d'une des compagnies basées à Londres, dont les intérêts sont menacés. Dans ce cas-là aussi, il doit en savoir plus que nous.

Toutes ces suppositions aboutissent à la même conclusion : pour y voir clair, il faut que je découvre qui se cache derrière Poséidon 16. Et cela ne peut se faire, Koula a raison, sans le concours de la Délinquance électronique. Mais je n'ose pas me lancer, pour des raisons évidentes.

Je sors de ma poche la liste d'Uli, en vertu du proverbe : Quand la pluie nous oublie, la grêle est bénie. Je me suis dit que peut-être, en plus des compagnies maritimes grecques, d'autres, étrangères, se sont installées en Grèce après le meurtre de Hardakos. Mais la liste ne comporte aucune compagnie maritime.

Je me casse la tête en lisant. Qui pourrait éclairer mon ignorance ? Toutes ces compagnies ont surgi de nulle part, et depuis la Grèce elles s'étendent à toute l'Europe, comme l'affirme Uli. La croissance, très bien, mais la croissance elle-même ne fait pas tomber du ciel les compagnies, maritimes ou autres. Le gouvernement a dû leur donner d'autres avantages, dont nous ne savons rien. D'accord, un gouvernement fait beaucoup de choses dont le simple citoyen ne sait rien, mais là j'ai le sentiment que le gouvernement fait ce qu'il peut pour nous empêcher de savoir.

À force de chercher, je retombe sur le même nom : Spyridakis. Lors du précédent appel, quand je lui avais demandé d'enquêter, il avait refusé, mais cette fois je ne lui demande que des renseignements, une boussole pour ne pas me perdre.

Je m'apprête à faire ma nouvelle tentative quand Guikas me devance.

— Je viens de recevoir une invitation, annonce-t-il.

— De qui ?

— Du sous-chef. Nous lui manquons, il veut nous voir.

— Qu'est-ce qu'on va lui dire ? Les enquêtes sont en cours.

— Tu vois, j'ai l'impression qu'il est moins sous-chef que conducteur de travaux. Il n'arrête pas de surveiller le chantier.

Nécessité fait loi, dit-on. Nécessité donne de l'humour, pourrait-on dire de Guikas. Le sous-chef est la dernière personne que je souhaiterais voir en ce moment, mais je n'ai pas le choix.

Nous remontons le couloir sans un mot, plongés dans nos pensées.

— Ce que nous avons de mieux à faire, dit enfin Guikas, c'est d'arrêter le volontariat.

Je le regarde en me demandant s'il a toute sa tête.
— Quel volontariat ?
— Celui qui consiste à lui donner volontairement des explications. Nous lui ferons un rapport succinct, limité à l'arrestation des assassins de Hardakos, et cela dit nous ne ferons que répondre à ses questions.

Je pousse un soupir de soulagement, sachant que nous avons tracé au moins une ligne Maginot contre l'adversaire commun.

Cette fois nous sommes reçus sans attendre une seconde. Nous avons même droit aux sourires et aux poignées de main.

Je lui fais mon rapport en omettant tout ce qui concerne mon enquête personnelle. Et je conclus :
— Leur dossier se trouve déjà entre les mains du procureur.
— Parfait, déclare-t-il.

Puis, tout souriant, se tournant vers moi :
— Je ne sais pas qui je dois féliciter : vous-même ou les policiers du commissariat de Keratsini qui ont eu la présence d'esprit de vous informer et de retenir le témoin.
— Remerciez la police. Notre travail est collectif et fondé sur la coopération.

Mon baratin le satisfait pleinement.
— Voilà une excellente réponse, dit-il.

Puis, brusquement sérieux :
— L'enquête est close, messieurs. Le meurtre est élucidé, les auteurs arrêtés, c'est terminé. Nous avons en ce moment une chance immense : le retour de nos compagnies maritimes en Grèce. Si nous fouillons plus loin, sans but précis qui plus est, nous pourrions causer du tort à l'effort national. Si demain d'autres éléments

se présentent, vous serez à même de rouvrir l'enquête, mais seulement avec mon accord.

Il se lève, nous aussi. On se serre la main et nous prenons congé.

— Tu comprends pourquoi il voulait nous voir ? demande Guikas tandis que nous montons en voiture.

— Pour la fin de son discours. Tout le reste, il le savait par vous.

— C'est bien, tu as capté le message.

Et plus un mot.

Ce silence est le second message, me dis-je. Une façon de me faire comprendre qu'il ne me couvrira pas.

Je ferais mieux de me tenir à carreau, me dit la voix de la raison. Qui se met dans le grain, se fait bouffer par les poules, selon le proverbe. Et ce qui m'attend là, c'est un sacré poulailler.

24

Nous sommes dans une cafétéria de l'avenue Kifissias. Spyridakis boit un Coca et moi un café frappé. En plus du Coca, Spyridakis a devant lui la liste d'Uli, qu'il étudie.

Parfois, au moment de quitter à jamais une maison ou un lieu qu'on a aimé, on en fait le tour une dernière fois. Le prétexte est de s'assurer qu'on n'a rien oublié, mais la vraie raison, c'est qu'on a du mal à s'en détacher.

En cet instant, c'est ce qu'il m'arrive. Avant de quitter l'enquête, j'en fais le tour une fois encore, non que j'espère une découverte de dernière minute, mais parce qu'il m'est difficile de faire une croix dessus.

Spyridakis lève les yeux de la liste.

– Toutes ces compagnies nous sont connues, monsieur le commissaire. Elles ont été fondées légalement et fonctionnent de même. Par conséquent, nous n'avons aucune raison de nous intéresser à elles, sauf si…

La phrase reste en suspens.

– Sauf si ?

– Sauf si nous arrive une dénonciation. Mais même dans ce cas, nous ne sommes pas sûrs d'enquêter.

– Pourquoi ?

– Parce que le directeur nous dira peut-être « laisse tomber », ou « on verra plus tard, rien ne presse ».

Ce qui ne veut pas dire qu'on lui aura graissé la patte, mais il s'agira d'une grande compagnie et l'enquête pourrait lui faire beaucoup de mal. Tout ce que je peux vous promettre, c'est de vous informer à la moindre dénonciation.

Le petit tour d'adieu étant terminé, je me lève.

– Je vous remercie du temps que vous avez passé à m'éclairer.

– Ne me remerciez pas, je n'ai rien éclairé du tout. Mais si vous voulez mon avis, n'insistez pas. C'est le genre d'affaire où l'on se heurte à un mur sans arrêt, et pour finir on se casse la figure. Chez vous comme chez nous.

Le sous-chef, Guikas, Spyridakis, tous me disent la même chose. J'aurais raison et tous les autres auraient tort ? Impossible.

Je rejoins à pied mon bureau. Je me suis à peine assis quand Vlassopoulos et Dermitzakis débarquent, chacun souriant jusqu'aux oreilles. Je m'étonne :

– C'est dû à quoi, cette euphorie ?

En guise de réponse, Dermitzakis me colle sous le nez une liste de numéros téléphoniques.

– Qu'est-ce que c'est ?

– Le relevé des appels du portable de Samir, du marché aux fruits et légumes, explique Vlassopoulos.

Je prends la feuille et l'étudie de plus près. Un numéro est entouré d'un cercle. Il réapparaît plus bas, toujours encerclé. Je regarde la date des appels entrants et sortants du numéro. Deux jours avant le meurtre de Hardakos, puis deux autres le lendemain de celui-ci. La plupart, huit en tout, la veille.

– La solution de l'énigme ? demande Vlassopoulos quand je relève la tête.

– C'est sûrement le numéro du spécialiste en serrures de sûreté. Mais ça ne va pas nous aider beaucoup : on va tomber sur une carte prépayée et là on peut toujours courir.

– Dieu aime le voleur, dit Dermitzakis, mais il aime aussi le propriétaire, et il me sort un second relevé.

– Ça, c'est le portable du taxi.

Je regarde. Il y a là aussi des cercles aux mêmes jours, sauf qu'ils n'entourent pas des numéros, mais un nom : Carlo Fertini. Je demande à Dermitzakis :

– Tu supposes que c'est là le numéro de ce Carlo ?

– Je ne suppose pas. J'ai appelé et une voix d'homme m'a répondu *« Pronto »*.

L'explication est simple. L'Italien, pour plus de sûreté, n'a pas voulu faire usage en Grèce de son portable italien, il s'est acheté un portable grec et l'a gardé pour le cas où les Géorgiens l'appelleraient.

– Tu as bien travaillé, dis-je à Dermitzakis, mais le type doit être en Italie maintenant.

– C'est sûr. J'ai dû ajouter l'indicatif de la Grèce pour que ça sonne.

– Qu'est-ce qu'on fait ? me demande Vlassopoulos. On fait venir les Géorgiens pour un complément d'enquête ?

L'idée m'émoustille, mais je décide de ne pas chercher les ennuis.

– Non. Nous avons déjà envoyé ces types au procureur et je prévois que la police italienne va s'en mêler. Donnez les infos au juge d'instruction. S'il décide que nous devons poursuivre l'enquête, nous demanderons un ordre écrit. Je ne veux pas d'embrouilles avec Guikas.

Je planque le sous-chef et place Guikas au premier plan.

– Très bien, commente Vlassopoulos. Après tout, nous avons fait notre boulot et plus encore.

– Merci les gars. Oui, c'est vraiment du bon travail.

Ils s'en vont tout heureux et je me replonge dans mes réflexions. Je ne peux pas poursuivre l'enquête pour de vrai, mais je la continue en pensée.

Le serrurier italien détruit l'argumentaire des deux Géorgiens, comme quoi ils auraient tué Hardakos parce qu'il ne donnait pas d'argent à la veuve de leur ami. Quand on va réclamer de l'argent pour la veuve d'un pote, on ne se fait pas accompagner par un serrurier italien.

Aucun doute non plus : cette histoire d'ami brûlé dans l'incendie du bateau, c'est du flan. Une couverture. Quelque chose de bien plus gros se cache derrière le meurtre de Hardakos. Maintenant, le sous-chef sait-il des choses, ou bloque-t-il l'enquête sans être mêlé à la combine, nous ne le saurons que si l'on voit apparaître un jour les véritables dimensions de l'affaire. Et alors on entendra crier une fois de plus que la police ne sait pas faire son boulot, et va donc expliquer qu'on nous a imposé le silence.

Je me demande si je ne devrais pas prévenir Guikas, mais je repousse l'idée. Vu ses relations tendues avec le sous-chef, il pourrait croire que je continue de souffler sur les braises. Laissons le juge d'instruction informer tout le monde, s'il estime qu'il le faut. Si Guikas se plaint que je l'ai laissé dans le noir, je lui dirai que j'ai transmis les infos réglementairement et m'en suis tenu là, puisque l'affaire est close en ce qui concerne la police.

Je me sens soudain soulagé à l'idée de jeter l'ancre au bureau quelque temps. L'idée suivante, c'est qu'on ne peut pas rester à l'ancre sans café, d'autant que j'ai supprimé depuis des années le second attribut de l'homme à l'ancre : le tabac.

Je descends à la cafétéria prendre le second café de la journée, et tombe sur Gonatas de l'Antiterrorisme, venu se ravitailler lui aussi.

– Si je me souviens bien, me dit-il en riant, aucun gouvernement n'a jamais été autant soutenu par la police.

– Pourquoi ?

– Pense à l'époque de nos parents. Ils rognaient sur la nourriture, sur les vêtements et plantaient des tomates et des concombres dans leur petit jardin pour survivre. Et soudain, un beau matin, l'oncle d'Amérique débarquait au village et commençait à distribuer de l'argent. Comment ne pas se mettre à genoux devant ? D'accord, il avait ses caprices, il parlait un grec américain incompréhensible, mais les villageois fermaient les yeux et lui baisaient la main. Ce gouvernement est pour nous une espèce d'oncle d'Amérique. Il nous a augmentés, il nous promet un treizième mois et même un quatorzième. Se mettre à genoux devant, c'est normal.

Il a raison, Gonatas, me dis-je, et les autres aussi. L'unique râleur de la maison, l'original, c'est moi. Au lieu de penser à la vie tellement plus facile qui nous attend, Adriani et moi, je me ronge les sangs.

Je regagne mon bureau pour déguster mon café, mais Koula me devance.

– Des nouvelles de Poséidon ! m'annonce-t-elle en posant une feuille devant moi.

Je prends la feuille à contrecœur, me disant que tout cela va bouleverser mes plans.

« Le bateau de Hardakos en Thaïlande a été coulé par des pirates. L'autre, à Odessa, par des autonomistes russes. Et si c'étaient là des actions terroristes visant à ramener les armateurs en Grèce ? Et s'ils avaient choisi

comme étant leur plus gros obstacle Hardakos, qui l'a payé de sa vie ? Dans ce cas, nous avons affaire à des maîtres chanteurs sans scrupule face à une police qui baisse les bras. La formule qui tue.

Poséidon 16. »

Je devrais appeler un pope, me dis-je, pour qu'il exorcise la maison. Chaque fois que je prends la décision de laisser tomber, le diable s'en mêle et fait chavirer mes plans. La question « Que fait la police ? » arrive bien plus tôt que prévu et de façon bien plus agressive.

J'appelle aussitôt Stella, la secrétaire de Guikas, et lui dis que je dois le voir tout de suite. Sans même attendre sa réponse, j'attrape la feuille et reprends mon souffle au cinquième étage. Guikas a compris que c'est du sérieux car il est devant sa porte.

Je lui tends le message qu'il lit debout. Il relève la tête et me regarde.

– Je ne peux pas dire que je me réjouis de voir le sous-chef dans la merde, parce que nous y sommes aussi, dit-il.

– Vous comprenez que ce texte a été lu sur toute la Toile. Demain, tout le monde va cogner sur la police.

J'enchaîne sur les révélations concernant le serrurier italien.

– Ce Poséidon, c'est qui ? Vous avez cherché ?

– Non. J'ai suivi les instructions. J'ai envoyé les assassins de Lalopoulos au procureur et n'ai pas poussé plus loin.

– D'accord, mais du moment que ce Poséidon parle de chantage et de terrorisme, nous sommes obligés de découvrir son identité et de le cuisiner.

Il dit à Stella d'appeler Vellidis de la sous-direction de la Délinquance électronique.

Je demande :

— Vous allez informer le sous-chef ?

— Seulement si nous avons l'identité de Poséidon et si nous pouvons l'interroger.

Vellidis ne tarde pas et Guikas lui tend le papier. Il le lit et me lance un regard perplexe.

— Je veux que tu trouves qui se cache derrière ce nom, lui dit Guikas. Il faudra éventuellement qu'on l'interroge, pour savoir s'il bluffe ou s'il en sait vraiment plus que nous.

— On va le trouver, mais ça risque d'être long. Les imprécateurs en général dressent un mur autour de leur pseudo pour nous empêcher de les localiser.

— Eh bien j'attendrai.

J'annonce à Vellidis qu'il y a deux autres messages, plus anodins, que je lui enverrai, et il prend congé.

Je demande à Guikas :

— Vous allez prévenir Gonatas de l'Antiterrorisme ?

— Pas encore. J'attends de savoir qui il est. Je le confierai peut-être à Gonatas, ou à toi, on verra.

Pourvu qu'il le refile à Gonatas. J'ai suffisamment souffert avec le sous-chef. Il est grand temps qu'un autre me débarrasse du fardeau.

25

Comme chacun sait, un téléphone qui sonne la nuit ne présage rien de bon. C'est ce que je me suis dit dès que le mien m'a vrillé les oreilles. Je m'étais couché dès neuf heures, épuisé par l'insomnie de la nuit d'avant, puis par la tension de la journée et ses cavalcades. J'ai mis du temps à me rendre compte que c'était le mien qui sonnait. J'ai sauté sur l'écouteur, ne voulant pas réveiller Adriani, et me doutant qu'il se passait quelque chose de grave.

– Ici le centre d'opérations, monsieur le commissaire. On vient de nous signaler un mort dans une voiture, rue Hydras, à Ilioupoli.

– L'identité de la victime ?

– Nos collègues sur place m'ont seulement dit qu'ils n'ont rien touché en vous attendant.

– Bon. Contacte mes adjoints, qu'ils prennent une voiture. Rendez-vous là où se trouve la victime. Qu'ils préviennent l'Identité judiciaire et la Médecine légale.

– Qu'est-ce que c'est encore ? demande Adriani, tout endormie.

– Rien. Affaire de service. Dors.

Je me lève et regarde ma montre. Une heure et quart. Je m'habille et dix minutes plus tard je suis dans la Seat.

Je prends l'avenue Vouliagmenis et branche le GPS, n'étant pas familier du coin et ne voulant pas perdre de temps. L'appareil me dirige sur l'avenue Sophokli Venizelou, où je suis totalement désorienté. Je suis aveuglément les indications de la voix féminine qui m'annonce bientôt que nous y sommes.

La rue Hydras donne sur le parc d'Ilioupoli. J'aperçois les phares de la voiture de patrouille et m'approche. Les habitants sur leurs balcons suivent le spectacle. Je ne vois pas mes hommes, ni la camionnette de l'Identité judiciaire, ni l'ambulance. On dirait que j'arrive le premier.

La voiture de police est arrêtée devant une Audi. La vitre du conducteur est baissée et la portière derrière lui ouverte. Deux policiers en uniforme s'approchent.

– Qui vous a prévenus ?
– Un riverain. Le quartier est très calme. L'homme a entendu un coup de feu, il est sorti sur son balcon, a reconnu la voiture et vu un homme prendre quelque chose sur le siège arrière. Il a couru téléphoner. À son retour, l'homme avait disparu.

– La victime habitait ici ?
– Dans l'immeuble d'en face, monsieur le commissaire, dit le second policier. C'était un journaliste très connu.

À ces mots, j'entends sonner toutes les cloches que j'ai dans la tête. Sans attendre la suite, je me précipite vers l'Audi.

J'avais beau être prévenu, le choc est terrible. C'est Sotiropoulos. La balle l'a touché au front, le faisant s'écrouler sur le siège d'à côté. Ses yeux ouverts fixent le plafond.

On peut avoir passé la moitié de sa vie à voir des cadavres, dont un grand nombre sauvagement assassinés, c'est autre chose de voir tué par balle un homme que je connaissais depuis mes débuts dans la police, un adversaire souvent, mais avec qui je discutais, qui m'avait parfois aidé dans des moments difficiles, et que j'avais vu la veille encore.

Je m'éloigne de l'Audi, ne supportant pas de le voir mort. La deuxième voiture est arrivée avec mes trois adjoints, ainsi que l'Identité judiciaire.

Je suis si bouleversé que mes adjoints me regardent, inquiets.

– Qui est ce journaliste connu ? demande Papadakis.
– Allez voir.

Ils se dirigent tous trois vers l'Audi et je m'approche de Dimitriou.

– C'est qui ? demande-t-il.
– Ménis Sotiropoulos.

Il reste sans voix.

– Pour moi, c'est une affaire personnelle en même temps que professionnelle, mais quant à vous, je ne pense pas que ce sera compliqué. Il faut qu'on ouvre son appartement. Tu as fait venir un serrurier ?

– Je n'ai pas voulu le réveiller en pleine nuit. Une porte d'appartement ne devrait pas nous poser problème. Je l'appellerai si jamais ça coince.

Il s'éloigne avec ses adjoints. Les miens se rapprochent, l'air égaré.

– Il fallait vraiment que ça nous tombe dessus ? dit Dermitzakis.

– D'accord, on a connu des mecs plus sympas, mais ce n'est pas une raison pour mourir comme un chien, commente Vlassopoulos.

– Laissons tomber les éloges funèbres et voyons ce qu'on peut faire à une heure pareille, dis-je, avant tout pour chasser mes propres idées noires.

– C'est pas correct de réveiller les gens, dit Dermitzakis. Il vaut mieux revenir demain matin.

– Le type qui a prévenu la police est sûrement debout, soutient Papadakis.

– Papadakis a raison. Je pense que nous pouvons l'interroger tout de suite. Sotiropoulos était divorcé et vivait seul, je crois. Nous pouvons donc entrer chez lui.

– Comment nous assurer qu'il vivait seul ? demande Vlassopoulos.

– Pas la peine, répond Papadakis. S'il avait une femme et des enfants, ils seraient là en train de s'arracher les cheveux.

Sans nous laisser le temps de convoquer l'homme qui a prévenu la police, voilà l'ambulance accompagnée de Stavropoulos. J'aurais préféré Ananiadis, avec qui je m'entends mille fois mieux, et Stavropoulos prend soin de le confirmer.

– Je rentre à peine de congé, dit-il, et tu me colles un meurtre.

– Tu as raison. La prochaine fois je dirai à l'assassin de te laisser quelques jours. La victime est dans l'Audi, là, elle t'attend.

On nous informe que le témoin s'appelle Petrakis et habite au troisième étage dans l'immeuble de Sotiropoulos. Je décide d'y aller seul, pour ne pas débouler à quatre au milieu de la nuit.

Je sonne et la porte s'ouvre aussitôt sur un homme dans les quarante-cinq ans au crâne dégarni.

– Entrez, dit-il. Excusez-moi de vous parler à voix basse, je ne veux pas réveiller les enfants. Ils ont école demain.

Je l'approuve de la tête et le suis dans le séjour. Sa femme nous y attend, un peu plus jeune, une robe de chambre cachant sa chemise de nuit.

— Quel malheur, mon Dieu, dit-elle, chuchotant elle aussi. Quel malheur. Ce pauvre M. Sotiropoulos. Bon, je ne dis pas, dans ce métier c'est normal d'avoir des ennemis, mais tout de même, une fin pareille...
— Des ennemis, Yanna ? la reprend son mari. Ils ne l'ont pas tué quand il les gênait, ils auraient attendu sa retraite ?

Petrakis me montre une chaise et s'assoit sur le canapé, où sa femme le rejoint.

— Je sais que ce n'est pas la bonne heure, dis-je, et je ne vais pas vous retenir longtemps. On va se borner à l'essentiel, et pour la déposition officielle nous verrons plus tard.

Je me tourne vers lui.

— Dites-moi précisément ce que vous avez vu.
— Je regardais un film à la télé quand j'ai entendu le coup de feu. J'ai couru jusqu'au balcon. J'ai reconnu la voiture de Sotiropoulos et j'ai vu un type qui avait passé le bras par la vitre baissée et cherchait à ouvrir la porte derrière le conducteur. Je suis aussitôt rentré pour téléphoner. Quand je suis revenu au balcon, le type avait disparu.
— Vous vous rappelez quelle heure c'était ?

Il réfléchit.

— C'était la fin du film. Je dirais minuit et demi, une heure.
— Vous avez vu le visage de l'homme ?
— Non, il me tournait le dos.
— Y avait-il un deux-roues près de la voiture ?

Il réfléchit encore.

— Maintenant que vous le dites, je crois que j'ai vu un scooter derrière l'Audi.

La meilleure façon de s'enfuir : un deux-roues.

— Ce sera tout, merci beaucoup.

Je me lève, Petrakis me reconduit. Dans la rue, Stavropoulos m'attend.

– Je serai bref, dit-il. Il est tard et l'affaire est simple. L'assassin a tiré presque à bout portant. À mon avis, il a d'abord frappé à la vitre, la victime a tourné la tête et pris la balle dans le front. Sinon, il l'aurait dans la tempe.

Il connaissait peut-être l'homme qui venait le tuer. Ou peut-être pas.

– Le crime a été commis à quelle heure, selon toi ?

Il consulte sa montre.

– Il y a trois heures environ. Tu auras mon rapport demain.

– Avec les deux précédents, je suppose, dis-je non sans un brin de rosserie.

Il est visiblement gêné.

– Rien ne quitte le service sans être d'abord approuvé par moi, répond-il.

Il me tourne le dos et regagne sa voiture sans me saluer.

Je demande à Dimitriou de me prêter l'un de ses hommes, qui s'y connaît en serrures. Puis je rassemble mes adjoints et nous montons à l'appartement de Sotiropoulos, au quatrième étage. La serrure est simple et notre homme l'ouvre après avoir essayé deux ou trois clés.

Nous allumons et découvrons une grande entrée qui donne sur deux vastes pièces communicantes. L'une est un séjour séparé en deux parties. Un canapé et deux fauteuils entourent une petite table basse rectangulaire. Plus loin, un petit canapé et deux fauteuils font face à l'écran géant d'une télévision. L'autre pièce est le bureau. Tous les murs de l'appartement sont couverts de livres jusqu'au plafond, et la petite table croule sous les magazines.

Il y a deux chambres, celle de Sotiropoulos et une autre pour les amis, encombrées de livres elles aussi. Tout est parfaitement rangé, ce qui laisse à supposer l'existence d'une femme de ménage.

– Nom de Dieu, quelle bibliothèque ! s'exclame Vlassopoulos admiratif.

Je laisse mes adjoints fouiller l'endroit, n'ayant pas le courage de m'en mêler. Entrant ici pour la première fois, je découvre un homme immensément instruit et sa passion pour les livres, alors que nos relations n'ont pas dépassé le stade des prises de bec et des services rendus. Ce qui ne fait qu'aggraver mes idées noires.

Mes adjoints reviennent au bout d'une demi-heure.

– Chou blanc, monsieur le commissaire, dit Dermitzakis. Rien qui puisse nous éclairer.

Je n'attendais pas autre chose. L'assassin n'avait pas l'intention, ou le temps, d'entrer chez la victime.

Papadakis fait le tour du bureau, ouvre et referme les tiroirs, puis me demande :

– Où travaillait-il ?

– Dans un journal et pour une chaîne de télévision. Et quand il a pris sa retraite, il a ouvert un blog.

– Et il n'avait pas d'ordinateur ? Un journaliste qui a son blog, sans ordinateur, c'est possible ?

Nous nous regardons. Aucun de nous n'y avait pensé. De toute façon, mon cerveau pédale dans la semoule.

– Où se trouve son ordinateur ? se demande Vlassopoulos. Il avait peut-être un autre lieu de travail, que nous n'avons pas repéré.

– À moins que l'assassin ne l'ait emporté. Il l'a vu sur le siège arrière de l'Audi, a ouvert la porte et l'a pris.

Cela se tient.

– Ce n'est pas exclu, dis-je. La question, c'est : L'a-t-il volé pour le vendre ou parce qu'il cherchait quelque chose ? On ne pourra pas le savoir sans poursuivre l'enquête.

Nous n'avons plus rien à faire ici et j'ai hâte de changer d'air. L'assistant de Dimitriou referme la porte et la scelle avec un ruban rouge.

Quand nous sortons de l'immeuble, Sotiropoulos est déjà parti dans l'ambulance.

Dimitriou s'approche.

– Nous n'avons rien trouvé d'important. Si la voiture nous donne des indices, nous vous tiendrons au courant.

Derrière le ruban rouge qui barre l'entrée de la rue, je vois des voitures et des camionnettes de la télévision. Les nouvelles vont vite, évidemment. Je me dépêche de partir avant qu'on me saute dessus : je n'ai rien à dire pour l'instant, et surtout aucune envie de parler à ces gens-là.

Je dis aux deux policiers d'Ilioupoli d'attendre que l'Identité judiciaire emporte l'Audi, puis d'aller se coucher.

Je monte dans notre voiture de service avec Vlassopoulos et Dermitzakis, et laisse la Seat à Papadakis. Conduire à l'heure qu'il est, et dans l'état où je suis, ce serait chercher l'accident.

26

Je les ai évités hier soir, mais pas moyen de leur échapper ce matin. À peine sorti de l'ascenseur, j'entends un brouhaha. Je les trouve rassemblés devant ma porte. Ils ne m'accordent même pas le droit d'entrer dans mon bureau. Heureusement, Koula m'a appelé sur mon portable et je ne suis pas pris au dépourvu.

– C'est quoi cette histoire, monsieur le commissaire ? s'écrie Merikas, successeur de Sotiropoulos, qui de ce fait pense avoir la parole en premier. Quel est le fou qui a tué Ménis ?

– Un braqueur quelconque, ou un type qui lui en voulait et s'est vengé, répond le jeune gars qui porte un T-shirt hiver comme été.

Aujourd'hui le T-shirt est noir, avec, pour la circonstance, JUSTICE écrit dessus en lettres d'or.

– Allons, leur dis-je, il est trop tôt pour tirer des conclusions. L'enquête n'a pas commencé. Tout ce que nous savons, c'est qu'il a été tué à bout portant dans sa voiture, hier vers minuit. Je vous promets de vous informer dès que nous aurons du nouveau.

– J'espère que le nouveau est pour bientôt ! lance la grande bringue. Vous comprenez, Sotiropoulos était notre confrère et c'est pour nous un sacré choc.

J'ai envie de lui dire qu'en la voyant Sotiropoulos attrapait de l'urticaire, mais je me retiens.

– Pour moi aussi, dis-je. Un choc professionnel, mais pas seulement. J'ai connu la victime bien avant beaucoup d'entre vous, et malgré nos différends, j'avais une immense estime pour son jugement et son éthique. Cette enquête me concerne donc à titre personnel.

Ma déclaration leur ayant cloué le bec, ils se retirent.

– Bonne chance, monsieur le commissaire, me dit en passant la petite en collant rose.

J'attends que le couloir soit vide pour convoquer mon état-major. Nous sommes tous d'accord : il est logique de commencer l'enquête par le quartier de la victime et son immeuble.

Je retarde un instant le début des opérations pour aller informer brièvement Guikas.

– Il fallait que ça nous tombe dessus, en plus du reste ! dit-il. Tu as une idée quant au mobile, ou c'est trop tôt ?

– Hier soir on a paré au plus pressé. La véritable enquête commence aujourd'hui.

– Je veux que tu m'informes en temps réel. Ça ne va pas barder seulement avec le sous-chef, mais avec les politiques, j'en ai peur.

Je le lui promets et redescends au troisième. Cette fois je laisse Dermitzakis garder les lieux et emmène Koula. Elle devrait être plus utile pour interroger des familles. Nous nous demandons s'il faut prévenir le commissariat d'Ilioupolis, et décidons que cela ne nous aiderait en rien.

Le trajet se fait en silence. Mes adjoints ne doivent pas oser le rompre, me voyant plongé dans mes pensées.

La rue de Sotiropoulos est tranquille, comme si rien ne s'y était passé la veille. Le ruban rouge a disparu. Nous

nous mettons d'accord pour commencer par Petrakis, l'homme qui a prévenu la police après le meurtre.

Koula et moi nous chargeons des locataires de l'immeuble, tandis que Papadakis et Vlassopoulos font le tour des magasins et des kiosques à journaux.

C'est la femme de Petrakis qui nous ouvre et nous conduit dans le séjour.

– Excusez le dérangement, dis-je, mais nous voudrions vous poser quelques questions supplémentaires. Hier soir, ce n'était pas le moment.

– Questionnez-moi tant que vous voulez, mais je perds la tête avec ces émotions et l'insomnie.

– Depuis quand connaissiez-vous Ménis Sotiropoulos ?

– Depuis qu'il a emménagé. Cela doit faire cinq ans. Je me souviens que le premier jour il a frappé à notre porte pour nous emprunter un escabeau. Après, c'est vrai, nous en sommes restés à des bonjour-bonsoir, et à des compliments que nous lui faisions sur son travail.

– Avez-vous remarqué un changement dans son attitude récemment ? demande Koula.

Mme Petraki réfléchit.

– Si vous considérez comme un changement les réponses qu'il nous donnait ces derniers temps.

– C'est-à-dire ?

– Avant, il nous répondait « merci » ou « c'est gentil ». Sur la fin, c'était plutôt « à quoi bon », « les sourds n'entendent rien ».

– Vous souvenez-vous quand il a changé ?

– Cela doit faire un mois. Et quand l'armateur a été assassiné, il nous a dit autre chose.

– Quoi donc ? demande Koula.

– Ce pays est une république bananière, voilà ce qu'il répétait. Une république bananière, quel que soit le gouvernement.

Connaissant ses doutes quant à l'affaire Hardakos, voilà qui ne m'étonne guère.

Aux deux portes suivantes, pas de réponse, et nous voilà au premier étage, sous l'appartement de Petrakis. Une femme âgée aux cheveux blancs nous ouvre. Nous montrons nos cartes de police.

– Je ne sais rien, dit-elle sèchement. Je n'avais aucune relation avec cet homme, et elle repousse la porte.

J'allais la bloquer du pied et menacer de convoquer madame au commissariat, mais Koula me devance.

– Mais comme c'est beau ! Qu'est-ce que c'est ?
– Quoi ? demande le dragon femelle, et je crois Koula devenue folle.
– Cette commode, là, en face. Elle est trop belle.

J'aperçois, en effet, un meuble du genre voyant avec des tiroirs.

– Elle vous plaît ? dit le dragon d'une voix changée. C'est un cadeau de ma fille. Elle est chef comptable dans une grande fabrique de meubles.
– Je suis sous le charme, dit Koula éblouie. Je peux la voir de près ?
– Mais bien sûr. Entrez.

Koula entre et je la suis. Je commence à comprendre son jeu. Elle examine le meuble, pose plusieurs questions, tandis que j'attends patiemment qu'elle ait fait fondre toute la glace avant de revenir à la charge.

C'est alors qu'apparaît au fond de l'appartement un homme plus âgé que la femme.

– Qu'est-ce qui se passe, Theano ?

La question ramène l'épouse à la réalité.

– Ils sont de la police. Ils viennent nous questionner sur ce Sotiropoulos.
– Entrez donc, dit l'homme.

Il nous conduit dans un salon où l'on ne voit que des meubles de famille. Le seul objet moderne, c'est la télévision. Apparemment, la générosité de la fille ou ses finances sont trop limitées pour remplacer tout le mobilier.

Le vieil homme se présente :

– Pandelis Telessidis. Je connaissais Sotiropoulos et je l'estimais beaucoup. C'était l'un de ces journalistes qui appellent un chat un chat.

– Allons donc, l'interrompt sa femme avec dédain. Un communiste, qui crachait sur tout le monde. Ceux de son bord étaient les seuls honnêtes, et tous les autres des voleurs et des corrompus.

L'homme, sans un regard pour elle, continue :

– Ma femme ne pouvait pas le sentir, parce qu'il avait l'Aube dorée dans le collimateur.

Il se tait, semble hésiter, puis reprend :

– On se marie, monsieur le commissaire, et pendant cinquante ans on a une vie de couple parfaite. On élève trois enfants, on se soutient mutuellement, et tout d'un coup, à soixante-dix ans, votre épouse rejoint l'Aube dorée. Elle ne se dessine pas une croix gammée sur le bras, elle ne défile pas avec les crânes rasés et les gros durs, n'empêche, elle est infectée jusqu'à la moelle.

– Je les ai rejoints parce qu'ils sont les seuls à pouvoir nous rendre notre dignité perdue.

L'époux continue de l'ignorer.

– Quel rapport entre la croix gammée et la dignité, Theano seule le sait.

Je m'adresse à lui pour interrompre la passe d'armes.

– Avez-vous remarqué un changement dans l'attitude de la victime ces derniers temps ? Vous a-t-il semblé inquiet ou tourmenté ?

– Pas du tout ! répond-il, catégorique. Je l'ai vu pour la dernière fois le soir où on l'a exécuté. Nous nous sommes rencontrés dans le hall, on a échangé deux mots. Il a même demandé des nouvelles des rhumatismes de Theano. Il posait toujours la question, tout en connaissant ses opinions.

– Un sacré hypocrite, le rembarre sa femme.

– Vous avez peut-être vu ce qu'il tenait à la main ?

– À la main, rien. Son sac sur l'épaule, comme toujours.

– Pourquoi dites-vous qu'on l'a exécuté ? demande Koula. Vous pensez que c'était plus qu'un simple meurtre ?

– La seule explication que je puisse donner, jeune fille, c'est qu'il s'est fait tuer par l'Aube dorée. Il dévoilait sans arrêt leurs crimes et ça les rendait fous de rage.

– À l'Aube dorée nous sommes des patriotes, pas des assassins ! s'écrie l'épouse.

Je me lève. D'abord, nous n'avons plus rien à apprendre, et ensuite je n'aime pas le rôle de spectateur dans les scènes de ménage.

Je dis à Koula de noter les identités du couple, puis nous sortons. Aucun des deux ne nous raccompagne et seule la commode nous salue.

– En tout cas, dis-je à Koula en descendant l'escalier, l'idée que l'Aube dorée l'ait tué n'a rien d'invraisemblable. Sotiropoulos ne cachait pas ses opinions et se montrait souvent agressif.

– C'est vrai. Et si nous savions ce que l'assassin a pris sur le siège arrière, nous serions sans doute fixés.

Vlassopoulos et Papadakis nous attendent au pied de l'immeuble. Je leur demande :

– Alors ? Quelles grandes nouvelles ?

— Des nouvelles qui méritent votre attention, répond Vlassopoulos.

Nous le suivons jusqu'à un kiosque à journaux qui se trouve en face de l'immeuble, un peu de côté.

— Yannis, dit-il au tenancier, raconte au commissaire ce que tu as vu.

L'homme vient vers nous.

— Ces derniers jours, j'ai vu un Asiatique traîner dans la rue. De quelle région, aucune idée. Ils se ressemblent tous.

— Il faisait quoi ? dis-je.

— Il se baladait sans but. Tantôt debout près du kiosque, tantôt arrêté sur le trottoir, il regardait autour de lui et parlait parfois dans un vieux portable. Un jour qu'il m'achetait des mouchoirs en papier, je lui ai demandé ce qu'il fabriquait. Il m'a dit qu'il attendait quelqu'un qui lui avait promis du boulot. J'ai répondu que si le type ne s'était pas pointé pendant plusieurs jours, il y avait peu de chances pour qu'il vienne. Et lui m'a dit, quand tu n'as pas de boulot, tu attends, tu n'as plus que ça à faire.

— Et tout ça pendant combien de temps, tu te souviens ? dis-je.

Il fait un bref calcul.

— Une semaine, sûrement. Peut-être plus.

— Son grec était comment ? demande Vlassopoulos.

— Il avait un accent, mais parlait sans problème.

— Quand l'as-tu vu pour la dernière fois ? demande Papadakis.

— Hier après-midi. À un moment il est venu me dire que celui qu'il attendait viendrait sûrement ce jour-là. Mais quand j'ai fermé le kiosque, plus personne. Et là, savoir s'il est parti seul ou avec l'autre type, je peux pas vous le dire.

– Vous fermez à quelle heure ? intervient Koula.
– Vers huit heures. Après, dans la rue, c'est mort.
Nous le remercions et il regagne son kiosque.

Si l'Asiatique est mêlé au meurtre, alors il est exclu que l'Aube dorée le soit aussi. Ces gars-là ne s'acoquineraient jamais avec un immigré.

Ce que nous savons, c'est que Sotiropoulos est sorti avec son sac à dos. Et que l'assassin le lui a volé. Le malheur, c'est que nous ignorons ce qu'il y avait dedans.

27

Je rentre chez moi harcelé par le trio qui tue : l'émotion due au meurtre de Sotiropoulos, plus l'épuisement après une journée très intense, plus l'insomnie héritée de la nuit précédente. Tout cela m'a coupé l'appétit. Je ne pense qu'au moment où je serai à l'horizontale dans mon lit.

Les surprises que la vie nous réserve sont en principe désagréables. Je trouve le séjour vide et passe dans l'habitation principale d'Adriani, à savoir la cuisine. Je la vois en train de repasser. Elle relève la tête.

– Ce soir on mange au restaurant, dit-elle.

– Ça t'a pris d'un seul coup aujourd'hui ? dis-je en m'affalant sur la chaise face à elle.

– Je t'ai déjà demandé d'aller au restaurant ? L'invitation vient de Katérina. Elle a une annonce à nous faire.

– Quel genre d'annonce ?

– Comment veux-tu que je sache ? Mais si tu veux mon avis, c'est qu'elle est enceinte.

– Qu'est-ce qui te le fait penser ?

– C'est simple. D'abord tu te maries. Puis tu t'assures un revenu meilleur, un appartement plus grand et alors l'enfant arrive.

Elle semble inondée de joie, et moi, de mauvais poil, je suis prêt à lui dire : Quand on a faim, on rêve de pain, mais je ravale mon proverbe, me disant que si elle dit vrai, ma joie ne sera pas moindre que la sienne.

Nous irons au même restaurant italien que la dernière fois. Vu ma fatigue il serait plus raisonnable de prendre un taxi, mais Adriani croirait qu'il m'arrive quelque chose et cela lui empoisonnerait la soirée. Tout ce que je peux faire, c'est me limiter à un verre de vin pour trinquer, de peur de m'endormir sur le volant au retour.

Adriani est absolument sûre de ce qui nous attend, et s'est mise sur son trente et un pour l'occasion.

Quand nous arrivons au restaurant, le quatuor Katérina, Phanis, Mania et Uli nous attend. Après trois bises et une poignée de main, Katérina me demande :

– Papa, tu le connaissais, ce Sotiropoulos ?

– Depuis des années. Homme difficile, mais journaliste expérimenté. Quand on lui demandait de l'aide, il était là.

– Pourquoi l'avoir tué ? demande Uli. Mania m'a dit qu'il était à la retraite. Ça sert à quoi de tuer un journaliste à la retraite ?

– Je ne sais pas, dis-je. Nous n'en sommes qu'au début.

Je veux clore la discussion, sachant qu'elle va me gâcher la soirée. Je jette un coup d'œil à Adriani. Le sujet la laisse indifférente, elle n'attend qu'une chose : l'annonce de Katérina.

On nous apporte les plats et le vin, et avant de trinquer Phanis regarde Katérina, l'air de dire, « Parle, ils n'en peuvent plus ». Katérina reçoit le message, nous regarde et les conversations s'arrêtent.

– Je vous ai invités pour vous annoncer une nouvelle qui va peut-être changer ma vie professionnelle.

Raté, me dis-je. Pas de grossesse. On s'est trompés d'heureux événement.

– L'une des compagnies installées en Grèce dernièrement m'a proposé son poste de conseiller juridique, avec un salaire mensuel, plus un extra pour les séances au tribunal.

La nouvelle déchaîne des applaudissements et des bravos unanimes, et je me dis que la prédiction d'Adriani s'est révélée à moitié juste. Katérina s'est assuré un revenu meilleur, il ne reste plus qu'à faire l'enfant.

Si Adriani est déçue, elle ne le montre pas. Elle se lève d'un bond et serre sa fille dans ses bras.

– Ma petite chérie, bravo ! Je suis fière de toi ! Touchons du bois !

Et elle l'embrasse comme du bon pain.

Ce que je vois là confirme ce que je sais d'elle après tant d'années. Adriani se réjouit de ce qu'on lui offre, même si ce n'est pas ce qu'elle attendait. Elle ne sera pas grand-mère tout de suite, mais elle l'oublie pour saluer le succès professionnel de sa fille. C'est là l'un de ses secrets, me dis-je, c'est ce qui lui permet de résister aux épreuves.

À mon tour de me lever et d'embrasser ma fille.

– Mais comment as-tu fait ? C'est arrivé si vite !

– Eh bien, ce matin, arrivée au bureau, j'ai reçu un appel d'un certain Avramidis, qui me demandait de passer au siège de la compagnie, rue Anagnostopoulou, pour qu'ils me fassent une proposition. Une fois là-bas, il m'a emmenée dans le bureau du directeur général, un certain Bolten, qui m'a dit ce que je viens de vous raconter.

– Et qu'as-tu répondu ?

– Que veux-tu ? J'ai accepté tout de suite. D'accord, les problèmes des immigrés m'obsèdent, mais je ne suis pas idiote non plus.

– Qu'en penses-tu, dit Mania à Uli, toi qui surveilles les compagnies nouvelles venues en Grèce ?

– Je les surveille, mais je ne les connais pas bien encore. Katérina, tu leur as demandé comment ils t'ont choisie ?

– Oui. Bolten m'a dit qu'ils ne voulaient pas confier leurs affaires à un grand cabinet qui a beaucoup de clients, mais à quelqu'un qui travaillerait exclusivement pour eux. Ils ont fait une recherche et sont tombés sur moi.

– Maintenant tu ne verras pas d'objection à ce qu'on prenne un plus grand appartement, dit Phanis à Adriani en riant. Katérina sera désormais obligée de travailler à la maison.

– J'espère que vous pourrez l'acheter. Vous le méritez, dit Adriani qui nage dans le bonheur.

Nous attaquons avidement le repas. J'ai oublié Sotiropoulos, ma fatigue, mon manque de sommeil, et ma promesse de me limiter à un seul verre.

– Tu t'es trompée, dis-je à Adriani pour la taquiner, sur le chemin du retour. Il n'y a pas de grossesse.

– Et pourtant si.

– Qu'est-ce que tu veux dire ?

– Un bel avenir est en gestation.

Elle a vraiment réponse à tout. Je ris, et elle se signe.

– Que Dieu les protège tous deux, dit-elle.

Ce soir, c'est sûr, je vais dormir comme un ange.

28

Je devrais être satisfait et savourer mon croissant. Après des années, enfin, Katérina a trouvé un client qui lui assure un revenu régulier. L'engagement en faveur des immigrés, très bien, mais une ONG et un bureau d'avocats, ce n'est pas pareil. Je sais combien c'est dur de s'en sortir à deux avec le seul salaire de Phanis. Les immigrés ne rapportent que des miettes.

Pourtant quelque chose me chiffonne. Comme si j'étais heureux de mon nouveau costume tout en craignant qu'il ne soit rongé par les mites. Ce qui me ronge, moi ? Le meurtre de Sotiropoulos, qui est autre chose qu'une affaire de plus à élucider. Il me touche personnellement et je dois jouer serré pour éviter l'erreur. Et puis ces histoires d'argent. Personne ne m'ôtera de la tête que les meurtres de Hardakos et Sotiropoulos sont liés à la finance. Quant à savoir qui trempe dans l'argent sale et qui dans le propre, c'est là que tout se complique. D'abord, le sous-chef nous barre la route, et puis question finances je suis nul, j'ai besoin d'aide, mais personne n'est disposé à m'en donner, car tout le monde protège ses arrières.

Je balance entre les agréables nouvelles et les pensées désagréables, lorsque le téléphone sonne.

– Bonjour, monsieur le commissaire. C'est Kyriazidis.

L'ami de Sotiropoulos au ministère de la Marine marchande. Comment ai-je pu oublier de le contacter ? Je me maudis intérieurement.

– Je voudrais qu'on se parle, dit-il, mais pas à la police ni au Pirée. Vous connaissez un coin à l'abri des regards indiscrets ?

Je lui propose une cafétéria sur l'avenue Kifissias, près de l'hôpital de la Croix-Rouge.

Je laisse passer une demi-heure, puis je prends le trolley à Ambelokipi. Je préfère ne pas y aller à pied, car je pourrais tomber sur des collègues ou des connaissances, et il faudrait alors inventer un prétexte.

Kyriazidis m'attend devant un capuccino.

– J'ai pris un congé de maladie, car je devais vous parler, dit-il.

– Vous m'avez devancé. Je voulais vous parler moi aussi, mais j'avais les démarches obligées de l'enquête à expédier d'abord.

Un peu facile, mon alibi, me dis-je.

Kyriazidis va droit au but :

– Ménis a demandé à me voir d'urgence, deux jours avant sa mort. Il voulait savoir si l'on avait des détails sur les accidents des bateaux de la West Shipping. Je lui ai expliqué qu'il était très difficile d'obtenir des informations d'Ukraine, vu la situation là-bas, mais qu'en Thaïlande il n'y avait rien de louche, autant que nous le sachions. Il m'a répondu qu'à son avis ce n'était pas si clair : il avait appris que l'assurance refusait de payer, et m'a demandé si je pouvais le confirmer. Je lui ai promis d'essayer, en soulignant que pour l'Ukraine je ne pouvais pas l'aider. Il m'a répondu : Pas la peine, j'ai des témoignages crédibles comme quoi le bateau a été coulé par les mafias ukrainienne et russe. Quand je lui ai demandé comment pouvaient collaborer deux mafias dont les pays sont à couteaux tirés, il a éclaté de rire. Il m'a dit : Attends, pendant la guerre en Yougoslavie, alors que la Serbie, la Bosnie et la Croatie s'entr'égorgeaient, toutes les mafias du coin travaillaient ensemble à briser l'embargo et fournir Milosevic en pétrole clandestin. Je lui ai demandé d'où il tenait l'info. Il est redevenu sérieux d'un coup et m'a dit : Laisse tomber, mieux vaut ne pas savoir.

Il s'interrompt, cherche ses mots.

– Il avait l'air inquiet, monsieur le commissaire. Je ne sais pas ce qu'il avait découvert, mais il semblait très inquiet. J'ai pensé d'abord qu'il s'agissait d'un stress professionnel, mais à la réflexion, ce n'était pas tout. Malheureusement, on trouve souvent la réponse une fois que le mal est fait.

Et il soupire.

– A-t-il dit autre chose qui vous aurait semblé bizarre ?

– Non, je vous ai rapporté fidèlement la conversation.

– Vous êtes allé voir du côté de l'assurance ?

– Oui, mais tout ce que j'ai appris, c'est que les inspecteurs des assurances n'ont pas fini leur enquête. Ce n'est pas inhabituel, surtout en ce qui concerne les bateaux, un secteur compliqué. En tout cas, il n'y a pas de refus officiel de payer l'assurance. Comment Ménis pouvait être sûr que l'assurance ne paierait pas, je n'en sais rien.

– Où se trouve l'assureur ?

– C'est une compagnie anglaise, dont le siège social est à Londres. Donc, il n'y a pas de magouilles de ce côté-là.

— Vous m'aviez dit la dernière fois que la compagnie ne pouvait pas avoir coulé son bateau pour toucher la prime.

— Vous savez, après le meurtre de Ménis, j'en arrive à croire que tout est possible. Mais là, tout de même, ce serait très étonnant. La West Shipping est une trop grosse maison pour se risquer dans des sales coups de ce genre. Si cela s'apprenait, ce serait la catastrophe.

Ce n'est pas l'assurance qui intéressait Sotiropoulos, me dis-je. Il avait repéré une embrouille ailleurs, et le refus de paiement de la compagnie était une simple confirmation de ses soupçons.

— Je vous remercie de m'avoir confié tout cela, dis-je à Kyriazidis. L'enquête va pouvoir avancer.

J'appelle le serveur, mais il m'arrête.

— Laissez. Je vais rester un peu. Si vous avez besoin de la moindre information, appelez-moi.

Il me donne son numéro de portable et je repars à pied cette fois, voulant mettre en ordre mes pensées. Il est clair que Sotiropoulos a trouvé une piste à Odessa, qui l'a conduit à la mafia. Ce qui explique ses questions au ministre de la Marine marchande et aux propriétaires lors de la conférence de presse. D'un autre côté, ce serait tiré par les cheveux d'associer ces propriétaires à la mafia. Aucun d'entre eux ne serait assez stupide pour transporter un chargement ouvertement destiné à la mafia russe ou ukrainienne. Et aucune mafia ne serait assez stupide pour faire sauter un chargement qui lui serait destiné.

L'argument de Sotiropoulos quant à l'assurance concernait le bateau de Hardakos, coulé en Thaïlande. Ce qui signifie que là aussi Sotiropoulos avait des doutes. Évidemment, selon Kyriazidis, l'assureur n'a pas déclaré officiellement qu'il ne paierait pas, mais seulement qu'il menait l'enquête sur les causes du naufrage. Que savait-il donc de plus, Sotiropoulos, pour être sûr que l'assureur ne paierait pas ?

Autre question ouverte : S'il se confirme que la mafia est impliquée, alors l'affaire Hardakos et l'affaire Lalopoulos sont liées, puisqu'il n'y a pas de trafic de drogue sans la participation et le contrôle de la mafia.

Conclusion : Sotiropoulos avait saisi le bout du fil, mais il n'a pas voulu venir dévider devant moi la pelote, voulant s'offrir un grand scoop. Un scoop qui sans doute lui a coûté la vie.

Ces pensées m'accompagnent jusqu'à mon bureau où m'attend une pile de rapports. Les trois premiers, venant du médecin légiste, concernent les meurtres de Sotiropoulos, Hardakos et Lalopoulos. Ils ne m'apprendront rien que je ne sache et je les laisse de côté.

Le suivant est celui de la balistique. Sotiropoulos a été tué avec un Beretta Px4 Storm. Les Beretta étant des armes répandues, voilà qui ne nous apprend rien sur l'assassin.

Les informations données par Kyriazidis continuent de me tracasser. Je cherche un moyen de les compléter, en vain. Si je commence à rendre visite aux propriétaires, quelqu'un va le rapporter au ministre de la Marine marchande. De lui au sous-chef, il n'y a qu'un pas, et là, bonjour les dégâts.

J'en conclus pour finir que le moins dangereux est d'aller voir Cleanthis Hardakos. Il est directement mêlé à l'affaire en raison du meurtre de son père, ce qui justifie ma démarche.

J'appelle la secrétaire de Hardakos, qui me dit que son patron sera disponible dans une heure.

Je me dirige vers le quai Kondili sans mes adjoints : d'une part je ne souhaite pas les impliquer, d'autre part je veux laisser croire que ma visite est plus personnelle que professionnelle.

Ma première impression, en entrant dans les bureaux de la West Shipping, c'est que tout paraît normal. Tous les employés sont à leur poste, aucun d'eux ne prête attention à ma présence, le meurtre du père fondateur semble appartenir au passé.

La secrétaire de Hardakos, elle aussi, me gratifie de son sourire officiel, comme pour me faire croire qu'elle me voit pour la première fois. La seule différence, c'est qu'elle ne m'introduit pas dans le bureau du père, mais dans celui d'à côté, occupé par son rejeton.

Lequel se lève à mon entrée. Son visage et sa poignée de main ne laissent pas deviner s'il est surpris de ma visite. Nous nous asseyons.

– Y a-t-il du nouveau, monsieur le commissaire ?

– Je ne sais si vous avez appris par les journaux ou la télévision le meurtre d'un journaliste, Ménis Sotiropoulos.

– Oui. N'était-ce pas celui qui a posé des questions à la *press conference* du ministre de la Marine marchande ?

– Lui-même. Je voudrais savoir s'il vous a rendu visite.

– Oui, mais je ne l'ai pas reçu. Je suis chef d'entreprise et je n'aime pas parler aux journalistes.

– Vous souvenez-vous s'il est venu avant ou après la conférence de presse ?

Il réfléchit, ne se souvient pas, appelle sa secrétaire.

– Il est venu après.

C'est là que les choses se corsent. Je prends mon ton le plus neutre.

– Nous avons appris que Sotiropoulos s'intéressait aux naufrages de vos deux bateaux, en Thaïlande et à Odessa.

– Mais pourquoi ?
– D'après ce que nous savons, il croyait qu'à Odessa votre bateau a été coulé par les mafias russe et ukrainienne.

Hardakos hausse les épaules.

– C'est possible. Dans ces pays les mafias sont très puissantes. Mais pour l'instant nous n'en savons rien. Ni sur ce point ni quant au reste.

– Et le bateau en Thaïlande ?

Il blêmit.

– Vous croyez que nous avons coulé nos bateaux pour toucher la prime ?

– Monsieur Hardakos, nous ne sommes pas une compagnie d'assurances, nous sommes la police. Nous enquêtons sur un crime et nous cherchons à déterminer si ce crime n'est pas lié à votre affaire, car il semblerait que Sotiropoulos ait découvert un lien.

Ma réponse, apparemment, le tranquillise.

– En Thaïlande le bateau a été coulé par des pirates. Ils demandaient de l'argent, une *ransom*. Nous n'avons rien donné, ils ont mis le feu. Le bateau était assuré, la cargaison aussi, pourquoi aurions-nous payé ? C'est à cela que servent les assurances. D'accord, nous avons eu trois morts, mais c'est ce qu'on appelle un *collateral damage*. Comment dites-vous cela en grec ?

J'hésite, n'étant pas sûr de mon anglais.

– Dommage collatéral ?

– C'est cela. Oui, nous n'y pouvons rien.

Le dommage collatéral a peut-être coûté la vie à son père, ou peut-être pas. Nous n'avons pas encore la réponse. Je lui demande :

– Avez-vous reçu d'autres menaces ?

– Non, aucune, dit-il, catégorique.

Si les menaces n'étaient pas venues des pirates, mais d'ailleurs, et si elles avaient concerné son entreprise, il ne m'en dirait rien.

N'ayant plus de questions à poser, je me lève, prends congé et repars bredouille.

29

J'entre dans mon bureau avec la désagréable impression d'être dans l'impasse. Tous les fils se cassent avant de passer le chas de l'aiguille. Je me creuse la tête pour trouver le début d'une issue, lorsque m'arrive une bouée de sauvetage.

– Papadias, commandant le commissariat d'Ilioupoli. Cher collègue, nous avons arrêté l'Asiatique, celui qui rôdait devant chez Sotiropoulos. J'imagine que vous voulez l'interroger ?

– Bien vu, cher collègue. Vous avez commencé vous-même ?

– Non, nous laissons faire les spécialistes. Nous avons seulement convoqué le marchand de journaux pour l'identification. Nous avons appris son adresse. Il habite à Ayos Dimitrios.

– Bien. J'envoie une voiture.

Je raccroche et charge mon trio d'aller me chercher l'Asiatique. Je profite du temps mort pour appeler Stella, afin d'informer Guikas. Elle me dit qu'il est en réunion avec la sous-direction des Stupéfiants et qu'il m'appellera dès que possible. Le temps de boire mon café, c'est chose faite.

Je monte et le trouve assis à son bureau, se tenant la tête à deux mains.

— Ces types des Stups sont des sadiques, gémit-il. Leur unique objectif, c'est de protéger les jeunes contre la drogue. Ils ne comprennent pas que nous en même temps nous voulons protéger la ville contre les terroristes, les criminels, sans parler des accidents.

Il se reprend et revient au présent.

— Tu as quelque chose à me dire.

Je lui apprends que je m'apprête à interroger l'Asiatique.

— Tu attends quoi ?

— J'attends simplement qu'il me donne quelques informations, de quoi débloquer l'enquête, parce que pour l'instant nous sommes perdus en rase campagne.

— D'accord. Donc ce n'est pas la peine que j'appelle le sous-chef. Je suis sur les nerfs à cause de ces types et je ne suis pas prêt pour l'instant à entendre ses conneries.

— Entièrement d'accord.

— Parfait. Cuisine ton Asiatique et on en reparle.

De retour dans mon bureau, je trouve Papadakis. L'Asiatique, me dit-il, est arrivé. Je passe d'abord par le bureau de mes adjoints, les charge d'aller fouiller chez l'Asiatique en compagnie d'un serrurier de l'Identité judiciaire, puis je rejoins le bureau des interrogatoires, suivi de Koula.

L'Asiatique est un petit maigrichon dans les cinquante ans. Il porte une chemise sous un blouson bon marché. Il a encore les menottes, mais cela ne semble pas le gêner. Il me sourit. Dermitzakis s'assoit en face de lui.

— Ôte-lui les menottes, dis-je.

Le petit homme agite les mains et se frotte les poignets. Je commence :

— Comment t'appelles-tu ?

— Mahmoud… Mahmoud Teraki.

— D'où viens-tu ?

– D'Irak. J'ai parti d'Irak à cause la guerre, passé la Turquie puis la Grèce.
– Ton métier ?
– Comme je trouve. Un jour travail, dix jours pas travail.
– À Ilioupoli, tu cherchais quoi ?
– Travail.
– Arrête avec ça ! rugit Dermitzakis qui endosse le rôle du méchant. Le boulot, on le trouve où il y en a. On ne se balade pas dans n'importe quel quartier en attendant que le boulot vienne tout seul.
– Un homme dit venir chercher moi pour mettre parquet. Bon travail et j'attends, mais lui pas venu.
– Comment il s'appelait, cet homme ? insiste Dermitzakis.
– M. Pandelis.
– Et tu as attendu ce M. Pandelis une semaine ? Tu te fous de nous ?
– Quand pas travail, toi attendre.
Je lui demande :
– Celui qu'on a tué, tu le connaissais ?
– Je vois lui, entrer-sortir.
– Tu as vu avec qui il parlait ?
– Des gens... Il dit bonsoir à des gens... Parle avec marchand journaux...
– Tu as traîné dans le quartier plusieurs jours. Tu savais qui habite ici et qui vient d'ailleurs. Tu l'as vu parler avec quelqu'un qui n'était pas du quartier ?
– Non. Seulement avec gens de la rue.
– Tu as vu des personnes venues d'ailleurs comme toi traîner dans le quartier ?
– Non. Tous les jours mêmes gens.
Là-dessus mon portable sonne. C'est Vlassopoulos.

— On a trouvé le flingue, monsieur le commissaire, annonce-t-il triomphalement.

— Bravo. Je vous attends.

Dermitzakis me lance un regard interrogateur, que j'ignore.

— On va te garder encore un peu, dis-je à Mahmoud. On vérifie ton identité, après quoi tu pourras partir.

Je ne dis rien du pistolet, pour voir sa réaction quand nous le lui montrerons, et en attendant je le renvoie en cellule.

— Vous le voyez en assassin ? me demande Koula une fois sortis de la pièce. Il fait tellement pitié...

— On a trouvé l'arme chez lui. C'est Vlassopoulos qui m'a appelé.

L'ordinateur sous le bras gauche, elle se signe de la main droite.

— Dans le service où vous m'avez amené, monsieur le commissaire, j'ai des surprises tous les jours. Impossible de s'ennuyer.

Je la laisse et rejoins mon bureau. Si ce pistolet est bien l'arme du crime, alors nous avons presque sûrement affaire à un vol. Je ne vois pas pour quelle autre raison ce petit bonhomme aurait pu tuer Sotiropoulos. Son histoire de type qui devait venir lui donner du boulot, c'est du pipeau. Il est allé reconnaître le quartier pour choisir sa victime. Il a constaté qu'en soirée le coin était tranquille, et quand il a vu Sotiropoulos sortir avec son sac, il l'a tué pour prendre le sac.

La porte du bureau s'ouvre brusquement et mes deux adjoints font irruption tout joyeux. Vlassopoulos pose sur mon bureau un sac en plastique avec le pistolet dedans. Du premier coup d'œil je reconnais un Beretta.

— Ç'a été la panique, dit Vlassopoulos.

— Pourquoi ?

— Dès que le serrurier s'est mis à trifouiller la serrure, elle s'est ouverte et une femme en foulard est sortie. Elle s'est mise à crier. On lui a dit qu'on était de la police et ça l'a fait crier plus fort. Ce gars-là vit dans deux pièces avec sa femme et deux enfants, monsieur le commissaire. Heureusement que les enfants étaient à l'école.

— Où avez-vous trouvé l'arme ?

— Le couple dort par terre sur deux matelas. Il l'avait cachée entre les deux. Apparemment la femme l'ignorait, vu son air étonné. Elle s'arrachait les cheveux au point de perdre son foulard. Nous lui avons dit qu'on n'avait rien contre elle, mais elle a continué de gémir. Pour finir on s'est taillés.

— Dites à Dermitzakis de faire venir l'Irakien dans le bureau des interrogatoires.

Je leur laisse le temps d'arriver, et les rejoins muni du pistolet. Tous mes adjoints sont là pour profiter du spectacle.

Je pose l'arme devant lui.

— On a trouvé ça chez toi, sous ton matelas.

Il saute sur ses pieds en criant :

— Ma femme ! Où est ma femme et enfants ?

— Chez toi, le rassure Vlassopoulos. On n'a rien contre elle et vos enfants.

Mahmoud se calme, respire profondément, se rassoit. Il regarde le pistolet d'abord, puis moi, puis baisse les yeux. Et reste bouche cousue.

— Nous avons trouvé la balle qui a tué la victime, lui dis-je pour l'aider à parler. On va envoyer l'arme au labo. S'il se vérifie que c'est elle qui l'a tuée, alors il n'y aura plus aucun doute : c'est toi l'assassin. Mais si tu avoues avant, alors nous dirons que tu as collaboré à l'enquête, et ça comptera pour les juges. Donc je te conseille de parler.

Il continue de regarder devant lui sans un mot.

— J'ai tué lui, murmure-t-il enfin.

— Et pourquoi ? demande Papadakis.

— Voler sac. J'attends des jours M. Pandelis, mais lui jamais venu. Le dernier jour je dis : si M. Pandelis pas venu, je vole le premier que je vois, mes enfants ont trop faim. Je pars le matin, mais rentré le soir, pour que les gens me voient pas. Je me cache, attendre. Je vois le monsieur sortir avec le sac et aller vers la voiture. Ouvrir la porte et poser le sac derrière. Puis ouvrir la portière avant et asseoir au volant. Je cours et lui dis vouloir parler à lui. Il baisse la vitre et je tire. Après j'ouvre porte arrière, prends le sac et courir.

Il s'arrête, respire un grand coup, puis ajoute :

— Je fais comme ça.

— Mais enfin, ta femme et tes enfants, tu n'y as pas pensé ? dit Papadakis.

— Quand ils ont faim je pense à eux plus.

— Où as-tu trouvé le pistolet ? demande Dermitzakis.

— Il est à moi.

— Comment ça ? dit Vlassopoulos. On t'en a fait cadeau peut-être ?

— J'achète lui.

Il se tait, puis reprend avec effort :

— Moi fais autres vols, je prends lui pour si ça va mal.

— Tu as volé combien de fois ? dis-je.

— Deux, et trois avec cette fois. Mais je tue première fois.

Les vols ne sont pas de notre ressort. Quand nous en aurons terminé avec lui, nous le remettrons aux collègues. Mais ce qu'il nous a raconté semble convaincant.

– Pourquoi es-tu retourné ce matin sur les lieux du crime ? demande Papadakis.

– Pour voir quoi vont dire les gens.

– Tu n'avais pas peur ?

– Non, tous les gens savent que moi est là pour chercher travail.

Il hoche la tête.

– Mais j'ai fait une faute. Alors je suis là.

– Tu as trouvé de l'argent dans le sac ? dis-je.

– Trois cents euros. Avec ça je vis deux mois.

– Et le sac, tu en as fait quoi ?

– Jeté. Sac, portefeuille... tout.

C'est bien clair, tout se tient, pas d'argent sale dans l'affaire. Sotiropoulos, le journaliste qui fouinait partout et s'en prenait à tout le monde, a fini lamentablement, abattu par un vulgaire braqueur.

– Prépare sa déposition pour qu'il la signe, dis-je à Koula, et je me tourne vers les autres. En attendant, remets-le aux Attaques à main armée, qu'ils lui demandent qui d'autre il a braqué.

Laissant les formalités à mes adjoints, je monte à toute allure au cinquième pour informer Guikas. Je le trouve dans son antichambre en train de passer un savon à Stella, qui l'écoute la tête basse.

Mon entrée coupe court à l'engueulade.

– Il y a du nouveau ?

– Il y a que nous tenons l'assassin de Sotiropoulos.

– Viens me raconter.

Je le suis dans son bureau, tandis que Stella jette un regard reconnaissant à celui qui a mis fin au sermon.

Je rapporte les faits à Guikas, qui conclut :

– Un simple braquage, donc.

– Nous n'avons aucune autre piste.

– D'un côté, je regrette cette mort injuste, de l'autre je me réjouis car nous limitons ainsi les dégâts. Sinon les politiques et les médias nous seraient tombés dessus. Nous pouvons maintenant appeler le sous-chef.

Il l'appelle et lui transmet mon rapport. Il écoute la réponse avec le sourire et me tend le combiné.

– Il veut te parler.

– Félicitations, monsieur le commissaire, dit le sous-chef. Vous avez non seulement élucidé le meurtre, mais fait taire les mauvaises langues. Des rumeurs de conspiration commençaient à circuler chez les collègues de ce journaliste.

Je le remercie et raccroche, me sentant soulagé moi-même. J'ai beau déplorer la mort de Sotiropoulos, je ne peux que me réjouir d'avoir évité les embrouilles.

30

Enfin une soirée tranquille, puis une nuit où j'ai dormi comme un loir. La solitude du couple, chez nous, est le signe que tout se passe bien. Le bureau d'avocats de ma fille a monté d'un cran, mon gendre vit avec l'espoir d'une reprise financière, par conséquent nous n'avons aucune raison de remâcher nos soucis ou de pleurer sur notre sort en famille.

Adriani et moi, assis devant l'écran, laissons les journalistes nous inonder sous ce que nous appelions pendant les années de la crise, quand le pays sombrait, des *success stories*. À présent les succès du gouvernement se multiplient, les éloges européens au « miracle grec » ne cessent pas, et nous autres restons muets, comme tous ceux qui demeurent sans voix devant la grandeur.

Ce matin-là je prends la Seat pour me rendre au travail, reposé et de bonne humeur. La horde des journalistes elle-même, qui m'attend devant mon bureau, ne suffit pas pour me saper le moral. D'ailleurs l'accueil qu'on me réserve est tout sauf agressif.

— Félicitations, monsieur le commissaire, dit la petite au collant rose.

— On est tous super-contents, dit le petit jeune en T-shirt.

– Oui, dit Merikas tristement, mais ce n'est pas la joie de se dire que Ménis a fini sa vie dans un braquage.

La seule à ne pas ouvrir la bouche, c'est la grande bringue. Elle ne pouvait pas sentir Sotiropoulos, qui la rembarrait. Mais elle n'ose pas faire de commentaires : les autres lui tomberaient dessus.

– Comment l'avez-vous retrouvé ? demande Merikas.
– La chance est parfois de notre côté.

Et je raconte comment nous avons mis la main sur l'Irakien.

Ils me félicitent à nouveau et se retirent, tandis que j'entre dans mon bureau, satisfait d'avoir été pour la première fois félicité par des journalistes.

Je m'apprête à savourer mon croissant et mon café, persuadé qu'aujourd'hui rien ni personne ne viendra me harceler, mais l'homme propose et Dieu dispose. À la deuxième bouchée, le téléphone sonne. C'est Vellidis de la Délinquance électronique.

– J'ai des nouvelles pour toi.
– Bonnes ou mauvaises ? dis-je, d'humeur joueuse.
– Viens chez Guikas, que je n'aie pas à me répéter.

L'idée ne me rend pas fou de joie, je m'étais programmé pour passer une journée tranquille, mais je ne peux pas refuser non plus. Je m'accorde le temps de boire mon café, puis prends le chemin du cinquième.

Vellidis est arrivé. Je tombe sur deux visages sombres et devine que l'affaire est grave.

– Assieds-toi, dit Guikas, prévenant. Ce que tu vas entendre ne va pas te plaire.
– Poséidon 16, c'est, ou plutôt c'était, Ménis Sotiropoulos, m'annonce Vellidis.

Je reste sans voix.

– Tu es sûr ? dis-je, la retrouvant.

— Nous sommes passés par son blog où nous avons découvert son adresse électronique. Nous sommes entrés dans ses archives et avons tout trouvé dedans.

Il ouvre une enveloppe et pose devant nous les copies de tous les communiqués de Poséidon 16.

J'aurais eu beau enquêter sur l'imprécateur, jamais je n'aurais pensé à Sotiropoulos. Ma première idée, c'est qu'il tirait au jugé. Ce n'était pas un habitué des réseaux sociaux. Son but, visiblement, c'était de lancer des messages provocateurs pour susciter des réactions, lesquelles lui fourniraient des renseignements.

— De toute façon, dit Guikas, cette découverte n'a qu'un intérêt théorique, puisque Sotiropoulos nous a quittés.

Soudain je saute sur mes pieds.

— L'ordinateur !

Tous deux me regardent comme s'ils avaient affaire à un fou.

— Quel ordinateur ? demande Guikas.

— Celui de Sotiropoulos. Qu'on n'a trouvé nulle part. Ni chez lui ni dans sa voiture.

— Où peut-il bien être ? demande Vellidis.

— Il l'avait dans son sac et l'Irakien l'a pris. C'est clair, Sotiropoulos craignait d'être cambriolé, et le gardait donc toujours avec lui. L'Irakien nous a dit qu'il a trouvé trois cents euros dans le sac, mais il n'a rien dit de l'ordinateur. C'est ça qu'il cherchait.

Ma connerie me met hors de moi.

— Et qu'est-ce qu'il en a fait ? demande Guikas. Il l'a vendu ?

— Il l'a remis à ceux qui l'ont payé pour tuer. Le mobile n'était pas l'argent. Certains ont découvert avant nous qui était Poséidon 16 et ils ont voulu s'emparer de son ordinateur. Je soupçonne que ses messages les intéressaient moins que d'apprendre ce qu'il savait d'autre. Il ne faut pas se tromper : ces gens que traquait Sotiropoulos ont parmi eux des as de l'informatique et ils nous ont devancés. L'Irakien n'est pas un voleur, mais leur exécutant. Le vol, c'était de la mise en scène.

Je m'interromps, hors d'haleine, puis me tourne vers Vellidis.

— Yannis, ne te limite pas aux messages. Cherche partout. Ils ont dû passer avant nous et tout effacer, j'en ai peur, mais un détail leur a peut-être échappé.

Et je me dirige vers la porte.

— Où vas-tu ? me demande Guikas.

— Interroger l'Irakien et je reviens.

Je n'ai pas la patience d'attendre l'ascenseur et descends l'escalier quatre à quatre jusqu'au bureau de mes adjoints.

— Amenez-moi tout de suite l'Irakien, dis-je.

Ils me regardent, puis échangent des coups d'œil, étonnés par mon trouble.

— Il a signé sa déposition, me dit Koula, et nous l'envoyons au juge d'instruction.

— Il est encore dans sa cellule ?

— Je ne sais pas. Je vais demander.

Après quelques mots dans le combiné, elle se tourne vers moi.

— Il est déjà en route.

— Dites à la voiture de faire demi-tour.

Koula reprend le combiné, tandis que mes adjoints me regardent comme si j'étais fou. Comprenant que je leur dois des explications, je leur résume l'affaire et expose mon point de vue.

S'ensuit une pause, nécessaire pour digérer la nouvelle.

— Jamais je n'aurais imaginé ça, dit Papadakis.

– Moi non plus, dis-je. Et ça change les données du meurtre.

Je rejoins mon bureau et appelle aussitôt Kyriazidis, qui reste sans voix à son tour.

– Mais qu'est-ce qui lui a pris ?

– Il cherchait à provoquer des réactions, et cela lui a peut-être coûté la vie. Vous savez s'il avait un ordinateur portable ?

– Bien sûr, un Mac. Il l'avait tout le temps avec lui. Et même, lors de notre dernière rencontre, il l'avait sorti et le consultait avant de poser ses questions.

Voilà qui ne me laisse aucun doute : l'ordinateur était dans le sac à dos, l'Irakien l'a pris.

Vlassopoulos m'interrompt :

– Il est là, monsieur le commissaire.

– Amenez-le.

Je raccroche et gagne aussitôt le bureau des interrogatoires. Bientôt, Vlassopoulos et Dermitzakis font entrer Mahmoud menotté.

– L'ordinateur de l'homme que tu as tué, qu'en as-tu fait ? dis-je sans lui laisser le temps de s'asseoir.

Pris de court, il reste un instant sans voix.

– Il n'a pas l'ordinateur, répond-il tandis que Vlassopoulos le pousse vers sa chaise.

– Arrête. Il avait son ordinateur dans son sac, nous le savons. Dis-nous ce que tu en as fait.

– Je prends trois cents euros. Pas l'ordinateur.

– Écoute-moi bien. Tu as cherché à nous faire gober ton histoire de vol, et ce n'était pas un vol. Quelqu'un t'a demandé de le tuer et de lui prendre son ordinateur. Dis-nous qui t'a commandé le meurtre, à qui tu l'as donné.

– Je vole seulement. Trois cents euros, pas l'ordinateur. Il a pas l'ordinateur dans sac.

– Pauvre con, dit Dermitzakis, tu ne vois pas dans quelle merde tu es ? Avoue, qu'on puisse dire un mot gentil sur toi au juge d'instruction pour alléger ta peine.
– Je vole seulement, insiste l'Irakien.

Difficile d'interroger quelqu'un quand on n'a pas d'éléments pour faire pression. Je dois changer de méthode.

– D'accord, admettons. Donc, puisque c'est un vol, tu as pris l'ordinateur et tu l'as vendu. À qui ?
– Je trouve l'argent seulement, je jure.
– Ça sert à quoi de nous retarder ? Ça nous prendra un peu de temps, mais nous trouverons à qui tu l'as donné. Et alors ça va salement chauffer pour toi.
– Je jure.

Inutile, me dis-je. Il ne parlera pas. Il a reçu de l'argent de quelqu'un, et il a peur d'avoir de gros ennuis en prison s'il parle.

– Ne l'envoyez pas au juge d'instruction, dis-je à mes hommes. On n'a pas terminé avec lui.

De retour dans mon bureau, je m'efforce de mettre de l'ordre dans mes pensées. À première vue, le meurtre de Lalopoulos est sans rapport avec Sotiropoulos. Donc Poséidon 16 et son ordinateur ont plutôt à voir avec le meurtre de Hardakos et le naufrage de ses bateaux.

Les deux assassins de Hardakos ont avoué, ils sont à la prison de Korydallos. Donc l'énigme se concentre sur les naufrages. C'est là d'ailleurs que Sotiropoulos cherchait. Les naufrages l'intéressaient, pas les tueurs. Reste à savoir pourquoi, chaque fois que nous cherchons par là, nous tombons sur un mur.

31

J'en suis persuadé : le vol de l'ordinateur est le résultat d'une commande. Si l'Irakien l'avait vendu, il aurait dénoncé l'acheteur pour ne pas aggraver son cas. Il faut à tout prix que je le retrouve.

La nécessité fait le bon ouvrier, dit le proverbe. Au lieu de pleurer sur mon sort, j'opte pour une tentative désespérée : retourner au domicile de Mahmoud. Je ne m'attends pas à retrouver l'engin, mes espoirs sont minimes, mais je peux dénicher un petit quelque chose de nouveau, une lumière au bout du tunnel.

J'appelle Papadakis et lui dis de préparer une voiture. Cette fois j'emmène Koula, car si nous tombons sur la femme et les enfants de Mahmoud, une présence féminine devrait les tranquilliser.

Papadakis choisit de passer par Nea Smyrni, avec raison, car ça roule bien et nous rejoignons facilement l'avenue Papanastassiou. De là nous descendons la rue Ayiou Dimitriou.

Mahmoud habite la rue Elassonos, une petite rue près de l'école primaire n° 6. C'est un demi-sous-sol, qu'on atteint en descendant cinq marches.

C'est sa femme qui nous ouvre, en foulard, telle que Vlassopoulos nous l'a décrite. Elle nous regarde tous les trois, effrayée, angoissée, puis elle reconnaît Papadakis et tout de suite se met à crier, comprenant que nous sommes de la police.

Koula court vers elle aussitôt.

– N'aie pas peur, dit-elle avec la plus grande douceur. On ne va pas te faire de mal. On cherche quelque chose et après on s'en va.

Je ne sais pas ce que la femme a compris. Tranquillisée semble-t-il par la douceur de Koula, elle éclate en sanglots silencieux, tout en balbutiant :

– Mon mari... mon mari...

Koula s'assied à côté d'elle et lui prend la main, mais sans un mot, ne pouvant pas lui dire quand ils se reverront. D'ailleurs, la femme n'attend pas de réponse, elle pleure surtout l'absence du mari.

– Comment tu t'appelles ? demande Koula.
– Fadima.
– Tu connais le grec ?
– Un peu... Je connais boulangerie, pain... haricots, patates... Je connais thé...
– Fadima, nous cherchons un ordinateur. Est-ce que ton mari a rapporté un ordinateur ?

Elle ne comprend pas. Elle répète « ordin'... ordin'... », sans parvenir à compléter le mot.

– *Computer,* dit Koula.
– *No, no... Here computer no.*
– Eh bien on va jeter un coup d'œil et on s'en va. N'aie pas peur, on ne te fera rien.
– Mari à moi... prison ?

Koula n'a plus de raison de le cacher.

– Oui, ton mari a tué un homme et il est en prison.
– Irak... boum ! dit la femme en décrivant du geste l'explosion. Grèce... prison...

Et elle se met à pleurer.

Nous la laissons à Koula et commençons la fouille. On dirait que cette famille vit dans une tente, murs et plafond mis à part. Les seuls meubles sont dans la cuisine : une table et quatre chaises. Dans les deux pièces, par terre, deux matelas, un pour le couple, l'autre pour les enfants. Les vêtements sont étalés sur les lits ou accrochés à des clous.

Nous aurions terminé en dix minutes s'il n'y avait les trois coffres. Papadakis ouvre le premier et trouve des chemises et des sous-vêtements d'enfant. Dans le deuxième, les affaires de l'homme, dans le troisième celles de la femme.

Papadakis, nullement découragé, fouille tout systématiquement. Du fond du coffre de la femme il extrait un large bracelet en or et me le montre. Même nous, qui ne sommes pas spécialistes, voyons qu'il est précieux, c'est de l'or massif.

– On va lui demander d'où il vient, dit Papadakis.

Koula a emmené la femme dans la cuisine pour nous laisser fouiller tranquilles.

Papadakis pose le bracelet sur la table devant elle.

– C'est à toi ?

Elle regarde l'homme, puis le bracelet.

– Oui... de Irak... père à moi...

Elle fuit nos regards. Elle ment, cela crève les yeux.

Papadakis reprend le bracelet, me fait signe de passer dans la pièce d'à côté.

– Ce bracelet ne vient pas d'Irak, dit-il.

– Je sais, mais comment vas-tu le prouver ? Tu crois que ce sera facile de trouver le bijoutier qui l'a vendu au mari ? Et même si on te dit que c'est un bijou grec, comment prouver qu'ils ne font pas les mêmes en Irak ? On ira enquêter là-bas ? On enverra le bracelet à la police irakienne pour expertise ? À quelle police ? La chiite, la sunnite, la kurde ? Et si on le faisait, qu'est-ce qu'ils penseraient, nos tribunaux, du témoignage de la police d'Irak ?

Papadakis me regarde sans piper mot. Je poursuis :

— Tu n'as pas compris ? Dès que Mahmoud a vendu l'ordinateur et touché l'argent, il l'a converti en or. Si on avait trouvé des euros chez lui, il n'aurait pas pu dire qu'ils venaient d'Irak. Et il a fait la leçon à sa femme. Elle va continuer de mentir, sois-en sûr. D'abord elle ne veut pas trahir son mari, et ensuite c'est sa seule richesse maintenant qu'elle doit nourrir deux enfants toute seule. Si elle est à sec, elle le vendra ou le mettra en gage.

Nous retournons à la cuisine et je pose à nouveau le bracelet devant la femme de Mahmoud.

— Terminé, dis-je à Koula.

Voyant qu'on lui laisse le bijou, la femme s'enhardit.

— Quand voir mari à moi ?

— Pas pour l'instant, répond Koula. Mais dès que ce sera possible, je viendrai te prévenir. Tu as ma parole.

Et elle lui caresse le dos. La femme lui sourit, les yeux embués.

Avant que nous sortions, Koula se tourne à nouveau vers elle.

— Tu as dit quoi à tes enfants pour leur père ?

— J'ai dit travail… Irak…

Koula hoche la tête.

Nous sommes à peine montés en voiture quand mon portable sonne.

— Kyriazidis, monsieur le commissaire. Je voulais seulement vous dire que deux autres compagnies maritimes ont rapatrié leur siège en Grèce. Toutes les deux étaient basées jusqu'ici à Chypre. J'ai pensé que cela pouvait vous intéresser.

— Cela m'intéresse même beaucoup. Merci.

Soudain, une illumination.

— Vous vous rappelez le nom de l'armateur qui a répondu aux questions de Sotiropoulos, à la conférence de presse, en compagnie du ministre ?

— Vous voulez dire Philippos Zaharakis ?

— Exactement. Comment s'appelle sa compagnie ?

— Ionian Marine Enterprises.

— Un grand merci pour votre aide, monsieur Kyriazidis.

Le fils Hardakos est sans doute avare d'informations, désireux qu'il est de protéger le nom de son père assassiné, mais Philippos Zaharakis n'est pas empêché comme lui et sera peut-être plus loquace. Cela vaut la peine de lui rendre visite.

Les bureaux de l'Ionian Marine se trouvent rue Gounari. J'appelle pour obtenir un rendez-vous. Sa secrétaire me demande le motif de ma visite, me met en attente, puis m'annonce que Zaharakis me recevra dans une heure.

Je prends le chemin du Pirée, seul cette fois et dans la Seat. Je pourrais prendre le métro, mais ensuite rentrer chez moi serait compliqué.

Dans l'avenue Pireos je tombe sur un embouteillage, mais dès le pont Poulopoulou la circulation redevient fluide et j'arrive à bon port dix minutes avant l'heure.

Les bureaux de la compagnie occupent un immeuble de quatre étages. Au rez-de-chaussée, des magasins. La jeune femme de l'accueil m'envoie au quatrième.

La secrétaire est une sexagénaire maigre aux cheveux courts, non maquillée. Elle m'introduit aussitôt.

Zaharakis paraît plus âgé qu'à la télévision. On l'avait sûrement maquillé, lui. Il doit avoir dans les soixante-dix ans.

— À quoi dois-je l'honneur de votre visite ? dit-il d'un ton moqueur.

— Je voudrais vous poser quelques questions suscitées par notre enquête sur le meurtre de Stefanos Hardakos l'armateur.

J'ajoute que je serai bref, pour désarmer son impatience, et j'attaque :

— Vous rappelez-vous ce journaliste qui vous avait questionné lors de la conférence de presse du ministre de la Marine marchande ?

— Naturellement, répond-il sans hésiter. J'ai appris qu'on l'a tué pour le dévaliser.

— Exact. Cependant, nous avons appris par la suite que ce journaliste, Sotiropoulos, enquêtait sur les causes du meurtre de Stefanos Hardakos. Ce qui apparaissait déjà dans les questions qu'il a posées.

— Oui, mais autant que je sache, Stefanos a été tué par deux étrangers, qui lui demandaient de l'argent pour la femme de leur ami, mort dans l'incendie du bateau en Thaïlande.

Je m'empresse de le tranquilliser.

— C'est ce que nous croyons nous aussi. Mais il semble que Sotiropoulos ait été convaincu, par les informations qu'il a recueillies, que les naufrages des bateaux de Hardakos n'étaient pas dus à des accidents, mais à un chantage. Pour être totalement sincère avec vous, j'ai déjà parlé à Cleanthis Hardakos, qui exclut formellement cette éventualité. Mais j'aimerais avoir le point de vue d'une personne comme vous, qui n'êtes pas impliqué dans l'affaire.

Zaharakis réfléchit un instant.

— Évidemment, l'hypothèse du chantage n'est pas à exclure. Mais je comprends Cleanthis. Aucun armateur ne céderait au chantage. Le bateau et la cargaison sont assurés, donc les assurances paieront, même en cas de sabotage. Alors pourquoi céder ?

C'est là que tout se complique, je me dois d'être prudent.

– J'ai appris que deux autres compagnies maritimes ont transféré leur siège en Grèce, dis-je de la façon la plus neutre.

Zaharakis sourit, l'air satisfait.

– Oui, nous sommes cinq à présent. Et je suis content d'avoir donné le bon exemple.

– Vous rappelez-vous la question de Sotiropoulos ? dis-je. Il a demandé pourquoi vous avez décidé soudain d'installer vos compagnies en Grèce.

– Je me souviens aussi de ma réponse. J'ai dit que nous voulions contribuer au développement du pays, maintenant que les conditions sont remplies pour que nous puissions le faire, grâce à une nouvelle législation.

– Sotiropoulos soupçonnait que le retour des compagnies maritimes en Grèce était lié au chantage. Je vous rapporte simplement l'information, sans la prendre à mon compte.

Zaharakis se lève d'un bond et change de ton brutalement :

– Je ne peux pas consacrer des heures aux théories d'un journaliste, monsieur le commissaire. J'ai plus important à faire. Notre discussion s'achève ici.

Il ne me reste plus qu'à me retirer en le remerciant. Une fois dans la Seat, avant de démarrer, j'essaie de rassembler mes idées. En fait, je n'ai rien appris de nouveau. La réaction de Zaharakis me semble exagérée, mais c'était sans doute le moyen pour lui d'éviter un champ de mines.

32

C'est la deuxième fois en quelques jours qu'Adriani prépare des tomates farcies. Cette fois la cause en est la visite des parents de Phanis venus de Volos. Elle s'est donné un mal de chien pour les convaincre de venir, et elle a réussi. Il fallait bien des tomates farcies pour fêter la rencontre.

Je fais partie moi aussi des réjouissances. Sevasti vient me serrer dans ses bras, et Prodromos derrière elle attend son tour.

– C'est la croix et la bannière pour vous avoir ! dis-je en riant. Adriani n'en peut plus.

– On a mis le temps, mais on est là, dit Sevasti.

– Patience et insistance apportent récompense, lance Adriani.

Tout le monde rit.

– Dorénavant, déclare Phanis, je cesserai de t'appeler madame Adriani.

– Et j'aurai quel nom ?

– Mamie Proverbe.

– Ce n'est pas pour demain, je le crains.

– Pourquoi ?

– Je ne me vois pas devenir grand-mère avant longtemps.

– Bien envoyé ! s'écrie Sevasti.

– Maintenant surtout que ma fille est devenue conseillère juridique, elle aura du mal à quitter son bureau chéri pour la nursery.

Je jette un coup d'œil à ma fille. Elle regarde par la fenêtre en feignant de ne pas être concernée. Elle sait que sa mère attend sa réaction pour lancer sa flèche. Histoire de changer de sujet, je m'adresse à Prodromos.

– Comment va Volos ?

– J'allume un cierge à notre Très-Sainte Mère, commissaire, et prie pour que ce gouvernement reste en place. Volos est méconnaissable. Des nouveaux magasins ouvrent, des tas d'entreprises viennent s'installer. Mon magasin, que j'avais loué à une brochetterie, on veut me l'acheter avec celui d'à côté pour faire un magasin de meubles.

– Ça nous est arrivé il y a quelques années, on a vu le résultat, commente Adriani.

– Maman, tu peux me dire pourquoi tu es si négative ? s'écrie Katérina furieuse, qui après s'être tue trouve à présent l'occasion de répliquer. Tout le monde est content, il n'y a que toi qui râles. J'ai l'impression par moments que tu étais plus heureuse pendant la crise. Tu peux me dire pourquoi ?

– En souffrant, on apprend, voilà. Finalement, le seul qui me comprenne, c'est Lambros. On m'aurait dit que je serais soutenue par un vieux communiste, je ne l'aurais jamais cru.

Elle se lève et gagne la cuisine, mais s'arrête à la porte.

– À la télévision, à la radio, autour de moi, tout le monde est enthousiaste. Mais moi je me demande : D'où vient l'argent ? La dernière fois, on savait d'où il nous venait : des subventions de l'Europe, et des prêts ensuite. Mais aujourd'hui, d'où vient l'argent ?

Elle entre dans la cuisine, laissant la question en suspens derrière elle. Et nous restons silencieux, car aucun de nous n'a la réponse.

– Elle a raison quelque part, dit Sevasti. On s'est brûlés tant de fois, nous autres, qu'on souffle même sur le yaourt.

– D'accord, on en a bavé, répond Katérina, mais là c'est différent.

– Dans quel sens ? dis-je.

– Cette fois, il s'agit de gens sérieux. J'en fais l'expérience personnellement. Ils savent ce qu'ils veulent, t'écoutent quand tu leur parles, et quand tu demandes quelque chose, le lendemain c'est fait. Ils sont organisés, efficaces, alors pourquoi ils ne réussiraient pas ?

Elle se lève pour mettre la table, mais Sevasti la devance.

– Laisse, je m'en occupe.

– Impossible, dit Katérina en riant. Le règlement est formel : la mère prépare le repas et la fille met la table.

– Allons, proteste Sevasti, ne nous traite pas comme des étrangers.

Et elle va chercher les couverts, tandis que Katérina se rassoit.

– En tout cas, je suis d'accord avec Katérina, dit Prodromos. Je vois la même chose : la Grèce est devenue sérieuse. Je ne sais pas, c'est peut-être la crise qui nous a fait réfléchir. Ça nous aide peut-être d'avoir un gouvernement sérieux. En tout cas, l'ambiance a changé. J'ai ouvert un compte dans l'une des banques nouvelles venues. Une telle rapidité, une telle qualité de service, jamais je n'avais vu ça.

– Pour finir, c'était quoi, cette histoire de journaliste assassiné ? demande Phanis.

– Un braquage. On l'a tué pour le voler.

Je m'en tiens à la version officielle, sans entrer dans les détails. Chez moi, je suis allergique aux meurtres, aux assassins et aux victimes. Les affaires sur lesquelles j'enquête, je veux les enfermer à clé dans mon bureau, et me détendre chez moi, soit devant la télévision, soit en famille.

Heureusement la discussion s'arrête là, car Adriani apparaît, portant les tomates farcies, et tout le monde se met à table.

Adriani a préparé comme hors-d'œuvre des anchois, du poulpe et des herbes cuites.

– Moi, je ne mange pas d'entrée. Ça me coupera l'appétit et après je ne profiterai pas du reste.

– Enfin, maman, des hors-d'œuvre, quelle idée ! Les tomates farcies à la féta, ça suffit.

– Les anchois et le poulpe vont bien avec les tomates farcies, déclare Adriani.

– Moi, en tout cas, je vais goûter à tout, dit Phanis. Tout ce qui vient sur la table de Mme Adriani, on le goûte, c'est le règlement.

– Bravo, mon petit Phanis, dit Adriani satisfaite. Heureusement que tu es là pour me soutenir.

– Maman, demande Katérina, tu m'apprendras quand à faire les tomates farcies ?

– Apprends d'abord à cuire les haricots verts.

– Là, tu te trompes, intervient Phanis. Elle les cuisine très bien.

– La prochaine fois j'invite et je fais la cuisine, déclare Katérina, ça fera taire les mauvaises langues.

– J'espère bien, pour être fière de toi, dit Adriani.

Mais je sais déjà que le jour venu, elle trouvera toujours quelque chose à critiquer.

Et le silence s'abat sur nous, en même temps que nous sur la nourriture.

33

Je bois mon café tout en cherchant le moyen de retrouver l'ordinateur de Sotiropoulos. Réinterroger Mahmoud ne servirait à rien. Il comprendrait que je n'ai pas avancé et maintiendrait sa déposition. De toute façon, la situation est désespérée. À supposer que je retrouve l'ordinateur, ceux qui l'ont récupéré avant moi auront tout effacé.

Ne voyant de la lumière nulle part, j'appelle Vellidis.

– Je n'ai rien de nouveau, m'annonce-t-il.

Il va bien falloir que je me décide à laisser tomber, me dis-je. Le meurtre de Sotiropoulos passera dans les archives à la rubrique des vols. J'ai beau avoir des soupçons qui frisent la certitude, je ne peux avancer, n'ayant aucune preuve.

Le téléphone m'arrache à mes pensées.

– C'est le bureau du sous-chef, monsieur le commissaire. M. le sous-chef veut vous voir dans son bureau tout de suite.

Je me demande ce qu'il peut bien me vouloir. La seule explication : Guikas lui ayant parlé des messages et du portable de Sotiropoulos, il souhaite en discuter.

J'appelle Guikas pour m'en assurer et me préparer, mais Stella me dit qu'il est sorti pour un certain temps.

Je n'ai plus qu'à obtempérer. Je préviens mes adjoints et prends la Seat. Pendant tout le trajet je m'efforce de ne pas chercher à deviner ce qui se prépare.

– Entrez, ils vous attendent, me dit l'homme qui garde l'antichambre.

Ils ? Quand j'entre dans le bureau, tout s'éclaire : assis face au sous-chef, Guikas fixe le mur d'en face, comme s'il n'avait pas remarqué ma présence.

– Asseyez-vous, monsieur le commissaire, dit le sous-chef.

Il attend que je m'exécute, puis attaque :

– Hier vous avez rendu visite à M. Philippos Zaharakis, propriétaire de l'Ionian Marine Enterprises.

Jamais je n'aurais pensé que Zaharakis allait informer le sous-chef de ma visite. Je réponds calmement que c'est exact, tandis que Guikas continue de fixer le mur.

– Puis-je savoir le motif de cette visite ?

Je lui résume la progression de l'enquête, depuis le dévoilement de l'identité de Poséidon 16 jusqu'à la disparition de son ordinateur portable.

– Sotiropoulos n'était pas le genre de journaliste à raconter des bobards, dis-je pour conclure. Il enquêtait parce qu'il avait des doutes concernant les deux bateaux de Hardakos. J'ai rendu visite à l'armateur, tout simplement pour avoir l'avis d'un spécialiste qui m'exposerait dans quelle mesure les soupçons de Sotiropoulos étaient fondés. Le vol de l'ordinateur renforce l'hypothèse qu'il avait découvert quelque chose. On a volé son ordinateur pour apprendre ce qu'il savait d'autre.

– Qu'est-ce qui vous fait croire que l'ordinateur a été volé ?

– D'abord, Sotiropoulos tenait un blog, ce qu'on ne peut faire sans ordinateur. Ensuite, j'en ai la preuve, il avait un Mac portable qu'il emportait partout. Enfin, ce Mac, on ne l'a trouvé nulle part.

— À qui avez-vous demandé l'autorisation d'aller interroger cet armateur ? Pas à moi, ni à votre supérieur immédiat.

Je reste sidéré.

— Je ne savais pas que j'avais besoin d'une autorisation pour interroger quelqu'un dans le cadre d'une enquête, dis-je.

— En tout cas, il n'avait pas besoin de mon autorisation à moi.

C'est la première fois que Guikas ouvre la bouche. Il poursuit :

— Il est habilité à mener l'enquête comme il l'entend, à charge de m'informer ensuite.

C'est aussi la première fois qu'il dit un mot pour me couvrir.

Le sous-chef l'ignore.

— Autant que je sache, l'assassin de Sotiropoulos a avoué son crime. Autant que je sache, de même, les deux assassins de Hardakos sont sous les verrous. Donc, je ne comprends pas sur quel crime vous enquêtiez. Simplement, vous vous êtes appuyé sur les soupçons et les conjectures d'un journaliste, alors que les journalistes de tous les médias, comme vous le savez, multiplient les conjectures et les théories à longueur de journée. Je dois vous dire que votre initiative a provoqué de graves dégâts. À l'heure où le gouvernement fait des efforts surhumains pour convaincre les armateurs de rentrer au pays et contribuer à l'entreprise de reconstruction, votre initiative irréfléchie est parvenue à les terroriser. Si vous aviez demandé l'autorisation à moi ou à votre supérieur, vous ne l'auriez jamais obtenue, mais vous avez agi arbitrairement. Zaharakis m'a appelé ce matin, hors de lui, et après m'avoir raconté votre rencontre, m'a demandé si c'était ainsi qu'on le remerciait d'avoir bien voulu ramener sa compagnie en Grèce. Il a même dit qu'il pensait sérieusement retourner à Londres. À force d'irréflexion et de légèreté, vous risquez de réduire les efforts du gouvernement à néant.

Je ne comprends pas. Tout ce tintouin, pour trois fois rien !

— Mais je n'ai fait que prier M. Zaharakis de m'éclairer sur certains points ! Il n'y a eu ni pressions ni menaces.

— Vous êtes placé en disponibilité, monsieur le commissaire. Je vais ordonner une enquête administrative, pour abus de pouvoir. À dater d'aujourd'hui vous ne prendrez aucune part aux activités de la brigade des Homicides jusqu'à la clôture de l'enquête.

Je me retiens aux bras du fauteuil pour ne pas me lever en hurlant. Je m'efforce de retrouver mon sang-froid. Le sous-chef et Guikas attendent ma réaction en silence.

— Faites comme vous l'entendez, dis-je au sous-chef.

Je me lève et quitte la pièce.

Montant dans la Seat, je suis trop bouleversé pour réfléchir ou conduire. Je respire profondément, réussis à démarrer, mais je dois conduire affreusement mal, à en juger par les gestes et les cris des autres conducteurs : « Où tu vas, connard ? », « Tu l'as trouvé où, ton permis ? », « T'es aveugle ou quoi ? »

Finalement, arrivé sain et sauf à la Sûreté après un trajet qui m'a semblé ne jamais finir, j'appelle mes adjoints dans mon bureau. Ils écoutent mon récit sans un mot.

— Et maintenant, qui prend la relève ? demande Dermitzakis.

— Je ne sais pas. Personne, probablement. Ils pourraient nommer Vlassopoulos comme suppléant, c'est le plus ancien dans le service, en attendant que l'affaire soit réglée.

— Et tout ça parce que vous êtes allé voir cet armateur ? demande Papadakis.

— Oui. C'est du moins la raison officielle.

— Mais qu'allez-vous chercher, monsieur le commissaire ? dit Vlassopoulos. Du moment que les auteurs des deux meurtres ont avoué, pourquoi insister, surtout quand nos supérieurs nous refusent le droit d'aller plus loin ?

— Au fond, les nouveaux sont tout à fait réglo avec nous, ajoute Dermitzakis. Ils ont réévalué nos salaires et on respire. Alors s'ils décident qu'on doit arrêter une enquête, c'est eux qui ont le couteau et le melon. Nous, on n'a pas la parole.

— Vous croyez qu'on était mieux avec ceux d'avant, qui taillaient sans arrêt dans nos salaires et nos retraites ? renchérit Vlassopoulos. Ils affamaient et exigeaient, ceux-ci exigent et paient. C'est le jour et la nuit.

Koula et Papadakis, seuls à ne pas ouvrir la bouche, regardent leurs chaussures.

— Chacun fait son boulot comme il l'entend, dis-je tranquillement aux deux autres. Mon expérience m'a appris à ne rien laisser traîner : on finit par se prendre les pieds dedans.

Vlassopoulos juge inutile de répondre et se tourne vers les autres.

— Bon, les gars, ce que je peux vous dire, c'est que moi suppléant, on s'arrête à la barrière du terrain qu'on nous donne, défense d'entrer chez le voisin.

Le téléphone qui sonne me dispense de commentaire.

— Il vous attend.

C'est la voix de Stella.

– Il faut que je monte chez Guikas, leur dis-je, et ils se retirent.

Seul Dermitzakis s'arrête à la porte et me souhaite « patience et bon courage ». Les autres s'en vont sans rien dire.

Je monte par l'escalier pour me laisser le temps de retrouver mon sang-froid. Les cris et les protestations ne changeraient rien.

Il me reçoit debout.

– Je suis fou de rage, dit-il.

Et comme si cela ne suffisait pas, il répète :

– Fou de rage.

Je ne mets pas sa rage en doute, mais elle n'irait pas jusqu'à s'opposer au sous-chef pour me défendre.

– Pourquoi tu ne m'as rien dit, malheureux ? se plaint-il. Moi je t'aurais empêché de le faire.

– Vous-même avez dit au sous-chef que je n'avais pas besoin de vous tenir au courant de chacun de mes pas.

– D'accord, mais nous avons affaire à un sous-chef qui n'arrête pas de nous tendre des pièges. C'est pourquoi il vaut mieux se concerter sur tout. Tu te rappelles ce que je t'ai dit lors de notre première rencontre avec lui ? Protège tes arrières, car je ne pourrai pas toujours t'aider. Et voilà, ça se confirme. Avec les bureaucrates, on ne sait jamais ce qui nous attend.

C'est du Guikas classique, me dis-je. Face aux puissants il ferme sa gueule et dans leur dos il les engueule.

– Enfin, conclut-il, je crois que tout ça c'est du théâtre. Et d'ailleurs, moi aussi je connais du monde. Je vais voir ce que je peux faire.

D'abord, je ne crois pas que le numéro du sous-chef était du théâtre. Je crois que ma démarche risquait d'amener des révélations et qu'il a eu soin de me couper les ailes. Quant aux relations de Guikas, il s'en servira tant que cela ne le met pas en danger.

— De toute façon, dit-il, en cas de besoin, tu m'appelles.

— Merci, dis-je froidement, et je me dépêche de sortir, à deux doigts de perdre mon calme.

Koula m'attend dans le couloir. Elle court vers moi, me serre dans ses bras.

— Vous ne pouvez pas savoir combien je regrette, murmure-t-elle. Vous êtes comme un père pour moi.

— Je sais que tu regrettes, mais ne pleurons pas le malade avant sa mort, dis-je en souriant. Allez, apporte-moi un sac en plastique pour ranger mes affaires.

Elle s'éloigne et j'entre dans mon bureau. Je vide mes tiroirs. Heureusement j'ai peu de choses à prendre : chaque geste est un effort.

Papadakis entre, le sac en plastique à la main.

— Je vous l'apporte parce que je veux vous dire que je suis effondré et hors de moi en même temps. C'est une grande injustice.

— La vie est pleine d'injustices. Attendons de voir comment l'affaire va évoluer.

Nous nous serrons la main et il s'en va. Je mets mes affaires dans le sac, puis je sors du bureau et ferme la porte derrière moi.

34

Je m'arrête avenue Spyrou Merkouri, gare la Seat dans une petite rue voisine et m'assois dans la première cafétéria venue. Il me faut d'urgence mettre de l'ordre dans mes pensées, sur le plan professionnel mais aussi familial.

Je ne vais pas jouer les indifférents : la mise à pied et l'enquête administrative m'ont fait mal. Je connais cette maudite manie que j'ai de fouiner partout. Je sais qu'elle a souvent été source de conflits. C'est cette obstination qui m'a empêché de gravir les échelons, car les gens d'en haut ne me jugeaient pas « fiable », ce qui veut dire que je n'observais pas les règles et n'en faisais qu'à ma tête. C'était cela l'argument de Guikas, à chaque fois, et j'en avais pris mon parti. Ils avaient sans doute raison. N'étant pas monté en grade, je suis automatiquement classé parmi les andouilles, et les andouilles ont toujours tort. Mais de là à subir des sanctions pareilles, sous prétexte que je veux faire mon travail correctement, il y a un pas gigantesque, et une injustice en proportion.

Jusqu'ici je reste sur un plan personnel, mais il faut que je mette aussi de l'ordre dans les faits objectifs, si je veux avoir une image complète. J'ai du mal à croire que le sous-chef m'a sanctionné pour me ramener à la raison et me montrer qui commande. Je ne crois pas non plus que les compagnies maritimes seraient plongées dans la panique par ma visite au point de se réfugier à Londres ou à Chypre. Un petit commissaire, mettre en fuite des multinationales maîtresses des océans ? La seule explication logique, par conséquent, c'est que ces compagnies voulaient, par l'intermédiaire du sous-chef, arrêter l'enquête.

Et là, toujours la même question : Qu'est-ce qui doit rester caché derrière les naufrages et le meurtre de Hardakos ? Qu'avait découvert Sotiropoulos pour qu'on en vienne à le tuer et voler son ordinateur ? Tout ce que je sais par lui me vient de ses messages sur Internet et de sa conversation avec Kyriazidis. Je ne me fais pas d'illusions, ce ne sont pas là des preuves. Il y a là des appels à chercher plus loin, ce que j'ai fait. Mais sans preuves, je suis désarmé.

Que faire maintenant ? Poursuivre l'enquête, bien qu'en disponibilité ? Réponse : un non catégorique. Je suis une andouille, d'accord, mais pas un jeune con. Poursuivre, cela reviendrait à tout faire pour qu'on me renvoie. Je peux imaginer les bruits qui doivent déjà courir. Depuis « Il est con ou quoi, ce Charitos ? » jusqu'à « Ils devaient déjà l'avoir dans le collimateur ». Et le sous-chef, sans aucun doute, sera le premier à me traîner dans la boue, d'une part pour justifier sa décision, et d'autre part pour préparer le terrain avant les sanctions. Par conséquent, je n'ai pas d'autre solution que de baisser la tête et d'accepter ma défaite, en espérant m'en tirer avec un blâme, ou ne serait-ce qu'une mutation dans un coin pourri. Sinon, tout est possible : me retrouver dans un commissariat, ou compter les balles et enregistrer les armes dans la réserve.

Passons à la famille. D'abord : Dois-je tout dire à Adriani, et comment ? Je n'ai pas le moindre doute :

quand elle saura, elle dira que j'ai bien fait. Elle a beau nous accabler de proverbes et de critiques, elle ne permet pas qu'on touche à un cheveu de son mari et de sa famille.

En même temps je sais qu'elle sera rongée d'inquiétude. Pendant la crise, faire marcher la maison, sauvegarder la famille a été pour elle un calvaire. Si je lui dis toute la vérité, l'appréhension d'un nouveau calvaire pourrait la briser.

L'autre solution serait de me taire et de conserver mes habitudes en apparence, comme si de rien n'était. Dans ce cas il faudrait que je trouve un lieu où passer mes journées, loin du bureau et loin de chez moi.

Deux portes s'ouvrent à moi : le bureau de ma fille ou le refuge pour sans-abri de Zissis. Je peux cacher ce qui m'arrive à Adriani, mais pas à Katérina et Lambros. Ils doivent savoir la vérité, pour être préparés.

Auquel des deux m'adresser d'abord ? Nous sommes le matin, un moment plus calme pour ma fille, qui en principe reçoit ses clients plus tard dans la journée. Au refuge, en revanche, il n'y a pas de période creuse. Je monte en voiture et me dirige vers le bureau de Katérina.

Je sonne, et à ma grande surprise, c'est une jeune femme dans les vingt-cinq ans qui m'ouvre.

– Qui demandez-vous ?
– Mme Charitou.
– Mme Charitou est absente. Vous avez rendez-vous ?
– Pas besoin de rendez-vous pour voir ma fille.

Elle change de ton aussitôt.

– Excusez-moi, je n'ai pas eu l'occasion de vous connaître.
– Et toi, qui es-tu ?
– Lilian, la secrétaire.

– Tu peux dire à Mme Mania que je suis là ?
– Volontiers.

Ma fille a été promue avocate et a pris une secrétaire. Si elle m'en avait parlé, je lui aurais demandé de me garder le poste, tant que je ne sais pas ce qui m'attend. Après tout, je baragouine deux ou trois mots d'anglais.

Mania arrive, le visage marqué par l'inquiétude.

– Vous ici, à une heure pareille ? Que se passe-t-il ?
– Rien, mais peut-on se parler ?

Elle m'emmène dans son bureau, l'air toujours soucieux.

– Où est Katérina ? dis-je.
– Elle a une réunion à la compagnie, elle va rentrer. Vous allez me dire enfin ce qui se passe ?

Je lui fais un récit détaillé des événements.

– Et cette brute vous a sanctionné pour avoir fait votre travail ? s'écrie-t-elle, furieuse.
– À mon avis, il ne voulait pas que je fasse mon travail, car j'aurais pu mettre en lumière des choses qui pour lui doivent rester dans l'ombre.
– Uli et Mme Adriani ont vu juste, ça finira par se savoir.
– Comment ça ?
– Ils demandent toujours d'où vient l'argent. Il y a deux choses qu'il faut enterrer dans tous les cas : les morts et les magouilles. Le monde autour de nous va puer si on laisse les morts sans sépulture. Et l'argent pue aussi quand on n'enterre pas les magouilles.
– Papa, qu'est-ce qui se passe ?

Katérina vient d'entrer, l'air angoissé.

– Question santé, tout le monde va bien, dis-je en souriant. Assieds-toi.

Je recommence mon histoire. À la fin, la réaction de ma fille est totalement différente.

— Enfin papa, tu as besoin d'aller toujours tirer le serpent hors de son trou ? Puisqu'ils se satisfont d'avoir arrêté les assassins, laisse-les se frotter les mains et ne t'en mêle pas !

— Ça ne va pas la tête ? s'écrie Mania. Ton père sait ou soupçonne qu'il y a des zones d'ombre dans l'affaire et il va regarder ailleurs ? Il travaille dans la police, pas dans l'urbanisme où on ferme les yeux sur les constructions illégales.

— Oui, mais il a servi la patrie en restant au bas de l'échelle, répond Katérina, furieuse elle aussi, alors qu'aujourd'hui il mériterait d'être à la place de Guikas.

— Calmez-vous, leur dis-je.

Et je me tourne vers ma fille.

— Toi et moi nous ne sommes pas du même bord. Tu as le droit, légalement et moralement, de défendre jusqu'aux assassins. Moi j'ai le devoir légal et moral d'élucider les crimes, et pas seulement d'arrêter les assassins. Nous voyons donc, toi et moi, le même événement sous des angles opposés.

— Et maintenant, que fait-on ? dit-elle, abandonnant la discussion.

— J'ai réfléchi. Je pense que je ne dois rien dire à ta mère. Après tout ce qu'elle a souffert pendant la crise, je ne veux pas lui imposer une angoisse nouvelle. Voyons comment évoluent les choses, on l'informera plus tard. Entre-temps, il faudra que je passe mes journées tantôt chez vous, tantôt chez Lambros, puisque je ne pourrai pas rester à la maison.

— Comment peux-tu être aussi sûr qu'elle ne l'apprendra pas ? demande ma fille.

— Il n'y a pas de risque. Elle téléphone rarement au bureau, et dans ce cas, elle appelle mon portable.

— Papa, réfléchis un peu. Maman regarde les infos tous les soirs. Tu crois qu'on ne va pas parler de ce qui t'arrive, surtout quand les journalistes vont soupçonner que la sanction est liée au meurtre de l'un des leurs ?

Si je n'avais pas pour circonstance atténuante le choc subi, je devrais me donner des baffes. Non seulement je ne peux rien cacher à ma femme, mais il faut que je lui parle avant que ciel ne lui tombe sur la tête tandis qu'elle regarde la télévision.

— Tu as raison, Katérina. Il faut que je lui parle avant les infos de ce soir.

— Je viendrai avec Phanis, pour que vous ne soyez pas seuls. D'ailleurs, quand nous sommes là, elle n'allume jamais la télé.

Soudain une idée m'assaille.

— Et tes beaux-parents ? Je ne veux pas parler de ça devant eux.

— Ne t'inquiète pas. Ils sont rentrés à Volos aujourd'hui. Mon beau-père doit signer le contrat de vente du magasin.

Là-dessus Uli fait son entrée.

— C'est un conseil de famille ? dit-il en souriant.

— Non, un conseil de guerre, lui répond Mania.

Et elle lui résume la situation.

Il retrouve son sérieux aussitôt.

— Je suis désolé, monsieur le commissaire.

— Moi aussi, mais ça n'arrange rien.

— Tu devrais sauter de joie, dit Mania à Uli.

— Pourquoi ?

— Tu disais toujours que les dessous de cette affaire étaient puants. Eh bien tu as vu juste.

Cela dit plutôt pour détendre l'atmosphère. Uli ne relève pas et se tourne vers moi :

– Si vous cherchez des renseignements sur Internet, je peux vous aider.

– Merci, Uli, mais on ne peut pas faire face à une telle accusation avec des informations glanées sur la Toile.

– On vous accuse de façon générale et sans preuves. Et Internet aide à rendre plus claires les généralités.

– Merci beaucoup, j'y penserai, dis-je avec gratitude.

Soudain, j'ai une idée.

– Si nous devons tous nous rencontrer, alors il faut que j'en parle à Zissis. Il sait comment tranquilliser Adriani. J'y vais.

Je me lève, imité par Katérina. Elle me serre dans ses bras.

– Je n'ai pas peur pour toi, murmure-t-elle, tu sauras t'en tirer.

Mais ses yeux brillent, elle est sur le point de pleurer.

35

Avant de me garer dans la rue Tenedou, je traverse un véritable enfer. Tous ceux qui avaient rendu leurs plaques minéralogiques pendant la crise se sont remis à circuler.

La place préférée de Zissis, à côté de l'entrée, est vide. Il n'est pas non plus dans la buvette. Deux seniors jouent au jacquet, tandis que trois femmes assises à une table discutent à voix basse.

– Savez-vous où se trouve M. Lambros ? dis-je à la cantonade.

Tout le monde au refuge appelle Zissis par son prénom, Lambros.

– Il est dans la cuisine, il bricole quelque chose, répond l'une des femmes.

Je lui demande de l'appeler et l'attends près de la porte. Il apparaît bientôt, s'essuyant les mains dans un torchon.

Il me salue, mais ma figure doit parler d'elle-même, car il s'inquiète aussitôt :

– Qu'est-ce qui se passe ?
– Où pouvons-nous parler tranquillement ?
– Viens.

Il me fait monter au premier, ouvre la porte d'une chambre vide et s'assoit sur le lit en me laissant l'unique chaise.

Je reprends mon histoire pour la troisième fois, dans les mêmes termes, la connaissant par cœur.

Quand j'ai terminé, il me regarde un instant.

– Quand nous avons discuté la dernière fois, je t'ai dit « C'est ça la ligne, camarade », mais tu ne m'as pas écouté. Tu as continué de chercher à réformer la ligne, qui impose de ne pas chercher plus loin, et tu es donc entré dans la catégorie des « révisionnistes », ce qui est, de mon point de vue, la pire des choses.

Il s'interrompt, hoche la tête.

– Si je ne t'avais pas connu, et si tu n'avais pas subi ce que tu viens de subir, je n'aurais jamais imaginé à quel point l'organisation du Parti et celle de la fonction publique sont voisines. Dans les deux cas, tu as dévié de la ligne, tu es foutu.

Il part d'un rire amer qui s'arrête aussitôt.

– D'accord, dis-je, nous sommes sans doute passés par les mêmes épreuves, chacun de son côté. Mais je ne suis pas venu demander ton aide pour guérir de mon entêtement et de mon révisionnisme, comme tu dis. Mon problème est ailleurs.

Je lui expose que je veux informer Adriani en douceur et que sa présence pourrait être utile.

Il réfléchit un instant, puis saute sur ses pieds.

– Attends.

Et il quitte la pièce en trombe.

Je me demande ce qu'il peut bien mijoter, mais j'ai confiance. Après tout ce qu'il a traversé dans sa vie, il trouve souvent des solutions auxquelles les autres n'ont même pas pensé.

Il revient bientôt avec un sac de supermarché en plastique.

– Allons-y.

— Qu'as-tu acheté ? dis-je tandis que nous descendons l'escalier.

— De quoi apprendre à Adriani la recette du feuilleté aux herbes. Ta femme est l'une de ces ménagères qu'on pourra bientôt montrer dans les musées. La meilleure façon de les calmer, c'est de les coincer dans leur cuisine et de leur enseigner une nouvelle recette.

— C'est ce qu'on vous apprenait au Parti ? dis-je en riant, avant tout pour dissiper mes soucis.

— Non, ça je l'ai appris de ma mère.

Nous montons dans la Seat, silencieux pendant tout le trajet, chacun plongé dans ses pensées. Ma mésaventure a dû réveiller le passé de Zissis, et quant à moi j'attends dans l'angoisse le moment où ma femme apprendra la nouvelle.

— Quelle bonne surprise ! dit Adriani toute joyeuse en le voyant. Cela fait un temps fou qu'on ne t'a pas vu.

— Ton mari est passé me dire bonjour et ça m'a rappelé qu'un jour je t'ai promis la recette du feuilleté aux herbes. Je me suis dit que ce serait une bonne occasion ce soir, puisque je viens sans être invité.

Adriani se signe sans un mot et lève les yeux au ciel.

— Katérina et Phanis vont venir, lui dis-je.

Zissis saisit l'occasion pour en remettre une couche.

— Il me l'a dit et j'ai pensé que je pourrais faire d'une pierre deux coups. En tout cas il y aura de quoi mettre sur la table.

— Quand es-tu reparti le ventre vide, ingrat ? lui dit Adriani. Allez, viens dans la cuisine.

Ils y vont tandis que je m'installe dans le séjour. Je brûle d'envie de prendre la télécommande et de voir ce qu'on dit de moi aux infos, mais je me retiens, de peur qu'Adriani n'entre et ne soit frappée par la foudre. Une autre solution, pour combattre mon angoisse, serait de recourir au dictionnaire de Dimitrakos, mais je juge préférable d'être là quand arriveront Katérina et Phanis.

Heureusement, l'alliance entre solitude et idées noires ne dure pas plus de dix minutes. On sonne et je vais ouvrir.

Ma fille me fait une bise. Phanis me serre la main sans un mot et me tape dans le dos comme pour me donner du courage. Katérina, ne voyant pas sa mère devant la télévision, m'interroge du regard.

— Elle est dans la cuisine, avec Zissis, dis-je à voix basse. Il lui apprend la recette du feuilleté aux herbes.

Elle éclate de rire sans le vouloir, puis s'arrête brusquement.

— Tu lui as dit ?
— Non. J'attendais que tout le monde soit là.
— En Grèce autrefois, dit Phanis, après la Guerre civile et pendant la dictature, on persécutait les dissidents. Depuis les années quatre-vingt nous sommes entrés dans une autre période. Maintenant, les dissidents sont ceux qui gardent les yeux ouverts et font bien leur boulot.

Avant que j'aie pu répondre, Adriani fait son entrée. Au lieu de saluer sa fille et son gendre, elle vient tout droit vers moi et me prend dans ses bras, disant :

— Je suis fière de toi.

Tout est allé si vite que je suis pris au dépourvu.

— Fière de moi ? Pourquoi ?
— Tu le sais.

Et elle s'écarte.

J'aperçois Zissis à la porte de la cuisine, qui savoure la scène.

— Tu le lui as dit ?
— Les mauvaises nouvelles, m'explique-t-il, on ne doit pas les dire à un estomac vide, car la personne

peut s'évanouir ou vomir. Alors que faire la cuisine est un plaisir, donc un moment où on peut avaler la pilule plus facilement.

– Oncle Lambros, tu es le meilleur, dit Katérina admirative.

– Vous saviez, vous aussi ? demande Adriani à sa fille.

D'être la dernière au courant, je la vois prête à éclater. Il faut que j'intervienne.

– J'ai prévenu Katérina et Lambros parce que je voulais qu'ils soient avec nous. Je n'avais pas le courage d'être seul pour t'annoncer la nouvelle.

– Tu as bien fait, dit-elle calmement. Moi aussi je préfère qu'on soit tous réunis. Les mauvaises nouvelles sont comme le gâteau des morts qu'on mange tous ensemble.

– Viens, qu'on termine le feuilleté aux herbes, lui dit Zissis, et ils retournent à la cuisine.

– C'est toi qui lui as demandé de faire l'annonce ? s'étonne Phanis.

– Non. Apparemment l'idée lui est venue en préparant le feuilleté.

– Elle l'a bien pris, grâce au ciel, dit Katérina.

J'allais lui dire qu'il est encore trop tôt, que reste à voir comment elle va réagir après le premier choc quand mon portable sonne. Je passe dans l'entrée.

– Bonsoir, monsieur le commissaire. C'est Papadakis. On pourrait se voir demain ?

– Papadakis, ce que j'avais à vous dire, je l'ai dit ce matin. Dorénavant, tant que je suis en disponibilité, je ne veux pas discuter de questions de service.

– Il ne s'agit pas du service. C'est personnel. Ce ne sera pas long.

Je jure intérieurement : je n'ai aucune envie en ce moment de voir mes adjoints ou qui que ce soit de mon service. D'un autre côté, Papadakis m'est sympathique et je ne peux pas dire non.

— Voyons-nous demain à dix heures, dis-je, et je lui donne l'adresse de la cafétéria de l'avenue Spyrou Merkouri.

Quand je regagne le séjour, la table est mise et Zissis apporte le feuilleté aux herbes.

— Ne me félicitez pas, déclare Adriani, Zissis a tout fait. Je suis l'élève qui observe le maître, et je dois admettre que Lambros est un bon professeur.

Elle pose sur la table le tsipouro, boisson exclusive de Zissis, et une bouteille de vin pour nous.

Lorsque tout le monde est assis, elle lève son verre.

— Soyons toujours en bonne santé, toujours ensemble, et que crèvent nos ennemis !

Puis, se tournant vers moi :

— Je suis fière d'être ta femme.

Ma gorge se noue, impossible de dire un seul mot. Je ne peux que lever mon verre. Et là, assis, muet, mon verre à la main, une pensée me traverse comme un éclair : toute ma vie commune avec Adriani s'est passée ainsi, de réprimandes en émotions.

Le reste de la soirée s'écoule entre rires et plaisanteries. Qui croirait, en nous voyant, que nous sommes réunis par une rude épreuve ? On dirait que nous-mêmes l'avons oublié. Nous nous séparons dans la bonne humeur.

— Va te mettre au lit, dit Adriani. Moi je débarrasse.

— Tu ne veux pas que je t'aide ?

— Pourquoi ? Quand m'as-tu aidée ? dit-elle avec dédain.

Soudain elle s'effondre sur une chaise et fond en larmes.

J'accours auprès d'elle.

— Arrête, ne t'en fais pas, dis-je, on a vu pire. En fin de compte, il n'y a là rien de tragique. Je prendrai au maximum un blâme ou une mutation. De toute façon cela pouvait m'arriver à tout moment. On ne m'a jamais dit que j'allais rester aux Homicides jusqu'au bout.

— Ce qui me fait pleurer, ce n'est pas ça, mais l'injustice. C'est ça qui me tue : l'injustice. Je n'ai jamais pu comprendre pourquoi dans ce pays on est puni quand on a bien agi.

Elle s'essuie les yeux et se lève.

— Vas-y. J'arrive tout de suite.

Je ne résiste pas, me disant qu'elle a peut-être envie d'être seule un moment. Mais du coup j'ai atterri dans la réalité et je ne vais pas fermer l'œil.

36

Papadakis m'attend à la cafétéria. Je commande un expresso et j'en viens droit au fait :
— Qu'as-tu donc de si urgent à me dire ?
Il me regarde, tendu, et finit par répondre :
— Vous vous souvenez que Koula et moi vous avions demandé d'être témoin à notre mariage ?
— Oui.
Il cherche ses mots.
— Nous en avons reparlé hier soir. Vu la nouvelle situation, si vous étiez notre témoin, monsieur le commissaire, nos supérieurs pourraient y voir une provocation, ils penseraient que nous sommes proches de vous et avons pris votre parti. Nous sommes au bas de l'échelle tous les deux et ils peuvent nous envoyer n'importe où. Ils n'ont pas hésité dans votre cas, vous croyez qu'ils auraient peur de nous ? Vous comprenez, n'est-ce pas ? Rien ne les empêche de nous balancer n'importe où et nous commencerons à nous bouffer le nez dès le premier jour du mariage. Alors on voudrait que vous soyez compréhensif et que vous nous pardonniez si nous prenons un autre témoin.

Il attend une réponse, et voyant que c'est en vain, il continue.

– Koula a pleuré toute la soirée. Elle n'a pas trouvé le courage de vous le dire elle-même, c'est pourquoi je m'en suis chargé. Croyez-moi, cela ne change en rien notre estime et nos sentiments à votre égard. Nous voulons seulement être prudents, pour ne pas devenir un dommage collatéral.

– Faites ce qui vous semble bon. Que je sois votre témoin ou non n'a pas d'importance. Ce qui compte, c'est que vous viviez heureux, sans épreuves et sans disputes.

Je veux payer, il m'en empêche.

– Mes amitiés à Koula, dis-je.

À côté de mes autres angoisses, cette histoire de mariage est le dernier de mes soucis. Cependant, je me dis qu'ils en ont sûrement discuté avec Vlassopoulos et Dermitzakis, et que ceux-ci leur ont dit qu'on ne prend pas pour témoin un mouton noir, ou un « révisionniste », comme dirait Zissis.

Je rentre à pied chez moi, pour tuer le temps et ne pas être sans cesse là-bas. Il n'est pas bon qu'Adriani et moi soyons dans les pattes l'un de l'autre vingt-quatre heures sur vingt-quatre.

– Qu'est-ce qu'il voulait ? demande-t-elle depuis la cuisine.

– Me dire combien il est triste.

Je n'en dis pas plus, pour la ménager.

– Tu veux du café ?

– Non, j'en ai bu un là-bas.

Je prends le dictionnaire de Dimitrakos sous le bras et m'installe dans le séjour.

DISPONIBILITÉ. n.m. État de ce qui est disponible. *Disponibilité d'esprit*. 1) Econ. *Les disponibilités* : actif dont on peut immédiatement disposer. 2) Situation administrative d'un militaire maintenu ou renvoyé dans ses foyers avant l'expiration de la durée légale, bien qu'il demeure apte au service actif.

La deuxième définition me convient plutôt, même si avant de me renvoyer définitivement dans mes pénates, ils peuvent m'envoyer moisir dans les trous les plus reculés.

Quant à la première définition, si la fin de la crise a accru les disponibilités pour nous tous, quelle disponibilité d'esprit un homme peut-il avoir après s'être fracassé contre un mur ?

La compagnie de Dimitrakos n'a pas arrangé mon humeur, mais je ne lui en veux pas. Personne ne saurait déraciner ce mélange de peur et de fureur qui s'est logé en moi.

Je suis face à l'écran noir de la télévision, le dictionnaire sur les genoux et mes pensées nulle part quand la sonnerie de mon portable me réveille.

– Bonjour, monsieur le commissaire. C'est Kyriazidis.

J'allais lui dire que je ne suis plus l'affaire, mais il me devance.

– Ce matin j'ai reçu un appel de l'ex-femme de Sotiropoulos. Ils sont séparés depuis des années, mais sont restés très amis. Réna m'a dit que Ménis l'avait chargée de garder un objet. Maintenant qu'il n'est plus là, elle ne sait pas quoi en faire.

J'allais lui dire que moi non plus, mais les habitudes ne changent pas du jour au lendemain.

– Quel objet, vous savez ?

– Une clé USB, monsieur le commissaire. J'ai pensé à vous parce que la dernière fois vous m'avez demandé si Sotiropoulos avait un ordinateur.

Ma main tremble, et je me mords les lèvres pour ne pas crier. Je m'efforce de paraître calme.

– Elle peut me la confier. Si l'objet est sans rapport avec l'enquête, je le lui rendrai. Sinon, je le mettrai au dossier et lui donnerai un reçu.

– Bien. Elle s'appelle Réna Pandazidou et travaille dans une crèche à Patissia. Je vous envoie un SMS avec son numéro.

Une chose est sûre : Sotiropoulos avait peur. Et n'étant pas né de la dernière pluie, il a sûrement voulu mettre ses découvertes en lieu sûr. Si cette clé contient ce que Vellidis a cherché en vain, alors tout peut changer. Mais je ne dois pas me réjouir trop tôt non plus, la déception me plongerait dans une déprime pire encore.

Un bip de mon portable m'annonce un message. Je note le numéro et l'appelle.

– Madame Pandazidou ?
– Elle-même.
– Commissaire Charitos. J'ai appris par M. Kyriazidis que vous souhaitez me remettre quelque chose.
– En effet. Où et quand puis-je vous rencontrer ?
– Je sais que vous travaillez à Patissia. Je suis prêt à venir vers vous pour ne pas empiéter sur votre temps de travail.

Elle me donne rendez-vous d'ici une heure, dans un café au coin de la place Amerikis et de la rue Mithymnis.

– Vous me reconnaîtrez facilement. Une blonde, avec une veste verte et des lunettes.

Je suis sur des charbons ardents. Je me lève pour ranger le dictionnaire, puis m'arrête dans la cuisine pour ne pas arriver trop tôt. Adriani fait du repassage.

– Il reste du feuilleté aux herbes, dit-elle, je n'ai pas besoin de faire la cuisine. Pour ce soir, je peux préparer des petits pois. Comment te sens-tu ?

– Ça va, ne t'en fais pas, mais ne m'attends pas pour déjeuner.
– Pourquoi ?
– J'ai un rendez-vous qui pourrait arranger les choses.
– Que Dieu t'écoute.

Je ne sais si j'ai bien fait d'en parler, mais comme chacun sait, l'espoir meurt le dernier et je veux le maintenir en vie pour nous deux.

Je monte dans la Seat. Normalement je devrais prendre l'avenue Alexandras pour éviter les embouteillages du centre, mais je n'ai pas le courage de passer devant la direction de la Sûreté. Je prends la rue Riyillis, la place Syntagma et l'avenue Panepistimiou. Ça se gâte vers la place Omonia et ça continue dans la rue Tritis Septemvriou, mais heureusement tout s'arrange ensuite, j'entre dans la rue Patission et trouve à me garer, coup de chance, dans la rue Mithymnis.

Je jette un coup d'œil dans le café, pas une seule blonde en veste verte. Je commande le deuxième expresso de la journée, le bois à petites gorgées, et au bout de cinq minutes la voici qui parcourt les tables du regard. Je me lève.

– Madame Pandazidou ?
– Bonjour, monsieur le commissaire.

Elle ne veut rien prendre, car elle doit retourner sans tarder à la crèche. Elle ouvre son sac et me tend la clé.

– Voilà. Je suis heureuse que pour finir elle tombe entre de bonnes mains.

Elle ne croit pas si bien dire.

– Vous avez le temps de répondre à quelques questions ?

Elle consulte sa montre.

– Je dois partir dans un quart d'heure.
– Bien. Quand vous a-t-il donné la clé ?

– Une semaine avant qu'on le...

Le mot lui manque, elle en cherche un autre.

– ... avant sa mort. Il m'a dit de la garder et qu'il me la réclamerait le moment venu. Mais ne me demandez pas ce qu'elle contient, je n'y ai pas touché.

– Le jour où il vous l'a donnée, avez-vous remarqué quelque chose d'anormal dans son attitude ? Il avait l'air inquiet, il avait peur ?

Elle réfléchit.

– Peur, je ne dirais pas ça. Inquiet, oui, à en juger par ce qu'il m'a dit.

– À savoir ?

– Qu'il est bon de cacher certains secrets dans deux endroits, car on ne sait jamais.

Ce qui est sûr, c'est qu'il se sentait menacé.

– Merci beaucoup, madame Pandazidou. Grâce à vous j'ai reçu de l'aide par là où je ne l'attendais pas.

– J'espère vous avoir été utile, dit-elle en se levant. Ça me fait mal que Ménis soit parti de cette façon, pour un simple vol.

Elle me serre la main et s'éloigne. J'ai envie de lui dire que moi non plus je ne peux pas digérer cette mort, mais je me retiens.

Je pense d'abord courir chez moi et brancher la clé sur mon ordinateur. Mais je repousse aussitôt l'idée : j'allume l'ordinateur une fois par an, et suis donc sûr de faire une fausse manœuvre qui effacera un fichier.

J'appelle le bureau de ma fille et tombe sur la secrétaire.

– Charitos père. Uli est là ?

– Oui. Je vous le passe ?

– S'il n'est pas occupé.

Bientôt j'entends sa voix.

– Bonsoir, Uli. Tu m'as dit hier soir que si je voulais chercher sur Internet, tu m'aiderais ?

– Bien sûr.
– Je ne cherche rien, mais j'ai là une clé USB que je voudrais explorer avec ton aide. Quand puis-je passer ?
– Tout de suite.

Je monte dans la Seat avec l'impression, prématurée peut-être, que la chance commence à me sourire.

37

J'appelle Adriani et lui dis que je suis au bureau de Katérina, pour qu'elle ne se ronge pas les sangs.

Je m'assieds à côté d'Uli devant l'ordinateur. Il clique sur l'icône et plusieurs fichiers apparaissent :
- Notes
- Photos
- Vidéo

Je décide de commencer par les notes. La première date du 14 mai, le lendemain de la conférence de presse du ministre de la Marine marchande.

> *Comment est-ce possible qu'après deux naufrages et l'assassinat du propriétaire de la compagnie ces types-là vous disent qu'ils rentrent en Grèce pour aider à la reconstruction du pays ? Moi, ça me met la puce à l'oreille. Eux, non ? Je veux bien admettre que le fils voulait rentrer en Grèce, mais le père était inflexible. Et quand papa a rendu l'âme, le fils a transféré la compagnie au pays. Les deux autres ? Avant la crise, quand la Grèce, apparemment, était au plus haut, ceux-là n'ont pas bougé de Londres. Alors d'où leur vient-il, ce patriotisme ?*
> *Je devrais enquêter sur ces naufrages, mais ce n'est pas simple. Si j'arrive à retrouver Sergueï, il pourrait peut-être dénicher des infos à Odessa. A condition qu'il se souvienne de moi, si longtemps après.*

– Qu'en dites-vous ? demande Uli.
– D'abord, j'ai été injuste avec Sotiropoulos. J'ai cru un instant qu'il cherchait des conspirations, ce qui est notre sport national. Maintenant, au contraire, je suis sûr que nous avions les mêmes soupçons et les mêmes questions. Quelque chose ne collait pas, c'est pourquoi j'ai continué de chercher. Mais j'avais le même problème que lui : je ne pouvais pas trouver le fil.
– Voyons s'il a réussi.
Et nous poursuivons.

17/5
Sergueï a enquêté, il n'y a pour lui aucun doute : le naufrage d'Odessa est une collaboration des mafias russe et ukrainienne. Les autonomistes russes ? La participation de la mafia ukrainienne les exclut. Sergueï est du même avis. En tout cas, il ne peut y avoir de certitude qu'indirecte : si le naufrage de Thaïlande était aussi un coup monté, alors l'un confirme l'autre. Seulement je n'ai pas de Sergueï en Thaïlande et je dois chercher ailleurs. Kyriazidis pourrait m'aider, mais je ne veux pas l'impliquer.

La note suivante date du 20 mai.

Finalement j'ai appelé le numéro que m'a donné Kyriazidis. Johnson est un courtier. Il m'a confirmé ce que je pensais : ce ne sont pas des pirates qui ont mis le feu au bateau de Hardakos. Il est catégorique : les pirates attaquent en haute mer, jamais dans les ports. Selon lui c'est un coup de la mafia asiatique, mais les mobiles sont inconnus. J'ai appris autre chose, et je tiens là peut-être le bon filon : Johnson dit que Zaharakis était au bord de la faillite, à cause d'investissements hasardeux, et cherchait désespérément à vendre certains bateaux. Il a tenté de m'expliquer des histoires de citernes flottantes et d'unités de réparation de bateaux, mais moi je n'y comprends rien. L'intéressant, c'est que d'après des rumeurs insistantes à Londres, les caisses de l'entreprise se sont soudain remplies et Zaharakis a aussitôt transféré son siège en Grèce. À rapprocher des bobards qu'il m'a servis sur sa contribution à la reconstruction de la Grèce.

– D'où vient l'argent ? dis-je à Uli. Ma femme et toi demandez sans cesse d'où vient l'argent. Eh bien voilà l'occasion, réponds-moi.
Il sourit.
– Je ne peux pas vous le dire. Pour trouver la réponse, il faudrait enquêter sur les sociétés bidon qui le cachent. Je trouverai peut-être vers quelles banques elles se sont tournées et cela ouvrira une piste. Mais cela demande du temps et je devrai travailler seul. Voyons d'abord la suite.
La note suivante, du 24 mai, est très différente.

On m'espionne depuis trois jours. Au début je n'y ai pas prêté attention, je me croyais devenu parano. Mais non. On m'espionne. Tantôt une camionnette rouge démarre après moi, tantôt une Suzuki me suit à la trace. Qui donc a pu parler ? Kyriazidis, impossible. Restent Sergueï et le courtier anglais. Sergueï aurait pu parler ? Le journaliste des Izvestia, *se mettre au service de la mafia et me jeter un appât pour voir si j'allais mordre ? Rien n'est à exclure. L'Anglais aurait pu parler ? Qu'il ait des liens avec la mafia me semble improbable. Mais s'il a parlé de notre conversation, Dieu sait dans quelles oreilles l'info a pu tomber. En tout cas, une chose est sûre : on m'espionne.*

– Allons voir les photos, dis-je à Uli. Elles nous diront peut-être à quoi ressemblent ceux qui le suivaient.

Les deux premières photos montrent deux bateaux, le *West Explorer* et le *West Cruiser,* au flanc desquels s'étale le nom de la compagnie : West Shipping Co. Les deux naufragés, sans aucun doute.

Ensuite, une photo des Hardakos père et fils, prise lors d'une réception : ils sourient à l'objectif, un verre à la main.

Puis c'est au tour de Zaharakis, suivi d'un type de l'âge du fils Hardakos, posant avec une beauté brune à ses côtés. Il doit s'agir de l'autre armateur venu contribuer à la reconstruction de la Grèce.

Et voici la camionnette rouge. Une Datsun banale, de celles qu'on croise dans toutes les rues d'Athènes, sans aucun signe distinctif, nom de société ou numéro de téléphone.

La suit une Suzuki grise, garée dans la rue Tritis Septemvriou, au coin de la rue Ioulianou.

Sur la photo suivante, devant la camionnette, deux types qui discutent. Le premier, un costaud au crâne rasé, porte un jeans et un T-shirt. L'autre est en costume-cravate.

Sous la photo, une note : « Le bodybuilder est celui qui m'espionne. »

L'autre ?

Je ne comprends pas pourquoi il ne m'a pas appelé pour me dire qu'on l'espionnait. Et pourquoi n'a-t-il pas pensé à photographier les plaques des deux véhicules ? Je les aurais localisées en cinq minutes.

Je dis à Uli de repasser aux notes.

Les deux suivantes contiennent des hypothèses de Sotiropoulos quant à l'identité de ceux qui l'espionnent. Sa conclusion : la mafia, sans autres précisions.

Mais vient ensuite une autre note du plus haut intérêt.

28/5
Ils ont fouillé chez moi. Je m'en suis douté en ouvrant la porte. Je ferme toujours à double tour, et là je n'ai eu à tourner qu'une fois. Je me suis dit que j'avais peut-être été distrait, mais en entrant dans l'appartement, j'ai vu la porte de la chambre ouverte, alors que je la ferme toujours. Troisième remarque : les dossiers dans mes tiroirs, sans être en désordre, se trouvaient placés différemment. Que cherchaient-ils ? Le matériau que j'ai rassemblé, c'est évident. Ils voulaient peut-être aller voir dans mon ordinateur. Ils ne pouvaient pas savoir que je le trimballe toujours avec moi.
Normalement, je devrais parler à Charitos. Si je le fais, l'enquête passe aux mains de la police et je suis mis sur la touche. Ce que je veux éviter. Non que j'aie soif de gloire, mais je ne supporte pas toutes ces foutaises, la reconstruction et le développement du pays, je veux leur montrer qu'avec moi ça ne prend pas.

Voilà pourquoi nous n'avons pas pu le protéger. Et comme il ne lâchait pas son ordinateur, ils l'ont tué pour le lui prendre. Il a payé de sa vie son erreur.

– Voyons maintenant la vidéo, dis-je.

L'image montre la rue devant chez Sotiropoulos. Tout est calme. Un client devant le kiosque à journaux. À quelques mètres, Mahmoud l'Irakien observe la rue. La voiture de Sotiropoulos est garée un peu plus loin que le soir du meurtre.

On dirait qu'il ne se rend pas compte que l'Irakien aussi le suit. La caméra panoramique soudain jusqu'à la camionnette rouge qui arrive du bout de la rue. Visiblement, la vidéo vient du portable de Sotiropoulos. La camionnette se gare devant le kiosque et le conducteur en descend. C'est le type qui discutait avec l'homme en costume-cravate sur la photo. Il regarde autour de lui, repère l'Irakien debout un peu à l'écart, mais le dépasse avec indifférence et remonte en voiture.

Soudain j'ai une idée.

– Tu peux revenir en arrière ?

Nous retournons à l'apparition de la camionnette. Elle se rapproche.

– Stop.

L'image se fige.

– Tu peux l'agrandir ?

Zoom avant.

– Stop.

L'image se fige à nouveau et je peux lire la plaque minéralogique. Je note le numéro.

– Je peux te demander encore un service ? Je voudrais une copie des photos et de la vidéo.

– Bien sûr. Ce sera prêt dans un quart d'heure.

En attendant j'appelle un collègue à la police de la circulation.

– Yannis, c'est Charitos.

– Qu'est-ce que j'apprends ? C'est dingue, ce qui t'arrive !

Il semble furieux.

– Dingue, oui, mais parlons-en une autre fois. Peux-tu m'aider ?

– Tout ce que tu voudras.

– Peux-tu me dire à qui appartient le véhicule immatriculé IKI 5522 ?

– Attends. Ne raccroche pas.

Quelques minutes plus tard :

– Le propriétaire est la société Delta Hôtellerie.

– Merci beaucoup, Yannis.

– De rien, vraiment. À bientôt.

– Compte sur moi.

Je raccroche et demande à Uli :

– Delta Hôtellerie, ça te dit quelque chose ?

– C'est la société où travaille Katérina.

– La camionnette est à eux.

Il est sidéré. Je poursuis :

– Ne lui dis rien pour l'instant. Il faut d'abord que j'enquête.

Heureusement que j'ai affaire à un Allemand intelligent, qui ne me pose aucune question. Il met les copies et le DVD de la vidéo dans une enveloppe qu'il me tend.

– Merci, Uli. Maintenant peux-tu me rendre un autre service ?

– Dites-moi.

– Je veux te laisser la clé, mais tu ne dois pas la garder ici. Il faut trouver un lieu sûr.

Il sourit.

– Ne vous en faites pas. Je vais la confier à un ami allemand qui travaille à notre ambassade. Elle sera hors d'atteinte là-bas.

– Merci, Uli. Tu es formidable.

Et je le pense.

Je m'apprête à partir lorsqu'une idée me vient et je m'assieds pour la méditer. Et si Sotiropoulos n'avait pas été tué par Mahmoud, mais par le costaud, le conducteur de la camionnette, qui le suivait pour repérer l'heure et le lieu favorables ? Ce ne serait plus un vol, mais une exécution en règle avec pour trophée, accessoirement, l'ordinateur. Contrairement aux deux meurtres précédents, où ceux qui ont tué sont ceux qui ont avoué, il y aurait ici un vrai et un faux coupable.

L'hypothèse la plus crédible, c'est que Mahmoud a interpellé Sotiropoulos, qui a baissé sa vitre, et que le bodybuilder s'est approché pour tirer. Puis les deux hommes ont pris la fuite et l'assassin a donné l'arme à Mahmoud pour la mettre à l'abri chez lui. Le témoin a vu Mahmoud, mais pas l'autre dans l'obscurité.

Autre hypothèse : l'Irakien n'était même pas présent lors du meurtre, Sotiropoulos a baissé la vitre pour demander au bodybuilder pourquoi il le suivait.

Dans les deux cas, l'Irakien n'a été qu'un comparse, celui qui se trouvait là pour détourner l'attention, puis prendre sur soi le meurtre, avec le vol pour prétexte. Et s'il a joué ce rôle de bouc émissaire, c'est que l'autre ne devait pas tomber entre les mains de la police.

Mon idée semble tenir la route, mais restent deux questions. D'abord, comment prouver ce que j'avance, privé que je suis de la moindre preuve ? Ensuite, si l'Irakien n'a pas commis le crime, comment le convaincre de se rétracter ?

N'ayant pas de réponse, je me retire avant l'arrivée de ma fille, qui m'obligerait à inventer de fausses raisons à ma présence.

38

Je monte dans la Seat et mets le cap sur l'avenue Katehaki, où siège le sous-chef. Quand je fais irruption dans son antichambre, les yeux de ses trois collaborateurs se fixent sur moi.

– Il est en réunion avec le chef, il va arriver, me dit l'un d'eux. Vous pouvez l'attendre.

Visiblement, ils n'en reviennent pas que j'ose me présenter une fois sanctionné.

Je m'assois sur une chaise, l'enveloppe sur mes genoux, et attends tranquillement, comme s'il s'agissait d'une visite de service. Le sous-chef se pointe au bout d'une demi-heure. Me voyant, il rejoint le club des étonnés.

– Que venez-vous faire ici ? demande-t-il sèchement.
– Il faut que je vous voie, dis-je, très calme.

Les trois autres, cessant de faire semblant d'être occupés, suivent la scène.

– Tout de suite, je ne peux pas. J'ai du travail urgent. Prenez rendez-vous, vous viendrez quand je serai disponible.

– Je n'insisterai pas pour vous voir, dis-je du même ton paisible. J'ai simplement pensé qu'il était de mon devoir de parler d'abord avec vous. Si vous ne souhaitez pas me voir, alors vous me libérez de mon obligation.

Il semble indécis.

— Venez, mais j'ai dix minutes à vous consacrer, pas plus.

— Il n'en faudra pas davantage.

Mon calme inexplicable doit l'inquiéter. Je le suis dans son bureau, les yeux de ses acolytes plantés dans mon dos.

Il s'assoit, me laisse debout.

— Je vous écoute.

Je pose l'enveloppe sur son bureau.

— Qu'est-ce que c'est ?

— Un dossier expliquant pourquoi je voulais poursuivre l'enquête. Et pourquoi le meurtre de Sotiropoulos n'était pas un vol.

Il me regarde sans un mot. Il n'ose pas ouvrir l'enveloppe devant moi, mais s'il ne l'ouvre pas, il n'a rien à me dire.

— Vous m'avez sous-estimé, lui dis-je, et cela m'a blessé plus que tout le reste.

Et je me dirige vers la porte.

Je m'arrête avant. Le sous-chef est resté immobile.

— J'ai omis de vous dire qu'il s'agit de copies, et que je conserve les originaux en lieu sûr.

Puis je sors et traverse l'antichambre sans un regard pour les trois sous-fifres.

Assis dans la Seat, je respire profondément. L'idée qu'ils me tiennent, mais que je les tiens, m'apporte pour la première fois une certaine satisfaction. J'ai délibérément laissé Guikas à l'écart, mécontent de son attitude lors de la rencontre, mais aussi parce qu'il n'est pas impliqué dans ce conflit entre le sous-chef et moi.

Mon seul tracas, c'est Katérina et sa relation avec la société dont elle est la conseillère juridique. À ce sujet il me faut un conseil, et ce n'est pas Mania ou Uli qui peuvent me le donner, mais Zissis.

Je me dirige vers le refuge, tellement préoccupé que je ne remarque même pas si la circulation est dense ou non.

Je trouve Zissis à sa place, près de la porte.

– Nous avons du nouveau ?
– Oui. Où peut-on se parler ?

Il appelle une femme âgée pour qu'elle prenne sa place, puis m'emmène rue Fokionos Negri où il choisit un café tranquille. Il prend un thé, moi un café.

– Alors ?

Je lui raconte tout en détail, comme d'habitude, depuis la clé USB jusqu'à la rencontre avec le sous-chef. J'ai gardé Katérina pour la fin.

– Je ne m'inquiète pas pour moi, j'ai désormais un sacré atout dans ma manche. Le problème, c'est Katérina. Dois-je lui en parler ? Et comment ?

Il ne se presse pas pour répondre, mais attend d'être servi et de boire une gorgée.

– Tu sais ce que nous disions, nous autres, pour nous moquer des Soviétiques ?
– Comment veux-tu que je le sache ?
– On disait qu'en URSS tout ce qui vaut moins de cinq cent mille dollars est secret d'État. Plus cher, on en discute.

Il attend un commentaire, mais je me tais, en prévision de la suite.

– Les informations que tu as rassemblées ne valent pas cinq cent mille dollars, donc on n'en parle pas. Par conséquent, tu ne vas rien dire à Katérina. Tu vas la laisser faire son boulot. Sa société fonctionne proprement et légalement. Elle ne fait rien de mal. Si elle découvre quelque chose d'anormal, il faudra qu'elle prenne position, mais ça, c'est son affaire, et non la tienne.

Un silence.

– Si demain tu apprends que le meurtre a été commis par la société, alors là, bien sûr, c'est différent, il faudra que tu lui parles. Mais même dans ce cas-là tu ne peux pas l'empêcher de soutenir la société. C'est son boulot.

Il se tait et son regard se fixe sur une jeune fille qui parle dans son portable.

– Tu la vois ? Qu'est-ce qu'elle porte ?
– Un chemisier et un jeans.

Je ne comprends pas où il veut en venir. Il poursuit :

– Un jeans, oui, mais déchiré et troué. Ce genre de fripes, dans le temps, c'est les pauvres qui les portaient, dans les quartiers où j'ai galéré. Maintenant qui se balade avec ? Les jeunes filles qui ont des portables. La pauvreté, c'est à la mode, Kostas. Moi et des types dans mon genre, on a galéré pour la supprimer, mais d'autres s'en sont débarrassés en en faisant une mode. Pourquoi s'en occuper, maintenant que c'est une mode ? Seulement, ta fille et toi vous ne serez pas à la mode, mais pauvres, simplement. Et les pauvres n'intéressent plus personne, sache-le bien.

Il regarde à nouveau la fille, qui parle toujours dans son portable.

– Tu remarques autre chose ?
– Non, quoi ?
– À travers les déchirures et les trous on voit sa chair. La pauvreté est non seulement à la mode, mais sexy.

Il rit, et se reprend aussitôt.

– Tu me connais. J'ai passé ma vie en luttes, de prisons en déportations, j'ai échappé de justesse au peloton d'exécution, et maintenant je commente le côté sexy de la pauvreté.

Il boit une gorgée de thé pour faire passer l'amertume, et moi je ne sais que lui dire.

– Ceux de ton bord, continue-t-il, nous collaient tout sur le dos, à nous les bandits communistes. Ceux de mon bord collaient tout sur celui des collabos de droite. Eh bien nous avons perdu, Kostas, les uns et les autres. D'autres sont arrivés, plus intelligents, ont mis la pauvreté à la mode, l'ont rendue sexy, et nous devons maintenant gérer notre défaite. Laisser Katérina faire son boulot, par exemple. C'est ça que tu dois comprendre.

Il met de l'argent sur la table et se lève.

– Voilà ce que j'avais à te dire et ça ne m'a pas été du tout facile, je n'aime pas parler de ces choses-là. Mais tu sais combien j'aime Katérina.

Nous sortons du café et regagnons le refuge. Il s'arrête devant l'entrée, me serre la main et pose son autre main sur mon épaule. Puis il se retourne et passe la porte sans un mot.

Entre-temps la nuit est tombée. Je remonte dans la Seat et tourne un peu plus haut à droite pour retomber dans la rue Kypselis. Zissis m'a éclairci les idées, je me sens apaisé. Je le sais maintenant, je ne dirai rien à Katérina. D'accord, il se peut qu'elle découvre quelque chose toute seule, mais cela ne viendra pas de moi.

– Mais où as-tu passé la journée ? me demande Adriani à mon retour.

– J'ai fait le ménage, dis-je en riant. Tu n'as pas l'exclusivité, tu vois.

Elle me regarde et je comprends que je lui ai fait peur.

– Kostas, nous avons traversé des tas d'épreuves, dit-elle d'un ton doux, presque maternel. On ne va pas devenir fous maintenant à cause de celle-ci. La vie continue et nous allons trouver une solution.

– Tu n'as pas compris. J'ai seulement balayé ceux qui voulaient creuser ma tombe. J'ai l'impression qu'ils vont rester la pelle à la main.

Elle pousse un soupir de soulagement et me sert l'une de ses citations bien-aimées.

– Dieu aime le voleur, mais il aime aussi le propriétaire. Même s'il ne l'aime pas souvent, ajoute-t-elle en souriant.

– Allez, mangeons.

D'un seul coup j'ai faim.

39

Il est neuf heures du matin et nous buvons notre café lorsque mon portable sonne.

– Monsieur Charitos ?
– Lui-même.
– Je voudrais vous parler, monsieur Charitos.
– Qui êtes-vous ?

Un silence.

– Je ne peux pas vous donner mon nom, hélas, mais je peux vous garantir que ce que vous entendrez vous intéressera.

Je ne dis rien. Il poursuit.

– Vous pensez peut-être que je ne vous veux pas du bien, aussi je vous propose de nous rencontrer au Zonars, avenue Panepistimiou. Vous êtes de la police et vous savez que là-bas vous ne risquez rien. Quand cela vous arrange-t-il ?

– Dans une heure.

Je ne sais pas qui il est, ni ce qu'il veut me dire, mais je suis presque sûr qu'il s'agit des documents de Sotiropoulos, que j'ai remis la veille au sous-chef. Pour ne pas alarmer Adriani, je m'efforce de lui cacher que ma pensée voyage sur d'autres continents, mais j'oublie chaque fois que rien ne lui échappe.

– Qui était-ce ?

– Je ne sais pas. Il n'a pas dit son nom.
– Et tu vas rencontrer quelqu'un dont tu ne sais même pas le nom ? dit-elle, entre surprise et inquiétude.
Je me lève et la rassure d'un sourire.
– Ne t'en fais pas. Ce n'est pas moi qui suis sur la défensive, mais eux. Donc, ils sont pressés d'éclaircir les choses.
Je pense d'abord y aller en bus, car j'aurai du mal à me garer dans le centre, mais je me souviens qu'il y a un parking dans la rue Kriezotou et je prends la Seat.
Le Zonars est presque plein. Je jette un coup d'œil circulaire et repère, assis à une table, le type en costume-cravate qui parlait au costaud devant la camionnette. Il m'a vu lui aussi et me fait signe.
– Bonjour, monsieur Charitos.
Il me demande poliment ce que je veux prendre. Prévoyant que la discussion va durer longtemps, je commande un café filtre.
– Excusez-moi, je ne peux pas vous dévoiler mon nom, mais quand vous aurez entendu ce que j'ai à vous dire, vous comprendrez qu'il importe peu.
– Je vous écoute.
– Je serai bref. La Grèce est un cobaye, monsieur le commissaire. Pendant la crise, l'expérience menée par certains visait à savoir jusqu'à quel point un pays et son peuple peuvent résister aux privations, avec des coupes dans les salaires et les retraites, et des atteintes aux besoins vitaux eux-mêmes. Nous avons suivi l'expérience pendant cinq ans, de très près, et nous avons conclu que cela valait la peine de prendre la Grèce comme cobaye nous aussi. À cela près que notre expérience à nous est différente.
– Qui êtes-vous ?
Il sourit et me répond sans la moindre gêne.

– Nous sommes les représentants de l'argent sale, monsieur le commissaire. Nous voulons voir si nous pouvons, en assurant le développement d'un pays privé de la moindre trace d'argent propre, développer notre activité parallèle, souterraine, obscure. Les premiers signes sont encourageants, vous pouvez en juger vous-même. Tout le monde chante victoire, la Grèce a surmonté la crise et se développe. Tout le monde se félicite, le programme d'austérité a réussi. Personne ne demande d'où vient l'argent qui permet ce développement, car cela n'intéresse personne. C'est le succès qui compte.

Il me regarde avec un sourire satisfait. Il sait que sa sincérité m'a laissé coi. De mon côté, je continue de jouer les muets, car j'attends la suite. Il le comprend et poursuit.

– Vous savez que l'argent propre est légal et l'argent sale illégal. Cependant ils ont un point commun.
– Lequel ?
– L'opacité, monsieur le commissaire. Personne ne s'intéresse à leur provenance. Si demain j'achète un paquet d'actions et fais monter la Bourse d'Athènes, personne ne demandera où j'ai trouvé l'argent pour acheter ces actions. La Bourse aura monté, tout le monde va pavoiser. Et si demain je décide de vendre mes actions et fais tomber la Bourse, là non plus personne ne me demandera où est allé mon argent, qu'il soit propre ou sale. Mais tous deux ont un autre point commun.
– Vous allez encore m'étonner.
– Pas du tout. Vous le savez déjà. Ce sont les paradis de l'argent opaque : les îles Caïmans, les îles Vierges, de même que les sociétés offshore, qui font disparaître l'argent propre aussi bien que le sale. De temps à autre, évidemment, un scandale éclate dans l'un de ces paradis ou l'une de ces sociétés offshore. Mais là encore, ce qui

intéresse les gens, ce sont les noms connus. L'argent anonyme, qui représente la grosse masse, n'intéresse personne, et on le laisse travailler tranquille.

Il s'interrompt pour boire une gorgée de café, sachant qu'il me tient.

– Vous entendez partout parler de blanchiment d'argent sale, mais personne ne dit que le blanchiment est en même temps un investissement, monsieur le commissaire. La façon la plus sûre de transformer ce qu'on appelle l'argent illégal en argent légal, c'est de l'investir. Alors fini le blanchiment, tout le monde ne parlera plus que d'investissement. Tel est le sens de notre expérience en Grèce : légaliser l'argent sale par l'investissement. Pour citer un proverbe grec que vous connaissez sans doute : « Unis dans le combat, séparés aux repas. » Pour nous la règle c'est : « Unis dans l'opacité, séparés dans la légalité. » Le blanchiment nous réunit dans la loi.

Je n'aurais pas dû prendre une grande tasse de café. Je n'ai pas bu la moindre goutte. Il m'a laissé sans voix et cela l'amuse. Il sourit.

– Les gens croient que nous voulons des dictatures et des États voyous pour développer nos activités librement. Grave erreur. Tout le monde a les yeux tournés vers ces États, on scrute et on commente le moindre de leurs mouvements. Si bien que nous devenons des cibles faciles, au lieu de rester dans l'ombre comme il se doit. Dans un pays normal, doté d'un gouvernement élu, d'une Assemblée, d'institutions, au contraire, personne ne s'occupe de nous, puisque personne ne s'intéresse à la provenance de l'argent. Il suffit qu'il soit là pour assurer le développement.

Il s'arrête pour juger de l'effet produit par ses paroles. Satisfait sans doute, il sourit de nouveau.

– Je vous ai parlé sans détour, avec une franchise absolue, monsieur le commissaire. Vous comprenez, j'espère, pourquoi je ne peux pas dévoiler mon nom.

Pourquoi me parle-t-il ainsi ? Et comment va-t-il m'expliquer les meurtres ? Je commence par la seconde question.

– Je ne mets pas en doute votre franchise. Répondrez-vous maintenant à quelques questions ?

– Oui, car je les connais d'avance.

– Pourquoi Hardakos devait-il mourir ?

– Pour deux raisons. La première est économique. Nous ne pouvons pas investir notre argent nous-mêmes dans un pays économiquement détruit si la plus grande force économique, au lieu de soutenir notre effort, s'active à l'étranger. La seconde raison est le besoin de prestige. Pendant toute la durée de la crise, tout le monde en Grèce et ailleurs se demandait pourquoi les armateurs grecs restaient à l'étranger au lieu d'aider leur pays. Leur retour serait le signe que la reconstruction était en bonne voie. Et en effet, inutile de vous dire combien l'Europe l'a jugé positivement. Mais Hardakos était têtu. Pas moyen de le convaincre, à l'inverse de son fils. Nos avertissements, sous la forme des deux naufrages, n'ont servi à rien. Pour finir, nous avons été contraints de nous débarrasser du père, pour délier les mains du fils.

– Alors que Zaharakis, lui, était plus conciliant.

– Il voulait transférer sa compagnie en Grèce, mais il avait des problèmes financiers. Nous l'avons aidé, il est venu.

Un silence.

– Ne m'interrogez pas sur Sotiropoulos, vous savez tout. Mais il était plus fort que nous ne le pensions. C'est pour cela que vous êtes ici et que je vous explique.

– Et Lalopoulos ?

Il sourit.

– La plupart des gens croient que nous voulons le désordre et l'illégalité. C'est le contraire. Nous voulons que l'ordre règne, du côté de l'État comme du nôtre. Le désordre et l'illégalité attirent l'attention des étrangers et cela ne nous arrange pas. Nous voulons rester dans la pénombre. Lalopoulos était un petit qui se prenait pour un gros. Personne n'a de sympathie pour ces petits-là. Il avait monté une petite affaire, mais cela ne lui suffisait pas. Il demandait des pots-de-vin à tout le monde, même à nous. Là, cela ne pouvait pas durer. Un voleur de poules ne défie pas le roi des brigands.

Il rit, et redevient sérieux aussitôt.

– Je vous l'ai dit, monsieur le commissaire, nous voulons que l'ordre règne. C'est pourquoi nous avons besoin de vous. Nous savons que vous êtes un excellent policier et nous voulons que vous restiez dans la police. Je vous assure que personne ne vous mettra de bâtons dans les roues. Tout ce que nous vous demandons, dans certains cas où nous vous livrerons le coupable, c'est de l'arrêter sans chercher plus loin. C'est ce que le sous-chef s'est efforcé de vous expliquer, mais il l'a fait de façon, disons, peu élégante. Je peux aussi vous assurer que dans la mesure où le pays sera retourné à la normale, ces cas seront de plus en plus rares. Et nous ne vous laisserons jamais exposé avec un crime non élucidé sur les bras.

Il a tout dit et se tait. Il boit une gorgée de café, me regarde. Je bois une gorgée du mien, mais s'il attend une réponse, ce sera en vain, du moins pour l'instant.

– Votre mise en disponibilité est annulée, vous pouvez réintégrer votre poste.

Je vois où il veut en venir. Ce sont eux qui m'ouvrent le chemin du retour. Maintenant, si je veux démissionner, têtu et chatouilleux comme je suis, c'est mon affaire.

– Une dernière chose, dit le costume-cravate. Votre fille est très intelligente et excellente dans son travail.

Je suis prêt à me lever d'un bond pour lui dire de ne pas impliquer ma fille, mais il me devance.

– Nous sommes sûrs que vous avez découvert à quelle société appartient la camionnette. Sachez que votre fille n'a pas été mêlée au règlement final du problème Sotiropoulos. Je vous assure qu'elle se trouve dans une société tout à fait en règle, et qui le restera. Elle travaille sur des affaires totalement légales. Ne soyez pas injuste avec elle.

Et voilà le second message : Si tu nous embêtes, on vire ta fille.

Il se lève.

– Nous voulons que vous retrouviez votre poste, monsieur le commissaire. Mais nous n'attendons pas une réponse immédiate. Il vous faut seulement y réfléchir.

Il me salue d'un signe de tête et se dirige vers la sortie.

40

La seule question que je n'ai pas posée au costume-cravate concerne Mahmoud l'Irakien. Il m'a aidé sans le savoir en ne s'attardant pas sur le meurtre de Sotiropoulos. Mais Mahmoud est un problème à part, dont je vais devoir m'occuper seul.

Je reprends la Seat au parking et rejoins la place Syntagma en passant par l'avenue Akadimias. Je vais rendre visite à Mahmoud dans sa prison de Korydallos. Pour éviter les embouteillages du Pirée, je prendrai l'avenue Athinon-Korinthou.

Mes pensées sont accaparées par ma discussion avec le costume-cravate. S'il a paru sincère avec moi, c'est dû sans doute à la confiance qu'il a en moi, mais surtout au fait qu'il n'a rien à craindre : je ne peux rien contre lui. L'important pour moi, c'est que Katérina travaille dans une entreprise propre. Tout le reste, ce qui me concerne, je le mets de côté.

Je tombe dans les embouteillages vers l'avenue Skistou, et plus encore dans l'avenue Grigoriou Lambraki, mais je suis tellement absorbé par mes pensées que je ne m'énerve pas. Ce n'est pas là le plus important.

Arrivé à la prison, je montre ma carte au poste de garde. Je demande à voir le directeur, que je connais depuis des années.

– C'est vrai, ce que j'ai entendu aux nouvelles ?
– C'était vrai à ce moment-là, et ça ne l'est plus. L'annulation officielle de la sanction n'est pas encore parue, c'est pourquoi la faveur que je vais vous demander n'est pas tout à fait réglementaire. Je veux voir l'assassin de Sotiropoulos. Je sais qu'officiellement je n'en ai pas le droit, mais je vous assure que mon problème est sur le point d'être réglé.
– Je vous crois, et de toute façon peu importe.
– Encore une faveur : j'aimerais être seul avec lui. Il me parlera plus librement.
– Aucun problème.

Il appelle un garde, qui me conduit au local des visites. Cinq minutes plus tard, voici Mahmoud. Il porte les mêmes vêtements que le jour de son arrestation.

Ma présence le surprend, mais il ne dit rien. Il vient s'asseoir en face de moi.

– Comment ça va ?
– Comme ça va en prison.
– Je suis venu te poser une seule question. Dès que tu me donnes la réponse, je m'en vais. Qui a tué le journaliste Sotiropoulos ?
– Je vous dis, moi je le tue.
– Non, ce n'est pas toi. C'est quelqu'un qui le suivait dans une camionnette rouge. Voilà ce que je veux savoir. Qui c'était ?
– Moi je le tue. Je le tue et prends trois cents euros.
– On ne l'a pas tué pour de l'argent, je le sais très bien. Ce que je ne sais pas, c'est qui l'a tué.
– Moi.

Comprenant que de cette façon je n'arriverai à rien, je change de méthode.

– Mahmoud, pourquoi prends-tu sur toi un crime que tu n'as pas commis ?

– Parce que moi je le tue.
– Tu as confiance en moi ?
– Confiance, oui. Ma femme dit que la fille avec vous très gentille, elle aide ma femme à venir me voir.
– Bien. Nous sommes deux dans cette pièce. Ce qu'on va dire, personne ne va l'entendre. Et ce que tu me diras, je le garderai pour moi. Je veux seulement savoir ce qui t'a fait prendre sur toi le meurtre.

Il me regarde encore en silence, puis :
– Vous, commissaire, vous avez femme, enfants ?
– Je suis marié, j'ai une fille adulte, avocate.
– Moi j'ai femme et deux enfants à l'école. Les autres viennent me voir...

Il s'interrompt, effrayé.
– ... Vous pas demander qui.
– D'accord. Ça ne m'intéresse pas.

Pas besoin de lui dire que je le sais.
– Eux me disent que si je dis que moi je tue, femme et enfants ont l'argent, enfants vont à l'école et après l'*university* s'ils veulent, ou trouvent un travail et deviennent grecs.

Il me regarde, silencieux. Silencieux moi aussi, j'attends la suite.
– Moi penser à ma famille, commissaire. La prison, pas grave, moi en prison je vais bien, je sais que la famille va bien. Et avant la prison, je mange un jour, et deux jours sans manger.
– Et comment es-tu sûr qu'ils tiendront parole ?
– Quand ils disent je te tue, ils me tuent. Quand ils disent je te paye, ils te payent.

Je suis désarmé par sa logique.
– Et le bracelet en or, c'était un acompte ?
– J'achète avec l'argent d'acompte.

N'ayant plus de questions, je me lève.

— C'est bon, Mahmoud. Tu as ma parole. Ce que tu m'as dit restera entre nous. Tu es un bon père, bravo.

Je lui tends la main, qu'il serre avec un large sourire.

Je fais halte dans le bureau du directeur pour le remercier, puis me retrouve dans la rue.

Je monte en voiture, mais ne démarre pas. À l'époque de mon père brigadier, on cherchait un homme de gauche pour lui coller le crime sur le dos, et terminé. Aujourd'hui on cherche un immigré.

Terminé, aujourd'hui aussi.

Tout va bien. Ma fille continuera d'avoir son poste et un revenu fixe. Adriani apprendra que ma sanction est levée et pourra respirer. Mahmoud innocent moisira en prison, heureux de savoir femme et enfants à l'abri. Mes adjoints feront leur boulot pour un meilleur salaire. Et le pays sera fier de son développement.

Ainsi donc, la lumière fut ?

Fiers de lui

Fini la crise ! La Grèce va mieux !

Pas pour de vrai bien sûr. Nous sommes dans une fiction, *Offshore*, neuvième enquête du commissaire Charitos. On y voit la Grèce prise en main, vers 2017, par un parti ni-de-droite-ni-de-gauche que dirigent des nouveaux venus jeunes et fringants, amis des patrons et des banquiers. Saluons d'abord les talents divinatoires de Pétros Markaris, qui imagine ce scénario improbable un an avant qu'il ne soit tourné en France avec le succès stupéfiant que l'on sait.

En Grèce, donc, l'argent coule soudain à flots, le pays tout entier pavoise et l'Europe applaudit. Seuls quelques esprits chagrins se demandent si cela va durer, et d'abord, d'où vient tout cet argent ?

Le commissaire ne partage guère l'euphorie ambiante, lui non plus, comme s'il devinait que tout cela est louche et que lui-même va galérer terriblement. Les coupables des trois meurtres sont vite démasqués – trop vite : en fait, les malheureux immigrés qu'on arrête sont plutôt des victimes, des paravents dissimulant les vrais coupables, ceux que vise la question récurrente, obsédant leitmotiv : D'où vient l'argent ? Quant à l'enquête, elle se répète elle aussi, elle piétine, à chaque pas elle se heurte à un mur, et de scène en scène le roman rappelle sans cesse davantage ces cauchemars où l'on a beau se démener, on n'avance pas. Par-dessus le marché, notre commissaire, non content d'être plus isolé, plus démuni que jamais, parfois même incompris de ses proches, va se heurter encore plus rudement que d'habitude à une hiérarchie qu'on devine corrompue.

D'où vient l'argent ? On s'en doute un peu, on l'apprendra plus en détail à la fin – même si bien des mystères demeurent. Et l'on se dira que décidément Markaris voit loin et vise juste, en faisant de Sa Majesté l'Argent, prince de ce monde, le personnage central de son livre.

L'argent, Charitos n'en aura jamais. Avec sa manie de faire son boulot obstinément, de privilégier ses convictions aux dépens de la discipline et de la prudence, il apparaît de plus en plus comme un mouton noir, un *loser* condamné à ne pas monter en grade, si bien que ce récit de la renaissance d'un pays s'avère – le paradoxe n'est qu'apparent – l'un des plus amers de la série. Car on le devine, nous sommes tous mal barrés, Grecs ou non.

Il y a des consolations, heureusement. Les bons repas surtout – autre leitmotiv du livre –, assaisonnés de sages proverbes, que l'on savoure entouré de la famille et de quelques amis. Plus que monter dans la hiérarchie, nous dit Markaris, l'important c'est de ne pas descendre dans l'estime de ceux qu'on aime. La femme du commissaire, Adriani, dans l'une des pages les plus émouvantes du livre, se déclare fière de lui. Le lecteur est fier d'elle aussi. De ce côté-là du moins, tout va pour le mieux.

M.V.

DU MÊME AUTEUR

Journal de la nuit
Jean-Claude Lattès, 1988

Une défense béton
Jean-Claude Lattès, 2001

Le Che s'est suicidé
Seuil Policiers, 2006
et « Points Policier », n° P1599

Actionnaire principal
Seuil Policiers, 2008
repris sous le titre
Publicité meurtrière
« Points Policier », n° P2455

L'Empoisonneuse d'Istanbul
Seuil Policiers, 2010
et « Points Policier », n° P4602

Liquidations à la grecque
Seuil Policiers, 2012
et « Points Policier », n° P3123

Le Justicier d'Athènes
Seuil Policiers, 2013
et « Points Policier », n° P3330

Pain, éducation, liberté
Seuil Policiers, 2014
et « Points Policier », n° P4068

Épilogue meurtrier
Seuil Policiers, 2015
et « Points Policier », n° P4461

Je suis un récidiviste
Échoppe, 2017

RÉALISATION : NORD COMPO À VILLENEUVE-D'ASCQ
IMPRESSION : CPI FRANCE
DÉPÔT LÉGAL : FÉVRIER 2019. N° 140910 (3031246)
IMPRIMÉ EN FRANCE

Des nouvelles fraîches et sanglantes de Petros Markaris !

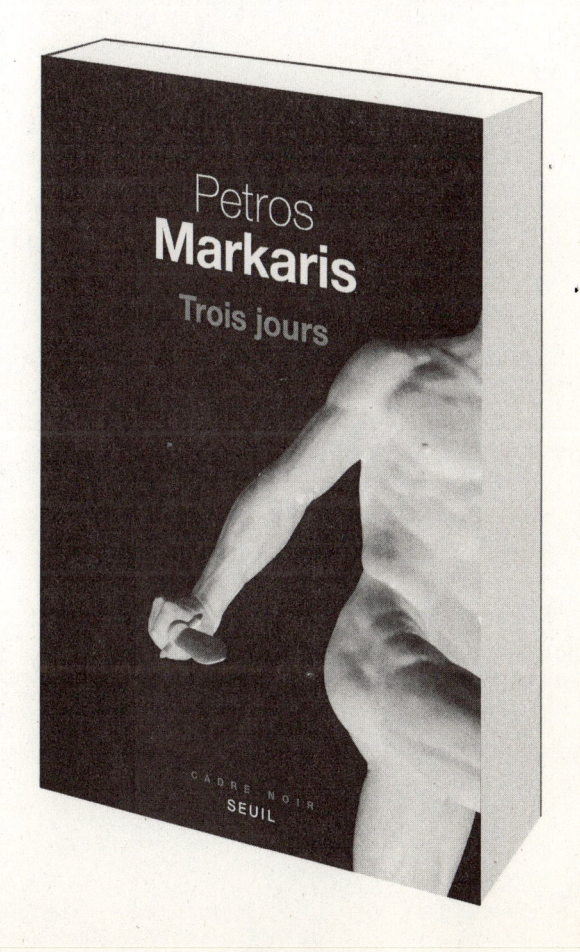

SEUIL